6
まさみティー
MasamiT
ill. イコモチ
icomochi
JN105259
黒鳶の聖者
～追放された回復術士は、
有り余る魔力で闇魔法を極める～

そんな俺達の中に、
再び空気破壊女神が舞い戻ってきた。
今はこいつの遠慮のなさが有り難い。
それにしても……改めて凄い格好だ。
水着とまではいかないが、
それ以上に扇情的に感じる。

「おっまたせー！」

「みんな、行って。
此処は剣闘士の場所。
誰にも譲らないわ」
ヴィクトリア
Victoria

黒鳶の聖者 6

~追放された回復術士は、有り余る魔力で闇魔法を極める~

まさみティー

Contents

第1章

第2章

Saint of Black Kite
The banished healer masters dark magic with abundant magical power.

イコモチ icomochi

第1章

新たなる脅威『魔峡谷』と人類の戦い

王都セントゴダート。

その大地を踏みしめながら、俺達(たち)はギルドから指示された次の討伐地へと向かう。

魔物が溢(あふ)れた場所、それは——ダンジョンから離れた東の森を抜けた先だ。

「一週間ぶりの出動だな。何が現れたって？」

「今回は黒のホブゴブリンね。中層ぐらいのなかなか強い個体よ」

「エミーとジャネットはどうする？」

朝食をおかわりしたエミーが頷(うなず)き、ジャネットは竪琴(ハープ)のケースを置いた。

「私は行くよー」

「じゃあ僕も」

「ああ」

それぞれの意思を確認し、皆とともにギルドへ向かう。

天界でシビラの姉プリシラと出会い、その言葉に触れた。

かつて自分の相棒だったキャスリーンの存在。

後悔と懺悔の言葉を繰り返す彼女に、俺は約束をした。

必ず、全てを取り戻すと。

俺達が天界にいたその日、地上では人類の在り方を大きく変える災害が起こっていた。


王都セントゴダート近辺の地理を整理しよう。

丁度、Uの字の左上から順に紹介する形になる。


まず、ここ北西の王都セントゴダートから南にハモンドの街がある。

その更に南が俺達の村アドリア、更に南へ進むと海に面した港町セイリスが現れる。

セイリスの北東、アドリアから東に向かえば、魔道具の街マデーラがある。

マデーラから大きく離れて北側、つまりセントゴダートから東の位置は、バート帝国だ。

この帝国領も太陽の女神教でありながら、セントゴダート王国領とは全く別の国となる。

自由に立ち入ることは許されない。


——この、セントゴダート王国とバート帝国の間に、巨大な谷が現れた。

文字通り、大地を無理矢理左右に引き裂いたような、異常な亀裂。

だが、問題はそれではない。この谷からは、魔物が溢れ出てくるのだ。

ダンジョンから地上へ現れる魔物を抑えるという、ずっと冒険者ギルドが任務としてきたもの。それが、この裂け目からは容赦なく溢れてくる。

つまりこれは、入口が街一つ分の大きさをしたダンジョンなのだ。

天界から地上に戻った俺達も、すぐにこの討伐へと参加することになった。

ただ、王都側も対応は凄（すさ）まじく迅速であった。

「東第三ルート、『宵闇』が来ているようです」

「おおっ、助かる！」

「じゃー交代ーっ、あたしもぉ休むぅー」

セントゴダートの街壁、東門から出て南から三番目の山道。

ある程度整備された広い道を行き、先行していた冒険者パーティーと入れ違いで先頭に立つ。

「さて」

最前線に立った俺達の前には、先ほどのパーティーが回収し終えた魔物の血。

その凄惨な戦いの跡を上から踏むように、新たにブラッドウルフが現れる。

崖を登ってきたであろう狼（おおかみ）の魔物を、エミーが無慈悲に吹き飛ばして谷底へ落とす。

王都セントゴダートと、バート帝国を隔てる形で現れた、巨大な谷。

――『魔峡谷（まきょうこく）』。

女王シャーロットは、この場所をそう名付けた。

崖と言ってもいいほど険しい角度のそれは、目で確認するのも億劫（おっくう）になるほど深くまで続いている。

地の底は何やら霧でも出ているのか視認することが難しく、また対岸ですら目を凝らしてもうっすらとしか見えない。

ただ相手側も魔物の量に限界があるのか、視認できる位置にいる魔物さえ倒してしまえば、それ以上の魔物がその日のうちに地上へ現れることはない。

それでも、完全に魔物を抑え込むことは難しい。

今や地上は、氾濫報告に関係なく、どこに魔物がいてもおかしくない世界となった。

――人類と魔王の戦いは、第二局面へと突入した。

「谷底の方、後は何が来ているか見えるか？」

「んー……バットが多いけど、やっぱり飛びづらいみたい。逆にゴブリンは壁沿いに這（は）ってきてるね」

ダンジョンの出入口を果てしなく巨大にしたような魔峡谷であるが、意外なことに地上へと現れる頻度が高いとされる空を飛ぶ魔物が溢れてくることは稀だ。

「シビラは何故だと思う？」

「全てが新知識だから予測に過ぎないけど、『神域』が集中的に流れてるのかもしれないわね」

シビラが言った『神域』とは、地上に魔物が溢れてこないように、神々の力でダンジョン入口を塞ぐ存在のことだ。

空気に混ざる不可視の存在がダンジョンの入口を塞ぎ、俺達を守っているらしい。

「地表付近に溜まる『神域』がクソデカ峡谷に流れ込むことで、分厚い神域の膜というか重りになってるはずなのよ。だから、案外バットの方が苦戦してるのかもしれないわね」

なるほどな。あくまで予測の域を出ないとはいえ、それで説明が付くのなら一旦はその仮説をもとに考えるか。

「ジャネットは、この谷のことをどう考える？」

「まず間違いなくダンジョンだろうね。ただ僕から見ても、これをダンジョンと呼んでいいのか抵抗がある。まず、階層の概念がなさすぎる」

そうだな。通常ダンジョンとは一階層降りる毎に魔物が強くなるのが普通だ。その第一層ですら、普通はダンジョンの入口から離れた場所に魔物がいる。

一方この魔峡谷は、谷底まで五層はありそうな距離なのに、そもそも階層の区切りがないのだ。

戦った感触として、魔物はまだ上層のもの程度で収まっているように思うが……。

「仮にこの谷底が第一層だとして、この断崖絶壁が第十六層まで続くことも考えられる」

「あまり考えたくはないな……」

「もうそこまで行くと、魔物の強さより食糧事情のほうが重要だろうね。なるほどこれは難関ダンジョンだ。いずれ攻略する際には、何かしらの移動手段が必要だろう」

実に肝が据わっているというか、最悪の想定に慣れすぎているというか……。

淡々と語るジャネットは、頼もしいを通り越して最早冒険者として先輩のような錯覚すら覚える。

そんなことを思っていると、本当の先輩冒険者の方から声がかかった。

「……おっと、ウルフの集団が来たわね。ラセル！」

「分かった、任せろ」

シビラの合図とともに谷へと身を乗り出し、両手を前に出す。

考察は一旦後だ。俺は今、俺にしかできないことをする。

「エミー、崖側には出ないようにな。……《ダークスプラッシュ》！」

地上を登ってくる狼系の魔物の集団に、次々と魔法を叩き込む。

セイリス第四ダンジョンでイヴと戦った時を思い出すが、規模はあの時の比ではない。

あの日から変わったことは、地上のことだけではない。

俺の『闇魔法』の扱いも大きく変化した。

崖には他のパーティーも構えて、魔物を倒している。俺を見ても、驚く者はいない。

女王からの放送による、闇魔法の告知。セントゴダート女王＝太陽の女神シャーロットは、自らの存在で影を落とした『闇魔法』の存在から逃げなくなった。街の皆が女王自ら認める言葉を聞いたことにより、『影の英雄』は日向（ひなた）の存在となったのだ。

今ではセントゴダートなら誰もが知るSランク冒険者パーティーのリーダーだ。

「バリスタでも用意できりゃいいけど、逆に利用する魔物が現れた時が大変よね。有刺鉄線の柵も、武器にされかねない。何より……」

「作ろうにも、右も左も視認できないぐらい長いからな。魔峡谷は、結局どこまで続いているか調査結果は出たのか？」

魔物への攻撃を緩めずに、俺はシビラに問う。

無言で谷に魔法を放り込むシビラは、一つ大きな溜息（ためいき）を吐（つ）いて答えを提示した。

「大体四〇キロね。セントゴダート北東の山脈から始まる亀裂は、そのままセントゴダート南東まで伸びているわ」

それは、あまりにも気が遠くなる数字だった。

俺達の出身村なら、すっぽり入るんじゃないのかって勢いだな……。

「『赤竜の東国』って異名を持つ国には、究極の堤防要塞もあるけど……壁の高さや角度が半端な場合って人間同士なら兎も角、魔物相手じゃ効果がないのが厄介よね」

確かに、こいつら四足の獣にとって垂直の壁は決して恐れるものではない。

むしろ人間が落ちた際に、助けに入れなくなる諸刃の剣となりかねないんだよな。

「こっちからの攻撃を優位にするために、現状維持ってところね。幸い報酬も豊富だし、肉だって回収できる時もある。危険と引き換えのインフレ到来ってところね」

シビラからの前向きな言葉に反応すると、ふとエミーが「あっ」と声を上げた。

「どうした?」

「うん、向こうも動いたみたい」

エミーの言葉に続くように、遠くで赤い光が一斉に谷へと流れ込む。

今日はよく晴れているので小さくもはっきりとその光景が視界に入る。

「あれは、『バート帝国』の一斉掃射か」

バート帝国。

この魔峡谷が現れるまで、セントゴダートの東から山を越えて貿易をしていた隣国だ。

ハモンド、セイリス、マデーラやアドリアといった女王シャーロットが治める国とは全く違う、バート皇帝一族による国家。その【魔道士】達が、一斉攻撃を行ったのだろう。

魔物の討伐に出た際には、何度か見られる光景だ。この規模の魔物侵略が頻繁に起こるのだが、あちらの国は大丈夫なのだろうか。

隣国の一斉攻撃による光景を視界の隅に映しながら、俺達も魔物を処理していった。やがて前衛で視力のいいエミーが、視認できる範囲の魔物を全て倒し切ったことを報告する。

これで今日の任務は完了、ギルド職員の見張り係に仕事を渡して帰路につくことにした。最近は、こういうローテーションで日々が過ぎていく。

この裂け目が現れた翌日には、冒険者パーティーへのシステムが一新されていた。

完全協力体制による、魔峡谷の徹底監視。ギルドが交代制で、昼も夜も魔峡谷から現れる魔物に目を光らせている。

無論、厳しいだけあって賃金だけでなく、様々なサポートも増えている。

地上の魔物を討伐すれば、ダンジョンの魔物から更に上乗せで報酬が得られるようになった。そのための詳細な魔物の特徴や討伐方法、更にギルドへの連絡に関する仕組みが一段と詳しく説明される。

ギルドからの補助メンバーが希望パーティーに臨時加入できるようにもなった。それはレベル10を超える【重戦士】や【神官】のギルド職員とパーティーを組んで戦えるため、上層のみで活動していた彼らには非常に心強いだろう。

対応が、あまりに早い。シャーロットは、何かしら予測していたのだろうか。

そんな日々の変化は、その日の晩に起こった。

「バート帝国に向かってほしい？」

冒険者ギルドのギルドマスターであるエマに、シビラは言われた内容を確認するように繰り返す。

エマは「ああ」と頷き、珍しく真剣な表情で手元の仮面を撫でた。どうやら次の行き先は、また未知の国となるようだ。

青髪のギルドマスターが手元にある巨大な板に触れると、空中に次々と絵が出現した。タグのレベル表示に近いが、現れてくる情報量はその比ではない。

文面だけでなく姿を映した絵まで、様々なものがある。

「情報を一元管理していてね、これで様々な情報をまとめているんだよ。ちなみにシビラからの報告もこの中の一つだ」

トントンと板に触れると、シビラを『姿留めの魔道具』で複写した顔が現れ、その下側には『魔峡谷の考察』『プリシラと会ってきた』『第七の魔王の特徴』『うぇーい呑んでまーす』『セント第八の件』といった文面が並ぶ。

一件ほど明らかにギルドマスターに送るべきではない文字列が見えた気がしたが、見なかったことにした。

「さて、本題といこうか」

エマはシビラの一覧を消すと、次に白い髪のマスクを着けた女を出した。

名前の欄には『セカンド』としか書かれていない。

「こいつは誰だ？」

「斥候、第二番。私の所有する情報収集部隊の一人だ」

示された答えとともに、その下側に並ぶ文字列。

シビラと同じように『金髪の女性について』『報告』『帝国の近況』といった報告の文面が並んでいく。

「そうか、この人物はマーデリンと同じ地上にいる天使というわけか」

俺の言葉を肯定するように口の片側をニヤリと上げたエマが、数ある報告のうちの一つに触れる。

一番上、最新の報告――『金髪の女性について』。

目の前にあった文字が消え、そこには重々しい黒鉄（くろがね）の街が現れた。

腰に剣を提げた男女が、道を歩いている姿が撮影されている。

バート帝国は、こんな雰囲気か。

その姿留めの下側には、同じ位置から特定の場所を拡大して撮影したものがあった。

そこに現れたものは――！

「――ケイティ！」

忘れもしない、金髪の姿。

愛の女神キャスリーンが、魔神の特殊な洗脳で意識を別の何かに変化させられた。

シビラの姉プリシラの元相棒であり、桃色の髪が金髪になった以外はそのままの姿とのことだ。

最後に会った時と、服装すら変わっていない。

その堂々とした姿に、シビラが溜息を吐く。

「こっちが血眼（ちまなこ）で捜してるっつーのに、当たり前のように歩いてるんだからね。まったく、解明していない能力も多いっていうのに」

「解明していない？　記憶の上書きや複写、レベルを奪う能力までは分かっているが……他にも能力があるのか？」

「あら、気付かない？」

シビラは今日も、俺を試すように聞き返した。

こいつはこんなふうに、俺が自分で答えを導き出すように促す。

やれやれ、そう言うってことは俺が分かるようなことなんだろうな。

「エミーちゃんでも、ジャネットちゃんでもいいわよ。ラセルはまたポイント取られちゃうかしら？　優勝できないわよー？」

何に優勝するんだよ……相も変わらず時々よく分からんことを言うんだよなこいつ。

「ああ、これは一度疑問に思った僕にとって有利かもしれませんね。ラセルも分かるはずだよ、説明もしたし」

一方、ジャネットは既に答えを得たらしい。

俺に分かるはず？　ジャネットが疑問に思ったことということは、以前……。

「……ああ、そういうことか」

俺は改めて、この姿留めの絵が、あまりに不自然であることに気がついた。

「愛の女神であるあの姿を見て……男が誰も、視線すら向けていない」

「正解、リードが縮まったわね」

こうしてシビラに指摘されると、改めてこの光景の異様さに気がつく。

バート帝国の私服は比較的厚着な方らしく、全員がそうではないが【剣士】や【魔道士】らしき冒険者も含めて、顔以外の露出があまり見受けられない。

一方ケイティは、あの胸を大きく開けたドレスを着て、アリアと共に堂々と歩いている。

近くの男は……誰一人、興味を示していない。姿留めはいくつも撮られているようだが、どの写しにもケイティを見ている男はただの一人もいなかった。

「認識阻害でもしてるのか、男がマジでチラ見すらしてないわ。子供作って世代繋(つな)いでる以上、男という生き物がケイティの見た目に興味ゼロなんて有り得ないはず。だけど」

「誰も見ていない、か。そういえば、ここにはヴィンスがいないな」

　俺の疑問に、今度はジャネットがふと気付く。

「もしかして……この隠密能力、僕やヴィンスやエミーがいない時だけ使っているのかも。一緒にいる時は目立ってたから」

「うんうん、ケイティさん目立ちまくるから、周りの人にすっごく見られるんだよねー。お尻もどーん！って感じだから、後ろからも視線が止まらないぐらい見られちゃって。ていうか存在感ありすぎて女の人でもすっごく見るよ。私も最初見ちゃったし」

　そう、エミーの言った内容も今の仮説を後押しする。

　気配や視線にも敏感なエミーが、ケイティを凄く見られる人物だと言った。仮に見ていることを意識されたくない男でも、振り返って後ろから確認することだってあるだろう。

　それが男女含めて、誰も見ていない。まるでそこに、最初から誰もいないかのように。

「……なるほど、いい観察眼だね」

　ここで、俺達の会話を黙して聞いていたエマが仮面を撫でながら微笑む。

「やはり追加調査は君達に任せるべきだろう。だが、帝国はシャーロットが人間の自由意志を尊重して運営を完全に任せた国だ。危険な任務になるだろうし、追加人員も必要になるだろう」

「追加人員ってことは、俺達だけでは不安か？」

「まあね、例えばそれこそ目立たず情報収集できる係はいるかい？」

それは……難しいだろうな。

敢えて言うなら俺のシャドウステップが人を避けるのに向いているだろうが、黒髪自体がかなり目立つ。

帝国の人間は全体的に白っぽい髪が多いようだから、俺じゃ完全に浮くな。

「スパイもイケてるわね！　みんな格好良いアタシに大注目」

「ハハ、シビラは一番目立つ上に即カジノで騒動起こすだろう？」

確かにシビラが隠密行動とかサラマンダーが海で泳ぐようなもんだな。ま、さすがに本気でやるつもりはないだろうが。

とはいえ、やや悩ましい問題だ。ギルドの協力者か。ということは、ほぼ初対面の者をパーティーに入れる形だ。あまり気乗りはしないな……。

そう思っていると、シビラは堂々と胸を張って返事をする。

「信用できる相手のアテはあるから心配しなくていいわよ」

特に迷うことなく、情報収集役を断ってしまった。

「そうかい？　ならば後は『帝国籍』ぐらいだね。いや、セントゴダートも厳しい方だがバート帝国は比ではない。セカンドの報告によると、魔峡谷の出現以降、あちらは過去の在住者がいなければ必ず追い返すらしい。君達だけで入るのは苦労するだろう」

なるほど、確かにそれは能力どうこうでどうにかするのは難しいだろうな……。

同時に、ケイティが誰にも見つからない能力で入っていったことも予想がつく。

「こちらは今からセカンドを呼び戻すことで対応してもらうつもりだ。それまでに、セントゴダートの者としばし時間を過ごしてくれたまえ」

「分かった、セカンドという者の手配を頼む」

一通りの連絡事項を終えると、ギルドマスターの部屋を退出した。

次の行き先は、バート帝国。

出発は、セカンドが到着次第だ。

しかしそうか、俺達が出るとなると――。

◇

その日の夜、俺はフレデリカ達と、一人の孤児を呼んだ。

「……ラセル、行っちゃうの？」

部屋には、揺れる灯(あか)りに不安そうな瞳を揺らすルナの姿があった。

そう。

次の場所に行くということは、一ヶ月過ごした皆とも近いうちに離れることとなる。

別れの日は近い。

豊かな王都セントゴダートにも、親のいないヤツは少なくない。

元々アドリアの孤児院出身の俺達(たち)は、年長者の世話係も兼ねてここに住まわせてもらっている。

——王都は先月、大規模な魔物の襲撃に遭った。

現れるドラゴン、破壊される街壁。その中でもこの孤児院は、特に甚大な被害を受けた。

全てが破壊され、跡形もなくなった皆の住まう場所。悪夢の騒動後に、建物は一新された。今は清潔感がありつつも、シンプルな新孤児院が元気有り余るガキ共を守っている。

そんな一ヶ月の中で、最も縁があった存在がいる。

「本当に、もう行かなくちゃいけないの？」

黒髪の間から垣間見(かいまみ)える金の瞳が、不安そうに俺を見つめている。

——ルナ。

孤児の中でも、特に個性の強い少女だ。

「ああ。元々ここまで長居するつもりはなかったからな」

「そう……なんだ」

ルナは、王都に来たばかりの俺達を、熱烈（？）に歓迎した。

『黄昏の暁に月光を受けて輝く、我こそは闇の女神の祝福を受けし漆黒の影の剣士、暗黒勇者！　貴様、良い色だな！　我が右目の奥が疼くぞ……！』

実に荒唐無稽で意味不明な初対面だった……。

ちなみにジャネットが一発でいろいろと訂正してくれたんだよな。現在のパーティーの中で、ジャネットほど頼りになるヤツはいない。主に俺の心理的負担面で。

ただ、この強烈な個性故に皆の中で孤立するという状況に見舞われていた。

神官やシスター達も、太陽の女神に祈りを捧げないこの少女に対して対応に頭を悩ませていた。

だから思ったのだ。こいつに寄り添えるのは、俺しかいないと。

それから紆余曲折あったが、俺が導き出した最後の答えは——俺自身が『影の英雄』として、【宵闇の魔卿】の力を皆の前で使うことであった。

誰に後ろ指を指されようと、もう隠れるつもりはない。

俺を信じてくれたこいつのために、俺は仮面を脱ぎ捨てた。

結果、闇魔法は王国民にとって周知の力となったのだ。

そんな俺との縁も深くなったルナとも、いつまでも一緒に過ごすわけではない。

「『魔峡谷』なんてものが現れたから対応していたが、それも落ち着いた。ギルドマスターのエマから情報を共有してもらってな」

隠すほどのものでもないと考え、行き先のみ伏せて予定を話す。

その内容に、消沈していたルナの表情がにわかに活力を戻す。

「ギルドマスターから直々に……！　それに、ラセルはギルドマスターを呼び捨てにしているんだな！」

「ああ……まあ、しているな」

あれはどちらかというとエマが望んでいたし、何だったらエミーやジャネットですらエマに対しては軽く話しかけている。

とはいえ、訂正は必要ないだろう。何故なら——。

「フフ……やはり本物の影の英雄とは凄いものなのだな？　なっ！」

闇魔法を使う俺の活躍を、ルナは誰よりも喜ぶ。

ならば、俺は。

「エマとは広場で共闘した話もしただろ？　何と言ってもお前の言う『影の英雄』だからな、これぐらいは普通だ」

普段より少し大げさに、自慢するような言い回しをする。

ルナはそんな俺の言動一つ一つに、俺以上に大げさに喜んでくれていた。

……本当に、俺のことを自分のことのように自慢に思ってくれるんだよな。

シビラ達もそんなルナの様子を微笑ましく見守っている。

「ルナは、そんな俺を見抜いた存在だ。だから離れていても、俺のことを一番の友人だと思ってくれ。俺もルナをそう思おう」

その言葉が、別れを伴うものと気付いたのだろう。

ルナは目を僅かに見開くと、ランプの光に瞳を揺らして俯く。

服の袖でぐじぐじと目元を拭うと、目元に平手をかざして不敵に笑った。

これは……最初に出会った時のポーズだ。

「フハハハハ、宵闇より出でし影の英雄を、皆も求めているのだな」

「ああ」

「漆黒の闇に助けを呼ぶ声が、我が禁断の瞳にもっ、届、く……」

「……そうだ」

調子を戻したはずの声が、抑えきれない感情の奔流に流されるように、ルナの金の瞳を濡らす。

「……届いた。届いたから、私、救われたの……。ラセル、だから……だから……」

思い出を噛みしめるように、その声が途切れ始めた。

何かを隠すように明るく振る舞っていた仮面の下から、本来の素直な口調が顔を出す。

ここからは、俺が繋ごう。

「ああ。『影の英雄』の助けが必要な声が、お前に届いているのなら。俺はそいつらを助けに行かなくちゃな」

「……っ！　うん……！」

ルナは大きく頷くと、俺の服で涙を拭うように抱きついた。

優しい子だ。

理解も早く聡明で、気配りもできる。

思いをぶつけたいこの瞬間にも、大声を出して迷惑をかけないように気をつけているからな。

……本当はな。きっと俺が一番、お前に救われていたんだよ。

髪が黒いからと奇異の目で見られ、幼馴染みからは不要と言われ。

聖者でありながら闇の力を手に入れたものの、公言することもできず。

――誰かの助けになりたかった。

自信を持って、俺の存在を世界に肯定させたかった。

最初は面食らったルナの突飛な発言だが、今思えば最初から俺を肯定してくれたものだ。

最後に背中を押してくれたのも、ルナの存在だ。

「孤立しても俺の存在を認めてくれた、お前が友であることを俺は誇りに思うよ」

俺との日々を刻み込むように、ルナの腕がひときわ強く俺を抱いた。

――別れの言葉を交わした翌週。

「結局ラセルっていつまでいるの？」

「エマから呼び出しがあるまで……のはずなんだがな」

俺達は、今日もまだルナと一緒にいた。

竪琴(ハープ)を練習していたジャネットなんて、新しい曲まである程度演奏できるようになっている。

「なあシビラ、エマは何をやってるんだ？」

「んー、部下の子を喚(よ)び寄せて通行証(パス)代わりにするはずだから、魔峡谷で大回りするとはいえそろそろ着いてもいい頃なんだけど」

王都と帝都を繋(つな)ぐ東西の道が魔峡谷によって分断されたため、南からマデーラ経由でセントゴダートまで来る必要がある。

とはいえ、一週間にもなるとさすがに遅い。

一体何が理由かと思っていると、孤児院に突然の来客があった。新規ダンジョン発見時にここへ来た、ギルドの職員だ。

どうやら今度も、ギルドマスター直々に話があるらしいな……。

話題にしていた青い髪の女神は、やや疲れが見え隠れする表情で俺達を出迎えた。

「急に済まないね」

「そりゃ別にいいけど。それよりも、アタシら随分待たされてるわよねー。仕事遅いんじゃない？　感動的なお別れ会も間抜けな感じになっちゃうわよ」

シビラの軽口にも、シビラ以上に軽いはずのエマは肩を竦めて苦笑するのみ。

普段の綽々とした表情を潜め、眉間を揉みながら事実を告げた。

「ふー……単刀直入に言おう。先週セカンドに帰還指令を出したが、戻ってこない。再連絡したんだが、返事がなくてな……」

なるほど、エマは帝都から戻ってきているであろうセカンドをこの一週間待っていたんだな。そのセカンドが、まだ戻ってこないと。

「普段は毎日報告の義務とかしてないんだよ。今日も異常なし、なんてのを数百回も聞かされると、異常があった時のログが埋もれるからね」

「で、今回も帝都から王都へ移動中は連絡してないってことかしら」

「んー、そうなんだよ。すぐに重要事項だけ目に入れられる今の運用形態も一長一短だね。欠点を補う機能強化を考えておかなくては」

エマは手元にある板を慣れた手つきで操作しながら、セカンドの姿とメッセージの一覧を表示させて溜息を吐く。

仕事に真面目な部下の、音信不通。それまで連絡を取り合っていたことを考えると、嫌な予感がする。恐らくシビラも予測しているだろうが……。

「ただ、ここでセカンドの無事に関する是非は論じない。君達にとって重要なのは、どうやって帝都に入るか、だ」

セントゴダートの王都は、門があるとはいえ比較的簡単に入ることが可能だ。その代わり、所在地などの記録が行われている。

とはいえ、むしろこの機能に守られている部分も大きい。

バート帝国には、そういった仕組みがないのだろう。ただ、王国と違って簡単には入ることができない。遠路はるばる訪れたはいいものの、門前払いで武器を向けられることもあるとのことだ。

「必要になるのは、少なくとも『バート帝国に過去住んでいた人』の紹介だね。しかも紹介者にかなり重い連帯責任がつく」

なるほど、逃げ込むには便利な場所だな。ケイティと、恐らくヴィンスもそこにいる。

「問題は、王都に帝国を案内できる人材がいないことなんだよね」

「えっ嘘でしょ!?」

「事実なんだよー。ここはロットが本気で作り上げた王都、快適な生活が極められている。帝都に移住した経験者はいないよ。正直私も、こんなにいないものかと驚いたけど」

しかし、そうなると本格的にバート帝国へ入ることが難しくなるか。俺達はケイティが

いる帝都へ向かわなければならないが……。それには帝国出身者が必要になる。とはいえ、

「いざとなったら、シャドウステップでも何でも使って入るという手もある。とはいえ、おすすめはできないね」

「無理矢理入ると、野宿は必至か」

「宿のない者が帝国の兵士に見つかれば厄介だ。スリだって王都より多い」

聞けば聞くほど、選択肢からは外した方が良さそうだな……。

快適な環境に慣れていると、その辺りの神経は鈍い。

アドリアは田舎だが、荒れているような場所はなかったからな。

「しかし、そうなるとどうしたものかしらね」

「帝国出身者で、俺達と帝都に入ってくれる人が必要なんだよな」

頭を悩ませていても仕方がない。

とりあえず一連の記録をもらい、俺達はギルドを出た。

帰りがけに、フレデリカから頼まれていた食材の調達をする。

魔峡谷の出現によって危機は訪れたが、これほどの変化にも人は逞しい。活気溢れる街並みは、まるで地上に魔物が溢れる前の頃と変わらないとすら思えるほどだ。

「育ち盛りには……やっぱり鶏肉多めね。後はお野菜を買えるのが気持ちいいわ」

「何だそれ、他の街には売ってないのか？」

「そういうんじゃなくて。セントゴダートの子らはフレデリカのお陰か、野菜嫌いの子が本当にいないのよ。だから誰が何を苦手かって悩まなくていいの、本当に凄いのよ」

ああ、確かにフレデリカの調理したもので苦手な料理って全くないんだよな。

飽きることもないし、バリエーションも豊富だ。

「……」

ふと見ると、ジャネットが市場の袋を手に取った。

「どうしたんだ？　ジャネット」

「ぴよぴよ豆！　アドリアではたくさん食べたよねー」

ジャネットが選んだ食材、それはひよこ豆だ。ちなみにぴよぴよ豆は、エミーが最初に名前を聞いて勝手に名付けた。

食いしん坊には腹持ちが良くて安い、食卓の馴染みのメニューがそれである。

そんなエミーの言葉に対し、ジャネットは振り返らず独り言のように呟いた。

「アドリアでは、安定して供給されていた。生産者がいたから」

ジャネットは摘まんでいた豆を袋の中に戻す。

アイコンタクトをするように一瞬目を合わせると、買い物を終えたシビラに近づき、何かを話した。

帰り際、人通りが少ない道でシビラは振り返り、ジャネットが頷いた。

それから俺達をぐるりと見回して、ジャネットが驚くべきことを言った。

「確証があるわけではないので、ギルドでは言えなかったけれど——僕は、帝国出身者の心当たりが一人いる」

かつては情報収集なども担っていた、パーティーの要のジャネット。

その彼女が放った言葉に、シビラは興味を示し舵取りを委ねた。

帝国出身者の人物に心当たりがいる。

ここでその名を語ることはなかったが、既に何かしら確信を得ているのだろう。

◇

馬車を降り、久々となる我らがアドリア孤児院に向かいながら、皆で凝り固まった体をほぐす。

やはり馬車の長距離移動は疲れるな。軽く回復魔法(ヒール)でも皆にかけておくか。

「……あら？　あらあら！　フレデリカさんに、シビラさん達も！　王都からお帰りになったのですね」

そろそろ到着という辺りで、紫の髪が風に靡(なび)いた。

楽しげな細い目は相変わらずで、それでも声は普段より明るく感じられる。

そこにいたのは、ブレンダの母親であるヴィクトリアだ。

次いで「えっ、ラセルさん!?」と元気のいい声とともにブレンダも顔を出した。

俺達の帰還は、すぐに孤児院の皆に伝播（でんぱ）した。

「うおー、マジでシビラじゃん」

「よーシビラ、元気してたかー？」

「ね、ね、あっちであそぼー！」

うちのガキ共はすっかりシビラに懐いているようで、そんな様子にシビラもデレデレ顔で乗り気である。

いや用事があるんじゃねーのかよ、と聞く前にさっさと遊びに行ってしまった。

「マジかよ……仕方ねえな。フレデリカもあいつらに付き合ってやってくれ」

「あら、いいの？」

「留守が長かったからな」

思えばこっちの孤児院はジェマ婆（ばあ）さん一人に一ヶ月任せてしまっていたわけだし、あのチビ共も飽きたり寂しくなったりもするだろう。

なら、久々に遊ばせておくのもいい。

それに何より、シビラが言っても聞かないだろうからな……やれやれ。

「帰って早々賑やかじゃないか」

奥から入れ違いでジェマ婆さんが現れ、俺達も軽く挨拶を交わす。

「元気そうで何よりだが、さすがに一人じゃ大変だっただろう」

「おいぼれ扱いするんじゃないよ、と言いたいところだが子供達の無尽蔵な体力には敵わんね。だからヴィクトリアには随分と助けられたよ」

話から察するに頻繁に遊びに来ているのだろう。ブレンダが来ているならヴィクトリアも確実に来ている。ならば院の手伝いを買って出るのも自然か。

「いえいえ、むしろ私の方がお世話になっているぐらいで」

ちょうどその話題の当人が婆さんの奥から現れる。

話から察するに、ブレンダの遊び相手としてここの子供達と交ざっているのだろう。親ではどうしても遊び相手としては限界があるからな。

「ああ、そうだ……ヴィクトリアさん、お時間よろしいですか？」

ここで、それまでずっと黙していたジャネットが要望を出した。

内容はなんと、模擬戦。剣を持っての訓練だ。突然のことであったがヴィクトリアは快諾し、急遽リベンジマッチが組まれる。

俺とエミーは木剣を持って庭へと出た。

「さて、どちらからにしますか？」

「なら俺から」

「いいですね！　楽しみです」

人は見た目によらぬもの。ヴィクトリアは、高いレベルの剣士だ。

細い目はいつも笑っているようで感情が読み取れず、口元からも余裕が見て取れる。

前回戦った時は、対人戦における意表を突いた攻防の数々に敗北を喫した。だが、既にその手の内は知っているのだ。二度も同じ手は通用しない。

「さあ、どうぞ」

ヴィクトリアのスタイルは、片手剣。

もう片方の手に小盾代わりの鍋蓋を持っており、こちらをメインで戦う戦法だ。

「ならば遠慮なく——！」

俺は両手の木剣を握りしめ、容赦なくヴィクトリアへと突き入れた！

左手に持った木蓋が乾いた音を立てつつも、俺の腕には強い衝撃が走る。間違いなく、ヴィクトリアが力で抵抗した感触だ。嫌な予感がし、すぐにバックステップで距離を取った。一瞬、俺の指を剣先が生み出した風が撫でる。カウンターの反撃だ。

「あら、いい反応です」

「……そりゃどうも」

判断を誤れば、間違いなく小手を取られていた。

次はヴィクトリアから。

盾を前に、俺の剣を積極的に打ちに来る戦い方は以前と同じで——ッ!?

盾からの圧力は、押し込むようにかかると想定して構えていた。ヴィクトリアは、そんな俺の動きを利用するかのようにもう一段踏み込み、盾を上から叩き付けてきた!

前からの衝撃に備えていた自分の力を利用されるように、俺の剣先が下がる……!

危険を察知した俺は、後ろではなく横に避けた。髪の先を木剣の先端が抜け、反撃しようと構えた俺の剣を再び盾が打ち据えて牽制する。

ヴィクトリアはまるで空を舞台に踊るが如く回転しながら跳躍し、俺から距離を取った。

紫の長い髪が流れるように靡き、空中に丸い模様を描く。

「あらあらまあまあ！　今のもいい反応です。うふふ」

……やはり、この人は強い。今まで会った誰よりも、対人戦の戦い方をしている。

何と言っても、ヴィクトリアには余裕がある。表情も動きも優雅で、一切の陰りが見られない。これで普段は豆畑の世話をするだけの一児の母とかマジかよ。

「やれやれ、少しぐらいはその余裕を剝がしてやりたいところだが」

「あら。私はそんなに余裕ではないわよ？　毎度毎度、次で決めるぐらいのつもりで打っているもの。手の内には限界がある——でもね？」

言うや否やヴィクトリアは再び盾を構えて飛び込んできた。今度は確実に打ち据えるつもりで、盾を狙う！

――が、しかし。

「ッ……！」

指に痛みが走り、再び後ろへと距離を取る。視線の先では、ヴィクトリアが空中で宙返りをしていた。

「余裕を見せていると、『あといくつの手を隠し持っているだろう』って思わせたりできるのよ～」

今、ヴィクトリアは俺の攻撃を防がなかった。

盾を寸前まで構え、全身を伏せることで攻撃そのものを躱(かわ)したのだ。

完全に騙(だま)された。常に盾を使うスタイルを取っていたことで、俺はあの『小盾の攻撃』に気を取られすぎていた。あの小盾の力に、力で対抗しようと思っていた俺の空振りの隙は大きく、すぐに体勢を戻すことができなかった。

指が痺(しび)れている。剣は離さずにいられているが、実戦なら間違いなく指がやられている。

「これで二敗、か」

「そこはさすがに女神様の職業(ジョブ)だもの。私だってちゃんと剣士なのよ、負けたら泣いちゃうわ～」

「嘘(うそ)つけ」

俺のツッコミにも微笑むことで返したヴィクトリアは、未だに底が知れない。

模擬戦は随分としてきたつもりだが、今まで戦ったことがないタイプなので対処が難しいのだ。

ぶっつけ本番で似たタイプと戦わなければならない場面を考えると、負けはしたが得るものが確実にあるのは有り難いな。

剣技の本を読んでいたジャネットは、こういう戦い方も知っているのだろうか。

「選手交代だ」

「まーかせて！」

エミーが自信満々に、木剣と盾を構える。

模擬戦とはいえ、盾は竜鱗の大盾の本物を使っている。

殺傷力があるものでもないし、実戦を考えるとあれを使う方がいいからな。

「そいや初めて、かな？」

「ふふっ、そうですね。それでは」

エミーに交代した俺を、ずっと見ていたジャネットが小さく手を上げて出迎えた。

「お疲れ、健闘したね」

「慰めはいい、完敗だったからな。自分の世界の狭さを感じた、剣技には自信があったつもりだが」

「それを言うのなら僕もだ。……盾を持つ剣士との模擬戦は想定していなかったから、教えていなかった。さて――」

――大盾を持つ【聖騎士】とは、どう戦う？

視界の先のヴィクトリアに問うようにジャネットが呟き、二人の戦いが始まった。

先制したのはヴィクトリアで、上段からエミーの盾を狙った。ファイアドラゴンの鱗によって作られた、竜鱗の大盾。その利点は優秀な防御性能であり、欠点はその大きさ。取り回しの悪さや重さはもちろんだが、エミーの場合は盾の死角が欠点として最も大きいものになるだろう。

ヴィクトリアが狙ったのは、恐らくそこだ。

エミーが構えたと同時に剣を引き、盾側に伏せて滑り込んだのだ。

ただ、そこからはエミーの本領発揮。

ヴィクトリアの剣が迫ったと同時に目を見開き、剣先を見てから避けたのだ。

明らかに人の能力を凌駕した、【聖騎士】かつ【宵闇の騎士】である彼女の動体視力と身体能力の成せる業だった。

ヴィクトリアから見てもエミーの動きは驚くものだったようだ。

「あのタイミングで避けられるなんて、本当に凄い基礎能力ね」

「あはは……あの、もうちょっと手加減していただくとかは」

「【聖騎士】のエミーちゃん相手に、そんなに器用なことできないわ〜」

心底楽しそうに提案を蹴ったヴィクトリアに対し、エミーは口元を引きつらせて盾を構え直す。

そこからの攻防は激しいものだった。

エミーが攻撃に回っても、ヴィクトリアは地面を滑りながら踊るように、時には鳥のように舞いながら避ける。

紫のロングヘアが清流のように、時には竜巻のように線を描く。

本当に戦っているのか分からなくなるほど優雅で、まるで一人踊っているかの如くだ。

防御面でも俺より怪力のエミーに対し、ヴィクトリアは完璧なパリイで受け流していた。

以前、俺もやられたが……エミー相手でもあれほど完璧に決めるか。

俺はそんな模擬戦を見ながらも、隣で黙している幼馴染み兼先生に、ある程度の確信を持って疑問を投げる。

「なあ、ジャネット。ヴィクトリアを模擬戦に誘った理由は何だ？」

「……」

俺の問いにジャネットは黙してこちらを向き、再び二人の攻防へと視線を戻す。

そう。この模擬戦は、ジャネットが提案したものだ。

剣を持たないジャネットがわざわざ提案したということは、俺やエミーに経験を積ませるため……ではないだろう。

恐らく目的は、ヴィクトリアの動きを見るため。

「ヴィクトリアさんの剣技。その違和感の再確認だ」

「違和感？」

以前も俺とヴィクトリアは模擬戦をした。小盾を上手く使った戦い方は熟練者のそれで、かつて優れた冒険者だったことは疑いようもないだろう。

何故そんな人が娘一人連れて元々ダンジョンのないこんな田舎村にいるのか、その過去を深掘りすることは避けたが。

「僕の予想が正しければ、だけど。とりあえず、ラセルはヴィクトリアさんの動きをしっかり見て学んで。あの人の生きた動きを観察できるのは、それだけで糧になる」

「無論だ」

女神の職業を得て冒険者となった者は、ハモンドを始めとして大きな街に向かう。

結果、アドリアの村に残っているのは、主にそういった戦いから身を引きたいと思った者達だ。

そう思っていたんだが……。

「いいですね～、盾の使い方が上手くなっています。死線をくぐり抜けたのかしら？」

「じゃあヴィクトリアさんもくぐり抜けてきたんですかぁ!?」

悲鳴を上げながら盾中心の動きをするエミーに対し、微笑んで再び攻撃を叩き込むことで返事とするヴィクトリア。

下層の魔物と戦っている時も、エミーはあれほどまでに攻めあぐねていただろうか。

「違和感といえば、まあ滅茶苦茶強いことだな。エミーだってドラゴンスレイヤーだぞ。あの農家は魔王討伐者か?」

ヴィクトリアは強い。

そう。強すぎるのだ。

俺は闇魔法中心ではあるが、エミーだって【聖騎士】であり剣技を学んできた魔王討伐パーティーの最上位近接職だ。実際に何度も一緒に魔王と対峙してきたし、ダンジョンを攻略してきた。エミーは、ドラゴンですら単身で戦えるほどに強い。

そんなエミーと戦えるヴィクトリアは、魔王とも戦うことができるのではないか?

「……いや、そうは思えない」

ドラゴンを召喚した魔王に対し、俺やエミーが戦ったのは分かる。

だが、ヴィクトリアがドラゴンと戦う姿は、あまり想像ができない。

「その部分だ。それこそが、ヴィクトリアさんの強さの歪さなんだよ」

ジャネットがそう答えたと同時に、二人の模擬戦が終わった。

エミーは遂に、ヴィクトリアの盾を弾き飛ばした。同時に、ヴィクトリアの剣先がエミーの喉元に突きつけられていた。

「……ふぅ、さすがに若い子の体力にはついていくのが大変ね」

「むしろヴィクトリアさんの方が元気すぎません……？　若すぎるというか」

「まあ！　可愛い【聖騎士】ちゃんに若いと言われちゃったわ。私もまだまだイケるってことかしら」

二人の模擬戦は、決着がつくことなく終了した。エミーの体力はさすがではあるが、汗を掻きつつも余裕の表情をしているヴィクトリアも大概だな。

俺は二人に回復魔法と治療魔法をかけ、疲労と汚れの全てを取り除く。それからフレデリカ達が料理を終え、シビラも合流して食事の時間となった。

食事中、ジャネットは再びヴィクトリアにお願い事をした。

「今夜、そちらの家にお邪魔してもよろしいでしょうか？」

「いいわよ。ジャネットちゃんとは以前はあまり喋らなかったけど、私のことに興味津々なのかしら？」

「ありがとうございます。そうですね、興味津々です」

「あらあら、そんなにハッキリ言われると照れちゃうわね～」

そんな和やかな雰囲気のまま、食事が終わった。

その夜。

俺とエミーとジャネット、更にシビラとマーデリンというメンバーでヴィクトリアの家に入る。

ランプのついた薄暗い夜のリビングで、小さなテーブルを囲む。

中心にいるのは、ジャネットだ。

「ブレンダは寝ましたか？」

「ええ。ラセルさんが来るから起きてるんだーって舟漕ぎながら言ってたけど、遊び疲れちゃったみたい」

「そうですか。……それは良かった」

ジャネットは、テーブルの下で俺に手を重ねた。……震えている？

「僕は、恐らく、相当に不躾な質問をする。今から行うことは、此処に住むあなたに対して、きっと最低なことだ」

「ジャネットちゃん、どうしたの？　何か聞きたいことがあったら、遠慮なく言っていいのよ？」

不思議そうにしつつも明るく尋ねるヴィクトリアに対し、ジャネットは目を伏せて眉根を寄せる。

「それでも……どうか、あなたを害したり、誰かに言いふらしたりすることはないと信じてほしい。何よりあなたの気持ちを優先する。あなたが拒否したら、深掘りはしない。協力も諦める」

「……ええと、一体何を聞きたいのかしら？」

さすがに予防線の張り方が極端すぎて、俺やエミーの不安がヴィクトリアにも伝わっているようだ。

……だが、ジャネットはこういう時に臆病風だけでこんなことを言うヤツじゃないことぐらいは知っている。

それだけ、本気なのだろう。

覚悟を決めたのか、ジャネットは一つ深呼吸をしてヴィクトリアを正面から見た。

賢者の口が、剣士の秘密へと踏み込む。

「それでは、お答えください。――ヴィクトリアさんは、バート帝国の元『剣闘士』で間違いありませんか？」

その問いに、ヴィクトリアの細い目が初めて見開かれた。

違和感の正体と、強さの秘密

ジャネットの言葉を受けて、ヴィクトリアは明確に雰囲気を変えた。

「……何故、そう思ったのですか？」

そう問うヴィクトリアだが、最早その聞き方が肯定になっているようなものだ。

――バート帝国『剣闘士』。

以前シビラから帝国に『闘技会』というものがあると説明をされたことがあった。

王国では女王命令――つまり『太陽の女神』シャーロットの命令――によって禁止されるようになったが、帝国では未だに行われているらしい。

つまり、そもそも王国住まいの人間なら『剣闘士』自体知らないのだ。

恐らく、ヴィクトリアも失言に気付いたのだろう。自らの口元を手で押さえると、眉間に皺を寄せて押し黙る。

ジャネットも緊張しているのか、テーブルの下で俺の拳を握る力が強くなる。

「――はいはい」

と、ここでシビラが軽く手を叩いて注目を集める。

「事前に言ってたけど、かなり配慮した上で聞いてるわよ。大人として、ブレンダちゃんが寝たタイミングで話を切り出した意味も察して。ジャネットちゃんの話を聞くぐらいは、してあげてもいいんじゃない？」

「……そう、ですね」

まずは話を聞いてから考えた方がいいと判断したのだろう。

ヴィクトリアは幾分雰囲気を和らげた。

「ごめんなさい、ジャネットちゃん。本当はもっと強引な手段だって取れたのよね」

「いえ、いいのです、先ほども言った通り、僕が身勝手なお願いをすることに変わりはありませんから。……では、改めて」

何故、剣闘士だと思ったのか。その問いに、ジャネットは自らの考えを話し始めた。

ヴィクトリア。冒険者ギルドのアドリア支部での記録がある【剣士】で、レベルは23。

ダンジョンのない田舎村では、女神の職業（ジョブ）レベルは10もあれば高い方である。

更に、10から上になかなか上がらない。

それでも20以上を望む場合は、かなり長期の探索経験か、中層をメインとした探索に切り換えるしかない。

それらを踏まえた上で、彼女のレベルの高さは突出している。

特に、ダンジョン自体が存在しないアドリアでは有り得ないほど。

「俺も高いとは思うが、それだけで剣闘士とは思わないいんじゃないか？」

「もちろん、それ以外にも根拠はある」

ジャネットが疑問に思ったのは、ヴィクトリアの戦い方。そのスタイルを、ジャネットは『歪な強さ』と称した。

ヴィクトリアの戦闘スタイルは――。

「――空を舞ったり、踊るように動く」

それが特徴だ。特にあの大胆な動きは、女神の職業なしでは再現するのは難しいだろう。

脚を伸ばして空中に弧を描くように飛ぶ様は、大胆で迫力がある。

「この戦い方、ラセルは疑問に思わないか？」

「疑問といっても、まあ実際に強いからな」

「そうだね。ただし、この戦い方ができるのは屋外の対人戦だ」

ジャネットの言葉に、ようやく俺もはっと気付く。

俺達人類は、『太陽の女神』から女神の職業を得る。その目的は何かといえば、ダンジョン探索だ。ダンジョンは主に山の斜面などに現れる大きな洞窟となっている。

そう、基本的にダンジョンは屋内だ。魔物と対峙した時、当然ながら『天井』がある。

ヴィクトリアの戦い方は、相手の頭上を飛ぶ。今日も変幻自在にエミーの攻撃を躱していたが、その際わざわざ脚を伸ばしてバク宙したりするのだ。

こんな動きを、ダンジョン内でやることなど有り得ない。脚が引っかかったりして、却って危険だ。上級者ほど、体の面積を減らそうとするだろう。

だが、そんな動きをしなければならない理由があるとすれば——。

「——戦いを見せることを目的としている」

即ち、『闘技会』の観客に見せるために派手な動きをしていたということだ。

「根拠は、もう一点ある」

ジャネットは、二本目の指を立てて説明を続けた。

「ヴィクトリアさんが、自分の盾のことを『バックラー』と呼んだこと」

その答えに、シビラが「あー、あー」と気の抜けた声を上げる。

「何だよ」

「王国じゃ小盾を使う剣士はまず見ないし、これをバックラーと呼んでいる人は帝国中心だったわ。王国で使っているのは術士か斥候ぐらいなのよね」

「何故だ？」

「そりゃあんた、シャーロットが『安全第一』だからよ。怪我をしてでも攻撃するより、倒せなくても守りと逃げに徹してほしいというのが、女神教の基本方針。通称『命大事に』ってわけ」

ああ……なるほど、そう考えると小盾を主に使う剣士は珍しいな。

通常、盾は用途によって数種類ある。

エミーが以前使っていた中盾と、今使っている大盾。更には全身を覆えるようなタワーシールド。これらは相手の攻撃を防ぐか、盾で押すのが主な使い方だ。

反面、ヴィクトリアが使っている小盾は大幅に使い方が異なる。積極的に相手の攻撃を受けに行かなければ、防御にならない。時には相手の攻撃を払うために、前に動く必要も出てくるだろう。

「他にも、バックラーをわざわざ選んでいる理由から、僕は剣闘士じゃないかと思った。対人用なんだ、基本的に」

特に、これらが全て、相手が『人型』であることを前提としていることもある。

つらつらと述べたが、前提として狼（おおかみ）やバットなどの魔物相手には有効ではない。更にこの小盾というものは、相手の技量があるほど効果を発揮する装備だ。

魔物の攻撃を受けるのなら、大きい盾の方が安全だろう。

それは何故か。殆（ほとん）どの人型の魔物はその怪力に頼った動きをするためだ。技量などないに等しい。故に、ダンジョン探索で小盾を選ぶメリットは少ない。

そう。

前述した通り、小盾は『相手の技量』がなければ有効ではない。

小盾を選ぶ理由があるとすれば、相手が大盾の取り回しにくさを理解している場合だ。

そういう頭脳と技量を持つ相手とは。

「人間を相手にするから、バックラーを選んだということだな」

「ん」

ようやく、ジャネットの言う『歪な強さ』という言い回しが分かった。

ヴィクトリアは強い剣士だ。だが、明らかに魔物との戦いを想定した強さではないのだ。

ハモンドのブラッドタウロス相手にエミーが苦戦したが、ヴィクトリアはそもそも盾で受けることをしないだろう。

牛頭の魔物が持つ大槌(おおつち)の叩き潰し攻撃に、小盾のパリイは不可能だ。

回避した方がいいし、そもそも小盾自体持たない方がいい。

だが、事実としてヴィクトリアは小盾を使うのが上手(うま)い、高レベルの【剣士】だ。

ドラゴンスレイヤーのエミーといい勝負をする一方で、ヴィクトリアは黒ゴブリンの毒矢に倒れた。このちぐはぐな強さが、彼女の違和感だろう。

ヴィクトリアは溜息(ためいき)を吐(つ)くと、ふっと笑った。

「……凄(すご)いですね。ここまで言い当てられると、否定しようがありません」

それは、明確に認めた言葉だった。

「ジャネットちゃんは、いろいろ詳しくて頭が良いのよね。……だから知っているはず。『剣闘士』なんて呼び方も、配慮してくれたからなんでしょう？」

「……その、僕は今の呼び方に従ったまでで」

「ううん、いいの。優しいのね。そこから先は、私が話しますから。……最初にバレたのがあなたで良かったのかもしれません」

再びジャネットの手に力が入り、自ら切り裂かれたように痛ましく顔が歪む。

諦めたように笑う糸目の母親はゆったりと立ち上がり……突如、服をめくりあげた。

突然の行為にすぐに目を逸らそうとしたが——俺は、そこに現れたものから視線を外すことができなかった。

うっすらと割れた腹筋の、へその上側に、それはあった。

「では、改めて自己紹介を。バート帝国、元『剣闘奴隷』ヴィクトリアです」

その位置には、痛ましい焼き印の跡があった。

「いつまでも、隠し通せるとは思いませんでした」

ヴィクトリアはめくり上げた服を下ろし、静かに座り込む。

警戒を解いた様子に、ジャネットも緊張から解放された。

「バート帝国では、王国と違うことばかり。そのうちの一つが、これです」

「剣闘奴隷、と言ったか。あまり言いたくなければ——」

「いえ、言わせてください。ここまで来たら、お互いの知識のすり合わせという意味でも

私が話すべきだと思うから。王国と比べると、『人間が住んでいる』ぐらいしか共通点がないかもしれないわね」

　こんな状況だが、ヴィクトリアは冗談めかしたことを言う。ただ表情は真剣そのものだ。

「帝国には、奴隷制度があります。私は父の借金の肩代わりとして売られました。十歳の頃です」

「……印も、その時なのか」

「そうね。痛かったけど、それは一瞬のこと。どちらかというと、自分の体についたこの印が取れないことの方が辛くて、見る度に落ち込んでいた……いいえ、それは今もね」

　十歳という幼い年齢で受けるには、あまりに想像を絶する仕打ちだ。

　俺達孤児院組も『親なし』として喧嘩したりと決して恵まれた環境とは言い難いものだったが、それでもこんな非道を受けることはなかった。

「でも、悲しんでばかりもいられませんでした。借金奴隷は、利益にならなければ価値がありませんから」

　壮絶な話を、何でもないことのように淡々と話すヴィクトリアに戦慄する。

「家事の全ては当然として、それ以外の『売り』になるものを求められました。覚えたのは、簡易的な芸ですね」

　そう言って、テーブルの上にあるナイフを二本取り、突然上側に投げた。

空中でくるくると回転するナイフ。片方が落ちる前にもう片方も投げ、落下してきたナイフの刃をなんと指で摘まんだ。

それを何度も交互に繰り返し、何でもないように両方の柄を同時に摑むことで止める。ナイフを使ったジャグリングだ。

「わあ、凄い……！」

こういった芸が好きなエミーは声を弾ませ、ヴィクトリアも楽しそうに笑う。

「ふふ、ありがと。これを覚えることで前座の見世物として価値が出ました」

「……なあ、待ってくれ。あんたはこれを十歳で覚えたのか？」

「ええ」

「怪我しなかったのか？」

「したわよ～。指を切っても失敗を怒るばかりで、全く治療してくれなかったもの」

楽しそうに反応していたエミーも、あまりの扱いに息を吞む。

「それでも、良い方。芸が覚えられなかったらもっとひどい選択肢もありました。私と同業の子のうち、一人はある日突然いなくなっていた。私は才能に恵まれた方ですね」

何の気なしに喋る内容の全ての価値観が違いすぎて、どう反応すればいいのか迷ってしまう。生まれた国が違うだけで、こうも変わるものなのか。

「とはいえ、こちらの芸は成人するまでの繋ぎ。主にとっての本命は」

「闘技会というわけか」

ヴィクトリアは頷く。

「闘技会は、暴力と暴力のぶつかり合い。さすがに職業持ちでなければ参加できないものの、『賭け』が成立する文化では大金が動きます」

ヴィクトリアは、十五で【剣士】となってからダンジョンに潜り、試合に参加し始めた。試合がない日はダンジョンに、試合がある日は闘技会に。

「レベルは、その時に上がりました。とはいえ、帝国は回復術士自体が少なくて。主も商売道具である私が怪我するのを避けるため、教義に従って長い間上層でしたし」

ああ、教義の『命大事に』がそういう理由になるのか。

王国と比べると、女神教の教義を守ること自体は同じでも、それに至る理由が異なると。

それからダンジョンと闘技会を行き来する毎日を、ヴィクトリアは長い間続けてきた。

「国民性とでも言うのかしら。帝国民はこういった勝負の観戦が何よりも好きで、私は何度も相手を倒し、人気が上がれば上がるほど主の手元には莫大な報酬が転がり込んできました」

帝国の剣闘士改め剣闘奴隷は、殺害禁止以外はルールが弱く、互いの武器で大怪我を負うこともある。

「当時の私って人気だったんですよ、『大紫の剣士』なんてあだ名までついちゃって」

「へえ、格好良いじゃないか」

二つ名付きの剣闘士となると、本当に強かったんだな。オオムラサキとは、蝶(ちょう)の種類のことだろう。紫の髪を靡(なび)かせ大空を舞う姿、確かに蝶の如(ごと)しだ。

「沢山の歓声を浴びた。それでも、客席の壁に囲まれた先へは行けなかった。闘技場から空を見上げて、いつも自由に憧れたわ」

「……」

「そんな日々を過ごしていたのだけれど。突然ある日、主が襲われてね。死んじゃったの。恨みを買うことも多かった人だったから」

ヴィクトリアはこの流れで突然の殺人事件を、何でもないことのように話し出した。衝撃を受ける俺達に比べ、彼女は淡々と話を続ける。

「再び縛られることだけは嫌だったから、私はその場から逃げたの。不思議なもので……いざ自由になると、自分が何をしたいのか分からなくなっちゃったの。あんなに自由に、広い空に憧れていたのに……」

当時を思い出してか、家の中で天井を仰ぎ見る。

まるでそこに、闘技場から見た空があるように。

「ある日マリウスという、茶髪の男性と出会いました。一人でふらふら夜の街を歩いていた私の相談に乗ってくれて。最終的に彼が『帝国を出てみないか』と誘ってくれて」

「そのマリウスという男は、もしかして……」

「ええ。ブレンダの父よ」

ここで、初めてブレンダの父親の話が出てきたか。

こう考えるとブレンダは両親共にバート帝国の人間ということになるんだな。

「二人で身軽なうちに、帝国から出ることにしました」

「身軽ということは、ブレンダを産む前か」

「ええ」

なるほど、ヴィクトリアが帝国から王国に来たのは、そういう流れがあったんだな。

「……待ってください、肝心な部分が抜けています」

ここで、ジャネットが声を挟んだ。

……そうだ。ヴィクトリアは、ブレンダと二人で暮らしている。今の話だと、どうしても一点繋がらないことがある。

「僕はてっきり、ブレンダが産まれてからこちらに来たのかと思っていました。離婚して、娘と二人でと」

「それは、行きの馬車が賊に襲われたからです。マリウスは、私が守り切れずに命を落としました」

ヴィクトリアの口からは、王国ではあまり聞くことのない衝撃的な事件が続く。それを淡々と話すヴィクトリアは、乗り越えたのだろうか。

……いや、恐らくそうではない。

だから彼女は、以前俺に言ったのだ。

『後悔しない選択』のことを。

「もしかして、みんな気にしてるの？　優しいのね」

「そんなの、当たり前のことだろう」

「そうね。心配はされるけれど……でも、悲しいけど、すぐにみんな忘れるものよ」

最初、冗談のように言っていたが、本当に自分の識る世界の狭さを感じてしまうな……。

「ブレンダには、そんな帝国のことなど何も知らずに生きてほしいとずっと思ってるわ。

それでも……」

ヴィクトリアは、テーブルの下で自分のお腹付近に触れている。

「未だにこの印だけは見せるのが怖くて、同じお風呂に入ったことだってないのよ。人気剣闘士が聞いて呆れるわね」

自虐的に弱々しく笑うヴィクトリアからは、昼間に見せた強さは感じられない。

彼女にとって、それだけこの印が重いものだということが否応なしに感じ取れてしまう。

「……恐らく、皆さんが来た理由は帝国への招待入国ですよね」

「そうだが、もし行きたくないのなら無理にとは言わん」

「いえ。どちらかというと、この印がある限り元奴隷として扱われることで迷惑をかけるかもしれないのが気になるのです。大恩あるラセル君の頼みとあらば、何が何でも聞きたいのですが……」

こんな目に遭って尚、こちらの心配をしているのか。頼み事をしているのはこちら側だし、以前の治療なんて返してもらうほどのものとすら俺は思っていない。

「その印は治せないのか？」

「もちろん試したわ。でも……」

治そうとした当時を思い出したのだろう。最後まで語ろうとして、口を引き結んだ。

幼い頃に付けられた、奴隷の印。

父親の借金として売られ、剣闘奴隷として使われ、最後に一緒にいた男も殺される。

娘を産んだ今も、未だその印が心の足枷となっている。

……こんなの。

「納得できないわね」

まるで俺の心の声を代弁するように、シビラから声が上がった。

「話を聞くに、やっぱ帝国って相変わらずだなって感じ」

「シビラは帝国にも行ったことがあるんだよな」

「ええ。王国よりアクティブな部分は楽しい場所だけど、セーフティーが何もない。ダンジョン探索だって死人が出るし、こういう奴隷制度だってある。その相手が将来どうなるかまで、考えが及んでいない」

そう、だな。

少なくともヴィクトリアの焼き印はヴィクトリア自身に何も問題がない上に、取り返しがつかないものだ。

こんなのを後先考えずに使うなんて、まともな神経をしているとは思えない。

一生を縛り付けるものだ。

「でも、一生縛られる必要はない」

今度はシビラが、俺の考えを否定するかのように言葉を重ねた。

「奴隷が逃げ出しても誤魔化せないよう、隷属の焼きごては、魔道具で行うのよ。この印は『整形』に近いの。回復術士(ヒーラー)では治せないわ」

「……そう、だったんですね」

「ええ。普通はね」

シビラの勿体(もったい)つけた言い回しに、ヴィクトリアが顔を上げた。

手段がある。今のは、そういう意味の言葉だ。

「時間遡行。そんなレベルの回復なんて、普通はできない。部分的に肉体年齢まで若返ったら、肉体の整合性が取れなくなるもの。……だけど、そういう常識を覆すこともできるわ。回復魔法で鎧を修理したり、服の破れを修繕したり」

「そ、そんなことを可能とする魔法が、存在するのですか……!?」

「ええ。直接触れてイメージすれば、最上位職の回復魔法は火傷だってタトゥーだって元に戻せる。試してみる?」

ヴィクトリアが反応する前に、俺は立ち上がって彼女の腹部に触れた。

「成功するかは分からん。試してみるが……いいな?」

「は、はい……お願いします……」

今まで見た中で一番緊張した面持ちのヴィクトリアの姿に、失敗できないな、と思う。

シビラは時々、こうして【聖者】の可能性のうち俺の知らない領域の話をしてくれる。

ブレンダ。

俺の回復魔法を肯定してくれた存在。

誰よりも救いになった少女。

その存在を生み出してくれたこの人に、返せるものがあるのなら――。

「《エクストラヒール》」

（《エクストラヒール》）

目を閉じ、その印がない綺麗な肌を瞼の裏に想像する。

時間を遡らせる。完璧に。

俺の【聖者】としての全力で、帝国の奴隷制ごと否定するように。眩（まばゆ）いばかりの光が夜の部屋に溢（あふ）れ、やがて静かに落ち着いていく。

成功、しただろうか。

ヴィクトリアは恐る恐る立ち上がり、自らの服をめくり上げると。

「……あ、ああ……！」

そこにはもう、何の印もなかった。

成功だ。上手（うま）くいくか未知数だったが故に、今までで特に緊張した回復魔法（ヒール）だったかもしれない。

ヴィクトリアは何度も自分の腹部をなぞるように触れ、嗚咽（おえつ）を漏らしながら椅子に座った。

皆でヴィクトリアを見守っていると、キイ、と扉の金具が小さな音を立てる。

「……お母さん？　えっ、どうしたの？　ラセルさんに、みなさん……？」

このタイミングで、ブレンダが起きてきたらしい。俺達（たち）を不安そうに見回すと、ヴィクトリアの近くに来て手を握った。

ヴィクトリアは、娘を両腕で抱きしめる。

「これはね……嬉（うれ）しいの。またラセル君に、治してもらって……」

「あっ、そうなんだ？　やっぱりラセルさんって凄いね！」

「ええ……良かった……本当に、こんな日が来るなんて……」

ヴィクトリアは、今まで苦しんできた時間を思い返すように、ブレンダを腕の中に収めて泣き続けた。

◇

「つーことなんだが、任せていいか？」

「当たり前さね、うちの子らも友達が増えて嬉しかろうて」

ジェマ婆さんは笑いながら、隣に来た新顔の茶髪を撫でる。

昨日のうちに、ヴィクトリアは俺達と共に帝国へ同行してくれることで話がまとまった。

ただ、その際に当然『ブレンダをどうするか』が問題となる。

ヴィクトリアは、孤児院へ一時的にブレンダを預けることを考えた。

ブレンダが孤児院に遊びに行くことも多くなり、友達も増えていたのを見てのことだ。

ジェマ婆さんが信用に足る人物ということも、長い付き合いで理解していた。

そうして、ジェマ婆さんは二つ返事で了承したというわけだ。

「そういえばラセル、イザベラには会ったかね」

「王都の院長だよな？　厳しい雰囲気だったが、印象は悪くなかったな。知り合いか？」

「そりゃもう、あの子はあたしが教育したからね」

へえ、ジェマ婆さんはあのイザベラ院長とも関係があったんだな。

現院長である人の先輩となると、なるほど孤児院管理メンバーであるフレデリカがジェマ婆さんを信頼しているのも分かるな。

ジェマ婆さんにはシビラとも、他の先生や王都の子供の話をした。

シビラの語り口調は実に愉しげで、婆さんも大声で笑っていたな。

「……それにしても、ジャネットちゃんはよく私のバックラーの使い方が帝国のものと分かったわね」

「それは、この孤児院にある本で読んだからです。……ん？」

ジャネットがいつものように自らの知識の出所を話す途中で、ふと疑問に声を止めた。

俺も今の発言は、何か引っかかる。

「帝国の戦い方が、本に載っていたのか？」

「そう、なるね」

それは……何というか、凄いというのを通り越して奇妙だ。

以前ハモンドでシビラと行動を共にした時、俺は本屋で立ち読みをしていた。

剣技関係の棚を軽く眺めたが、ハッキリ言って帝国での戦い方の本なんて並んでいなかったように思う。

ハモンドは、王都の次に発展した街だ。

そこでも揃わない本が、何故この孤児院の地下室にある？

「……私も確認していいかしら？」

ヴィクトリアの要望に頷き、俺達は疑問を解消しに地下室へと向かった。

田舎の孤児院奥の部屋から、床板を持ち上げると現れる地下への階段。

その先に、不思議な図書室はある。

建物の雰囲気とは不釣り合いな規模に驚きながら、ヴィクトリアは本棚に収まった一つ一つの背表紙を指でなぞっていく。

全ての本を把握しているジャネットに案内され、剣技を始めとした戦い方の本がまとまった棚に来たヴィクトリアが、目を見開いた。

「これは……いや、まさか……」

そのうち一つの本を手に取り、表紙を見る。

ヴィクトリアが選んだ一冊に対し、ジャネットは驚きつつ頷く。

「よく分かりましたね。まさに、その本です。バックラーの戦い方が載って——」

「そうよね、24ページから載っているのよね」

「――……え？」

　ヴィクトリアは本を閉じており、瞼の裏に浮かべるように目も閉じた。

「対人戦、花形の【剣士】によるパリイと崩し方。鎧と鎧がぶつかる【重戦士】の大槌のぶつかり合い。盾持ちの相手を狙い倒すショーテルの戦い方や、人間同士での拳や短刀を使った高速武技まで」

　すらすらと喋る内容に、ジャネットは息を呑んだ。

　言うまでもなく、俺も思い当たった。ヴィクトリアが、本の内容を暗記している理由。

「まさか、そういうことなのか……!?」

「ええ」

　ヴィクトリアは背表紙に指を引っかけてカバーを外し、隠されていた裏表紙を掲げた。

「この本は、私も読んだバート帝国闘技会用の本。帝国で作られたものよ」

　そこにあったものは、ヴィクトリアの腹部で見た焼き印と同じ印だった。

　思わぬ発見に驚きつつも、俺達は地下室を出た。

「もしかすると、今回の旅はただの任務というわけではなくなるかもしれないね」

「ああ、そうだな」

　帝国の本を読んできたということになるジャネットの、初めての帝国遠征だ。新たな知見を得られる可能性は大きい。

それにしても、謎の地下室か。

あまり意識してこなかったが、もしこの部屋の秘密を知っている人物がいるとすれば。

「なあ婆さん」

「ん？　何だい？」

「あの地下室のこと、聞いてもいいか？」

俺の質問に対し、俺の目をじっと見て黙る。俺も黙してその目を見返す。

「……。そうさね、何かしら察しているかもしれんし、言ってもいい時期かもね」

婆さんは遠い日を思い出すように、部屋の天井を眺めた。

「あれは何年前だったか……。あんた達を拾う一ヶ月ぐらい前に、大きな馬車に乗った夫婦が来たのさ」

「夫婦？」

「そう。二人はここが孤児院であることを確認すると、頭を下げてどうにか泊まらせてくれないか、と言ってきてねえ」

その二人は、ここで泊まったとのことだ。この院から盗むほど貧した風体にも見えなかったようだし、婆さんに断る理由もなかったと。

「それで数日泊めたら、お礼を言って去っていった。机には謝礼に金貨袋が置かれていて、いつの間にか地下室が完成していたってわけさ。そりゃあ驚いたよ、本当に数日のうちに、二人でやってのけたんだろうね」

なるほど……となると、やはり術士か。

一般的な方法だと分かりそうなものだし、何より時間が足りるとは思えない。

そう考えると、とてつもなく高度な魔法技術ということになるが……何者だ？

「しかしまた何で、急に地下室が気になったんだい？」

「ああ。どうやらヴィクトリアが過去に帝国で読んでいた本があったようでな」

「ふぅむ……あの二人が帝国からの旅人、ってことかね。うちを選んだ理由はさっぱり分からんけど、まぁ荷物でも軽くしたかったのかねぇ」

結局謎が謎を呼ぶような形になってしまったが、一つ知らない話を聞けた。

いずれその秘密を解明できる日が来るだろうか。

俺達が孤児院から出るタイミングで、最後にブレンダが見送りに来た。

「ね、お母さんはラセルさんとすっごいことするんだよね」

「そうよ、めいっぱい活躍しちゃうわ！」

「うん！　えへへ……」

ふと、明るい声のトーンを静かに下げながら、ブレンダが言いにくそうに口を開く。

「私ね……お母さん、実はみんなとどこか違う人なんだって、なんとなく分かってたよ」

「えっ……！」

ブレンダの突然の告白に、ヴィクトリアだけでなく俺も内心驚いていた。

そうか、この子は母親のことを想像していたより遥かによく見ていたんだな……。

「でもね、凄い人なのは絶対間違いないって知ってるから。だから、すっごい活躍してきて！　それでね、帰ってきたら自慢させて！」

明るく笑いながら、自らの要望も載せた。

ヴィクトリアは最後にブレンダを両腕で抱き、「最高の英雄譚を約束するわ」と告げた。

院の前で待機していた馬車に、ヴィクトリアが最後に乗り込み、扉が閉まる。

「改めて、ヴィクトリアには世話になる。ブレンダの件、決断させて済まなかったな」

「いいのよ～。ジェマさんは私にとっても憧れる姿。あの人なら、娘を預けてもいいと思えましたから」

「そうか、なら良かった」

確かにジェマ婆さんは信用に値する人物だ。

他の地で様々な人物と触れ合ったことで、改めて自分達が良い環境で過ごせたことを実感するな。

「では、次はバート帝国だな」

「違うわ」

さあ本番、と気合いを入れようと踏ん張ったところで、うちの唐突女神が俺の意気込みに足払いをかける。

「何だよ肩透かしだな……変なこと言うと叩くぞ」

俺が呆れ気味に睨むも、シビラは余裕の表情を崩さず指を立てて片目を閉じた。

「エマとの約束を守りに行くわよ」

今まで出会った人達との縁

「マジっすか」

「マジっす」

青空の下、懐かしい潮風の香りを受けながらシビラは目当ての人物の口調を真似た。

俺から誰か言わずとも、この特徴的な喋り方は分かるだろう。

「連絡もなく急に訪ねて済まないな、イヴ」

「いやいやいや！　むしろラセルさん達ならいつでもオッケーっすよ！」

最後に会った時と変わらない明るさで、セイリスの街で活動する孤児院出身の冒険者イヴはからっと笑った。

イヴのことを振り返ろうと思う。

彼女は港町セイリスの孤児院にいた少女で、職業は【アサシン】という上位職だ。

戦い方はスピード特化で、魔物の急所を的確に狙う。

気配を消してナイフを投げるなど、できることのバリエーションは多彩。

そう、彼女の能力はまさに斥候に最適なのだ。

シビラの言っていたエマとの約束を守るというのは、このことだろう。

「といっても、そちらの現在の生活や予定もあるだろうし、もし難しいようなら遠慮なく言っていいわよ」

「そりゃそっすね、とはいっても新しいシスターも来てますんで。今はセイリスに魔王はいないし、パーティーの皆とも話つけてくるっす。あ、一緒にどうっすか？　久々に」

イヴの言葉からして、パーティーは今も変わらないのだろう。

俺とシビラとエミーに、ジャネットも希望して四人で目的地へ向かった。


街の市場から近い場所、便利な一等地にあった大きな建物。その扉をイヴは叩いた。

「あたしっすー！」

「はいはい、聞こえてるよ～……って」

大きな声に反応して、中から女性が顔を出す。

イヴの方を向いた後、俺達を見て目を見開く。

「お、お久しぶりです！　おーい、ラセルさん達が来てるよ！」

あの日、ダンジョン内で俺が治療した【アサシン】の女性が声を張り上げ、家の中から男女四人が現れる。

セイリスのベテラン冒険者パーティー、『疾風迅雷（しっぷうじんらい）』のメンバー達だ。

「シビラさん、あと聖者殿も！」

「ああ、久しぶりだな。エミーとも会っていると思うが、今日は用件があってきた」

「そうか、大所帯だな！　立ち話も何だから、入ってくれ！」

リーダーの言葉に頷き、パーティーハウスへと入らせてもらった。

中も立派なもので、様々な武具だけでなく、服飾や装飾品の棚などもある。

そういえば、ここでエミーに腕輪を買ったんだったな。セイリスは観光地としてはもちろん、その観光客に向けた宝飾品なども取り揃えられている街だ。

もちろん、地元民もその美しい品々を求める。

それにしても安くはなかったと思うが、かなりの数があるな。

「あらあら、すっかり羽振りが良くなってるじゃない。いいわよね、セイリスのアクセ。王国内でも高水準だと思うわ」

シビラも同じことを思ったようで、その指摘に女性陣は顔を見合わせて笑った。

「いやー、仰る通りで。私、セイリス育ちだから昔から憧れてて。シビラさんのお陰で、たくさん買い揃えられました」

「……ん？　アタシのお陰？」

普段自信満々で有り難がらせるシビラも、彼女の言葉にはぴんときていないようだった。

「『第四』でドラゴン倒したの、皆さんでしょ？　イヴに誘われて、あの鱗や牙を剝ぎに行ったのよ」

「えっ、あれイヴちゃん独占しなかったんだ?」

「二体っすから。一人じゃ運べるの限界あるし、まあウィンウィンってやつっすね」

そういえば、アドリアで祭りになるぐらいファイアドラゴンの素材は貴重だったな。

ニードルアースドラゴンは巨大だった上に、二体いた。あの素材がそのままパーティーの収入になっているのなら、そりゃあ莫大(ばくだい)なものになっているだろうな。

「特に、王都のドワーフが来て『角が特徴のドラゴンだ』って見抜いて、鱗全部と角二本が釣り合うぐらいの、目玉が飛び出るような価格で即決だったのよ」

なるほど、それで納得がいった。

このパーティーハウスも、宝飾品の数々も、その時の収入によるものなのだろう。

「いやー、全員の生涯分ぐらいはあれで稼いだんじゃないかってぐらいだったな」

生活は安定しているようで、皆明るくいい雰囲気だ。これなら話を切り出しやすい。

「実は相談があってだな……」

俺とシビラは、イヴを勧誘するまでの経緯を丁寧に話した。

「——というわけなんだ」

「なるほど……」

リーダーの男は一通り聞くと、黙して皆の顔を見回し、最後にイヴの方を見た。

「改めて聞くが、イヴはどうしたい？」

「もちろんついていきたいっす。うちには元々アサシンの先輩もいますし、今はもう魔王もいないから変に襲われることもないんで、自分がいても過剰戦力かなーって。それに」

イヴは話を区切り、シビラへ一度視線を向けてリーダーに向き直った。

「正直、ぜんッぜんお礼ができてない。足りない。不相応にも程がある生活してる。ずっとそう思ってるんスよ」

真摯な言葉に、リーダーをはじめとした『疾風迅雷』も皆頷く。

「そうだな。そういう意味でも、イヴが行ってくれるなら気持ち的にも助かる」

リーダーは、改めてパーティーメンバーを見回した。

「皆はどうだ？」

「イヴが望むなら、引き留める権利はない」

「んー、イヴちゃんがいなくなるのは俺としちゃーちょっと残念だけどね」

「うん、私も名残惜しくはあるけど、応援したい」

三人がそれぞれ答えたところで、最後にアサシンの女性がイヴの近くに座った。

「行かなければならない場面だもんね。……仲良くなったから、名残惜しいな」

「あたしもっすよ。ほんと世話になりました。いろいろ教えてもらって……孤児院じゃ年長だったから、実の姉ちゃんがいたらこんな感じかなって思ってたっす」

「ふふっ、嬉しいな。私もイヴのこと、可愛い妹みたいに思っていたよ。妹にしてはできすぎていて、私の方が教えてもらうことばかりだったけどね」

二人は軽くハグして、笑い合った。

……いい関係になったんだな。用件が緊急事態だからとはいえ、こうして馴染んだイヴ達の仲を裂いてしまうのは申し訳なくも思う。

「あ、何も後ろめたく感じなくていいからね。そもそも、あなたに命を繋いでもらったからこうして元気でいられるわけだし、シビラさんのお陰でイヴとも知り合えたんだから」

「そうか……そう言ってくれると、俺としても助かる」

「でも可愛い妹分なんだから、仕事が終わったらちゃんと無事に返してね？」

「ああ、【聖者】として無事は絶対だと約束しよう」

俺の力を知っている彼女は、曇りのない表情で頷いた。他の皆も俺達へと頷く。

「イヴちゃん、無理はしないでね。みんなあなたの帰りを待ってるんだから」

「へへ、嬉しいっすね。はぐれ者みたいなあたしが、こんだけ大切にしてもらえるのって。ま、逃げ足には自信あるんで、上手くやるっすよ」

そんな和やかな会話を聞きつつも、必ず無事に返さないとなと決意する。責任重大だ。

一通り言葉を交わして。

「それじゃ皆さん、お世話に……お世話になりましっ……」

イヴは最後の最後に抑えていたものが決壊し、涙を拭きながら片手を大きく振った。

『疾風迅雷』のメンバーも、笑ったり泣いたりしつつも皆が明るい顔でイヴを見送った。

なお、こっちではエミーがもらい泣きしていた。

メンバーは揃（そろ）った。

ここから北の街マデーラを通過し、そこから更に北へ向かった先が遂（つい）にバート帝国となる。

05 バート帝国は、正と負の両面で歓迎をする

馬車の中にいるメンバーをおさらいしよう。

【聖者】の俺、『宵闇の女神』シビラ、【聖騎士】エミー、【賢者】ジャネット。

帝国出身者ヴィクトリア、上級天使の【賢者】マーデリン、【アサシン】イヴ。

このパーティーは、正直——。

「めっちゃ女所帯っすね！」

「……考えないようにしていたんだが」

イヴの言葉に気まずい気分になる。話題が流れることを願ったが、当然そういうタイミングを逃さない女神に絡まれた。

「んもぉ〜、このシビラちゃんを始めとした美少女揃いのパーティーにいるなんて幸せ者ね〜っうりうり」

「あらあら、美少女って私も入っちゃうのかしら？」

シビラのツッコミに返す前に、最年長のヴィクトリアが乗っかってしまった。

実際本当に子持ちとは思えないぐらい若いんだよな……。

「確かに偏ってるよな……俺以外の男もパーティーに入れるか？」

「えっ絶対嫌」

「僕も嫌」

今度はエミーが反対し、更にジャネットまでもが乗ったことにより、シビラの揶揄い具合は最高潮に達した。

「フゥー！　全ての女性をその手に収めそうな勢いね！　あ、そろそろ着くわよ」

そろそろツッコミ返すかと思ったら、バート帝国に到着してしまった……やれやれ。

最初に会話の火をつけたイヴが舌を出して笑うと、どうにも怒りきれなくて気が抜けてしまったな。


厳つい外壁に、見張り砦が四方に立つ壁。

セントゴダートは迫力がありつつも悪い印象は全くなかったが、バート帝国はまるで外部のものを排除するかのような印象を受ける。

恐らく、それは印象だけに留まらないのだろう。

「止まれ」

セントゴダートとは違い、並ぶことなく門の前へと着く。

立ち止まった御者の前で、甲冑を来た男女が槍を交差させた。

「帝国の者か？」

必要最低限の言葉に、ヴィクトリアが前に出る。

「私です、皆は私の紹介となります」

「こちらへ」

槍を持つ女性の騎士に連れられて、ヴィクトリアが門の隣にある個室へと入っていった。

……問題がなければ、これで入れるはずだ。

「残りの者、タグを見せるように」

残った壮年の大男が、槍を肩に担いだまま催促する。

なんつーかマジで高圧的で、そこまで想像通りだと逆に笑いそうになるな。

ただそんな威圧、本物の【聖騎士】たるエミーには効くはずもない。反面、萎縮させるつもりだった大男は、目を丸くして「……よ、よし」と体裁を保つのみ。

「エミーちゃんの次はジャネットちゃんお願い」

「これでいいです？」

「僕ですね、分かりました」

次の提示をシビラは指示し、ジャネットの次に自らの情報を出した。彼女は最上位職の高レベルという、こういう手合いに最も強い数値。

そうか、高レベルとはいえシビラは普通の【魔道士】だ。そこでこいつに丁寧語を使う賢者がいれば、『この【賢者】より上の立場』と理解させられる。

「笑顔が足りないわよ～」

「職務ですので……」

結果、ビビるなど無縁の立場でいらっしゃる悪戯女神様のイジりにより、声の張りがなくなった男に皆でタグを提示していった。

「戻りました」

ヴィクトリアが、いつもと同じ糸目の笑顔で手を振った。

様子からして、大丈夫そうだな。

「市民階級だ、問題ない」

「よし――いや待て」

男が、ヴィクトリアの顔を凝視する。

それに対しての紫髪の母親は、わざと軽い雰囲気で「あらあら？」と声を出す。

「記憶違いかもしれないが、闘技会に出ていなかったか」

この男、当時のヴィクトリアを見たことがあるのか!?　可能性としては考えていなかったわけではないが、どう切り抜けるか……と、思ったのだが。

「いや、印はなかった。確認したから間違いはない」

「……そうか、済まなかったな」

門番の女性が助け船を出して、事なきを得た。

事前に印について確認を取っていて正解だったな……。

二人が門の左右に離れ、鉄格子の扉が開く。これで問題なく入れるだろう。

「──止まれッ！」

急に近くで大声がして、門番の二人が槍を構える！

「ああっ、クソッ……！」

馬車から外を覗き見ると、一人の青年が他の兵士によって床に組み敷かれていた。

扉が開いたと同時に、帝都から脱出しようとしたのだろうか。

「あと少し、だったのに……」

絞り出すように言葉を発した男に対し、兵士は無言で頑丈な手枷を取り付けた。

そのまま別の兵士が後ろから蹴り上げ、どこかへと連行していく。

「待たせて済まない、通っていいぞ」

門番二人はその光景を見ても気にする様子もなく、御者に声をかけた。

……あんなのが、珍しくないとでもいうのか？

「あまり言いたくはないけど、ああいう光景は本当に珍しくないわ」

俺の聞きたいことを読んで答えるように、シビラが外を見て呆れたように肩を竦めた。

「娯楽は多いし、後先考えない楽しいヤツも多い。だけど勝つ者は勝って、負ける者は容赦なく負ける。それがバート帝国よ」

その意見に呼応するかのように、馬車内部からでも聞こえるほどの野性味溢れる笑い声が聞こえてくる。

見ると、男達が酒瓶を片手に談笑していた。

晩の食事、というよりは呑み潰れるために集まったという感じだな。

「シャーロットは兎も角、アタシもエマも帝国のことは嫌いじゃないのよ」

そりゃまあそうだろうな。

お前はなんつーかそういうキャラだし、エマも冒険者の挑戦心みたいなものを好むタイプだった。

反面シャーロットは、何よりも人間の安全を重視するという感じだったな。

「でも――」

馬車が街の中央で止まり、窓から差し込む眩しいばかりのギラギラとした光が目を刺す。

金のランプが所狭しと並べられた、異様に目立つ建物。

看板には『カジノ・グランドバート』と書かれた文字が燦然と光っている。

「――好きになりきれない、というのも本音なのよね」

その店の前では、号泣する人が男二人に連れ出されていた。

あれが、シビラの言っていた場所か。

「まあ、ラセルが無一文の裸一貫で放り出される姿は見てみたいわね！」

「叩くぞ」

本当に緊張が維持できねーヤツだな！　やれやれ、精々カモにされないよう注意するか。

いや、俺がというかこいつが首突っ込む確率の方が断然高いが。

いつものように慣れた様子でシビラが御者に支払いをし、王国へと戻る馬車を見送りながら帝国の舗装された地面に降りた。

「カジノはお楽しみとして、それじゃー拠点の方を決めていきましょうか」

俺の不安を余所に、当の本人は帝国出身者へと行き先の相談を始めていた。

ヴィクトリアの先導のもと帝都を歩き、程なくして到着したのは巨大な建物。

「まだあって良かったわ～」

話によると、ここはヴィクトリアが以前滞在していた時にもあった宿とのことだ。

「では、ここを拠点にするか」

「オッケー、それじゃ部屋はアタシが払うわね」

ひらひらと手を振って、シビラは受付へと赴く。

事務的な対応だった受付も、シビラが二階の最奥にある一番大きい部屋を指定すると急に態度を変えた。

こういう時は思い切りがいいんだよな。使うべき時には使うというか。

「せっかくだもの、快適に生活したいものね。主にラセルはアタシに感謝なさい」

「あのワインは高かった」

何故お前に奢った俺だけが感謝を催促されているんだ……。

「帝国でも奢る権利をあげるわよ！」

ま、そういう返しになるよな、お前は。

資金は未だ潤沢とはいえ、あまり後先考えずに浪費したくはないところだ。

「ほんとお二人、仲いっすね」

「どこがだよ」

俺は突っ込むものの、皆イヴの方にだけ同意していた。何故なんだ……。

「さて、方針といきましょうか」

「任務は二つ。ケイティと、エマの用事だな」

バート帝国で見失った、ギルドマスターお抱えの上級天使の斥候。

ケイティの調査を任せていたその女から、完全に連絡が途絶えてしまったとのことだ。

『愛の女神』ケイティ……あの女の特性を考えると、嫌な予感しかない。

「それではまず方針として」

「ギルドに聞き込みにでも行くか」

「バーでたらふく食べて呑んで、明日はカジノに一日中入り浸――きゃん！」

久々に、ストレートにチョップが出た。

もうなんつーか、お前この期に及んでそれかよ！　いや、お前のことだから絶対に行くだろうと思っていたけどな！　何と言っても、やはりお前はシビラだからな！

「いてて……いやさすがにアタシも全額使う気はないわよ。それは反省してる」

「本音は？」

「向こう二十年はこの部屋で豪勢な生活を送れるだけの金はマジで狙えるわよ！」

この流れでこう言う場合、普通は冗談で茶化しながら言っていると判断するところだが、今ここにいるのは既破産女神だからな。

「ラセルも興味が出てきたんじゃな～い？」

「いや全く。足ることを知れば、今を崩すほど足を出すつもりはない」

「ちぇーっ、そういやあんたって聖者だったわねー。ところでイヴちゃんはどう？」

「めちゃ興味あるっす」

うわこいつ金に目がなさそうなのを狙いやがった！

――と思ったのだが。

「でもぶっちゃけ、最終的には負けるからカジノって儲かるんすよね。なら黒字が一回でも出た時点で引き上げるし、赤字でも一回で引き上げ。後は観客にでもなるっす」

イヴは、最高にしたたかなヤツだった。

恐らく場数以外なら、こういう勘は俺達の中で最も鋭いだろう。

ジャネットがこちらに視線を向け、小さく頷いた。アイコンタクトで『彼女、いいね』と言っているのが分かる。

俺は頷いて肯定を返した。

無論、シビラを始めとしてヴィクトリアもイヴには感心していた。

「凄いわね……カジノ経験前からそこまで見抜くなんて」

「そういやヴィクトリアさんはここの人なんすね。やっぱ入ったことあるんで？」

「そうね～。入ったことはあるけど、一度ルーレットを見ていて何だか酔っちゃったというか、変な気分になっちゃったわ。結局最後まで遊ばなかったわね～」

「ありゃ」

ルーレット、か。どういうものかは分からないが、ヴィクトリアみたいに飛んだり跳ねたりと酔いそうにない人でも、そうなることがあるんだな。

「マーデリンはどうだ？」

緑髪の上級天使に話を振ると、「んー」と視線を宙に彷徨わせながら答える。

「そもそも私、人と競うこと自体が好きじゃないですし。それに負けたらカードの絵に襲われて破滅したりするんですよね。呪術系の魔道具でしょうか？　怖いですね」

「そんな恐ろしい場所が、人気の娯楽施設になるわけないだろ……」

やっぱこの人、どっか浮世離れしているんだよな。地上慣れしていない天界人って感じだ。世俗の単位が街中ではなく地上になっている究極の箱入り娘というか。

思った以上に天然系であることを知ったヴィクトリアが、マーデリンの面白回答に興味津々のようである。そういやお互いどこかふわっとした印象の人同士、気が合うかもな。

「じゃあここでは、シビラさんだけが経験者っすね」

「そういうこと！　アタシの華麗なプレイに酔いしれるといいわ！」

「ちなみに以前スった金を立て替えてもらったとか言ってたからなこいつ」

全員の表情が、一気に疑わしいものに変化した。

本気でしまったという表情を見せるシビラの姿に、俺も溜飲が下がるというものだ。

「うう、さすがにアタシももう簡単に騙されて負けたりはしないわよ」

「どうだか」

調子に乗る時は、とことん女神らしくない調子の乗り方するのがこいつだからな。

俺は呆れるばかりだったが、ここでジャネットが身を乗り出した。

「ん？　シビラさんは『騙されて負けた』のですか？　運が悪かったからではなく？」

その言い方の違いは、ほんの小さな違和感だった。

ジャネットの疑問に対し、シビラはきょとんとジャネットを見て……そのまま口角をぐいっと上げた。

「いいわね、その気付き。やっぱりジャネットちゃんの頭脳面は格別だわ」

「ということは、僕が思うにシビラさんは負けたのではなく」

「まさか、嘘の結果で出し抜かれたんすか!?」

シビラのことを信頼しているであろうイヴが驚き、話を聞いていたマーデリンも同じぐらい驚き絶句している。

当の本人は……何故か、小さなボールを右手に持って見せてきた。

「このボール、右手と左手どちらにあるでしょう」

「馬鹿にしてるのか、右手だろうが」

「そうね」

唐突女神の唐突さは、本日新しい局面に到達した。この会話に何の意味があるんだ……。

そんな俺の気も知らず、今度は手の甲をこちらに向けて、右手を上に、左手が下になるような位置にした。次の瞬間、右手から真下の左手にボールが落ちるのが僅かに見えた。

シビラはそのまま両腕を垂直に戻す。

手の甲をこちらに向け、握り拳を上に向ける形だ。

「ボールはどちらの手かしら」

「左手だろ?」

「私も左手だと思います」

「そうですよね。見えました」

エミーの動体視力で今のが見えていないはずがないもんな。マーデリンも見えたようで、左手に移った瞬間は皆見えたようだ。

「うんうん。ジャネットちゃんは？」

「……」

「じゃ、イヴちゃんはどうかしら？」

「……いや、答えるの怖いっすわ」

ところが、ジャネットとイヴは回答を避けた。

何故かと思ったが、その理由を俺はすぐに知ることとなる。

「正解は」

「右手ですよね」

シビラが答える前、唐突にヴィクトリアが言葉を挟み、悪戯女神が視線を向けてニヤリと口角を上げた。この時点で、ようやくこいつが何かをしたのだと気付いた。

シビラが腕を横に寝かせ、握り拳を開く。

ボールがあったのは――右手だった。

「えーっ!? 嘘だあ！　絶対見えたもん！」

エミーが大声で抗議し、ジャネットとイヴは首を捻る。……まあ俺も首を捻っているが。皆の反応に対し、シビラは満足そうにニヤニヤ笑うのみ。答えを知っているのは、この中で二名だろう。

「ヴィクトリア。あんたは何故分かったんだ？」

「分からないわよ～」

ところが、なんと答えは否定だった。分からないのに、何故右手だと……？

「つまりね——」

最後に糸目で微笑む紫髪の母親は、いつもと変わらぬ雰囲気で淡々と言った。

「——バート帝国では、こういうことが珍しくないのよ」

それは何より、帝国出身者らしい言葉だった。

シビラがよく分からん手品をした。……それはいいとして。

「で、結局バーとカジノは何故行くんだ？」

いいようにはぐらかされた気がするので、問題の本質に踏み込む。

……こいつがこういう時に、伊達や酔狂で遊びに行くためだけに推してくるとは考えにくい。本当に冗談なら、さらっと流して別の本題に入るはずだ。

「ラセルからの篤い信頼を感じる……以心伝心、これぞ一心同体、むしろ同一人物」

「それはマジで気持ち悪いな」

俺がシビラ……？　想像したら妙な気分になってきた、考えないようにしよう。

「ま、あんたの言った通り目的はあるわ。王国の酒飲みはそりゃもう上品なものよ。お店の人も止めるし」

「口ぶりからすると、帝国は違うのか？」

質問の先に、ヴィクトリアへとアイコンタクトを送る。

この中で最も帝国に詳しい者だろう。

「そうですねー、酔い潰れたりは当たり前で、吐いてたり道で寝てたり、何だったら死んじゃったりしますね」

「えええええーっ!?」

極端すぎる事例にエミーの声が上がるが、内心俺も同じような反応だ。

酒で、死ぬ？　そもそも楽しむために呑むのに、吐くのか？

「驚くことではないわよ～。度胸試しで未成年が呑んだり、競い合ったりするんです」

「金を払ってか？」

「はい。あとは死ぬまで無理矢理呑ませたりでしょうか」

「……殺人じゃないのか？」

「殺人だと思いますね」

迷いなく答えるということは、事実なのだろう。

何というか、王国民とはそもそもの種族から違うような気さえしてくるな……。

「ということは、その酒場に行けば」

「ええ。程々で終われない帝国民はお喋りよ〜？　話してはいけないことも、たくさん話しちゃうの」

なるほど、いい話を聞けたな。

「特にアタシの色仕掛けがあれば、どんな機密情報もみんなべらべらと――」

この話は聞かなくていいな。

帝都の空は、茜色から宵闇の薄青い空へ。俺達にとって初めての、帝都が始まる。

ちょうど夕食の時間でもあるため、シビラとヴィクトリアが相談して店を決めた。

それぞれのリクエストと目的に合致した店を選び、酒がメインだが料理も美味いという店に入る。

「なー君達、フリーだろ？　俺らと一緒に呑まない？」

「え、あの……？」

入って早々、顔を真っ赤にした若い男二人にマーデリンが絡まれた。完全に酔ってやがるな。確かに彼女は上級天使というだけあって並大抵の美貌ではないし、目を惹かれるのも分かるが。

「おい、あんたら。こっちには先約があってな」

「……ん？　何だお前」

いかにも不機嫌な表情を隠さない男達が俺にメンチを切り、取り囲むように立ちはだかった。一人は拳を構え、もう一人は指を鳴らす。

「どっちが先約だったかなあ！」

そんな俺達の様子に、周りの客も気付き始めた。

「おっ、奪い合いか？」

「やれー！　こっちは暇してんだよ！　面白いモン見せろや！」

「俺はあの黒いのが負ける方に銀貨一枚賭けるぜ！」

ゲラゲラと見世物を見に来たように笑う連中に頭が痛くなる。

食事に来ただけで酔っ払いに絡まれるとは厄介だな……。

「あらあら、私もお話をしてもいいかしら」

どうしたものかと思っていると、割って入ってきたのがヴィクトリアだった。

「おおっ、お姉さんはそんなヤツより俺達と来たいよな？」

「肩の紋章」

紋章？

ヴィクトリアの言葉に続くように、俺達は全員その肩に注目する。

二人の上着には、全く同じ狼のようなマークがあった。

「帝国銀狼隊の方ですねー、お仕事お疲れ様です。とっても楽しそうですので、もしよろしければ一緒にお話ししませんか？　青髪の背の高い方、今も元気かしら？」

穏やかに話す糸目の女性による、誘いの言葉。

男達は一瞬で酔いが醒めたようで、目に見えて狼狽えだした。

「は……ハハハ、いや、遠慮しておきますよ……」

「そうそう、俺らそういや人数一杯でしたわ……」

そそくさと自分の席に帰っていく男達を、他の男達が頭を叩いて首を絞めた。

何が起こったかはうっすら分かるが……。

「……帝国では、こういうことが当たり前なのか？」

「頻繁にあるわね。若い子が夜に出歩いたりは絶対にしないわ」

「今のやり取りに出た男は？」

「当時の小隊長さんだったの。遠目に見ても、強いなって分かっちゃったから、きっと今はもうちょっと偉くなってると思って」

さらっと不確定情報でかまをかけたのか。

こういうことは帝国出身者だからか、妙に豪胆なんだよなこの人。

「とりあえず、こっちを見てる店員さんに注文しましょう。私、大ジョッキで」

「はいはいアタシも！」

ヴィクトリアに次いでシビラもということは、これは酒だな。

「なあヴィクトリア、俺達の分は何か丁度良さそうな物を見繕ってくれないか？」

「あっ、私も！　おいしいのどれか分からないし、是非お願いします！」

俺の提案にエミー達も続き、帝国出身の彼女は頷いて慣れた様子で注文を続けていった。

尚、隣から「アタシが代わりに注文してあげても良かったのに」とか宣った年中泥酔女神は無視。お前は不意打ちで強い酒を捻じ込んで来るのが目に見えているんだよ。

　僅かに待つと、すぐに巨大な陶器から泡が溢れる飲み物が現れた。

すげえサイズだな、本当に一人分か？

「それじゃ、久々の帝国入国を記念して、元住人のママさんの瞳に映るアタシに乾杯！」

いやヴィクトリアの閉じた目に映る自分の顔認識するの無理だろ。と突っ込む間もなく二人は一気に巨大な飲み物を呷りだした。

一気に、呑んで……いやマジで滅茶苦茶呑むな!?

「っくぅ～～～～！　やっぱりこれよね！」

「分かる分かる！　アドリアの空気もいいけど、これはココだけ！」

「後はアレが来れば……おっ、来た来た！」

シビラの視線の先には、何やら揚げたものを大量に載せた皿、それにパンに肉の細切りを挟んだもの。

「あれは、もしかしてメゼにケバブか」

「初めて見るが、ジャネットはこれも本で読んだことがあるのか？」

「もちろん。ヨーグルトソースにパセリを練り込んであるのも、帝国ならではのものだ。近い料理もあれば違う料理もある。どっちみち面白そうだね」

肉と野菜がぎっちりと詰め込まれた食べ物に、皆で興味津々かぶりつく。

まず届くのは、キャベツの千切りの食感。続いて鼻に抜けるのは、独特のスパイスによる香り。それが冷たい酸味と不思議な混ざり方をする。

最後に肉の熱と旨味（うまみ）が、口の中に広がっていった。これは……美味いな！

「どんなもんかと思ったが、いいじゃないか。気に入った」

「これがビールと相性最高なのよねー！」

皆も味に満足しているのが伝わってくる。

特にエミーは、出てきた前菜を一通り食べた上で、既にキョフテという肉の塊を消化している。その様子を微笑ましく思いながら、俺は店員に一言だけ付け加えた。

――注文した料理、全部二倍の量にしてくれ。

そんなわけで夕食を摂（と）りつつも、本来の目的を忘れているわけではない。

「あーあ、男連れじゃねえイイ女いねーかなあ」

「そういや橙の髪色した剣士、知ってるか？　すげー美女の冒険者」

「そんなヤツいたかあ？　夢でも見てたんじゃねーの？　それよりよ、カジノでまた全額スッたヤツがいてな」

「マジかよ、ほんと使う馬鹿の気がしれねーわ。あれ何で全額使うヤツ出るんだろうな」

「自分だけは勝てるとか、流れ来てるって思ってるんじゃゃね」

そんな世間話も否応なく耳に入ってくる。

カジノ、か。話を聞けば聞くほど、警戒心が上がっていく場所だ。

ふと、対面にいるイヴが隣の席に僅かに体を傾けた。俺も注意深くそちらの声を聞く。

男達は、先ほど絡んできた連中だ。既に先ほどより大分出来上がっているな。

「──あんまり大きな声では言うなって、誰が聞いてるか分かんねーだろ」

「構うもんかよぉ……あのままま……まきょーってやつ」

「魔峡谷だろ」

「何でもいいけどよ……あれに駆り出されるなら銀狼隊とか入るんじゃなかったよぉ」

何だ、随分と士気の低い兵士どもだな……。

続いて男達は半分眠りながらもぼそぼそと話し出す。

「……第一よお……先発隊の犬に任せりゃいいじゃん……。今までもダンジョンの間引き、任せてたんだからさあ……」

男達が会話する近くで、ヴィクトリアが勢い良くジョッキを傾ける。あの量全部とは、かなり呑む人だったんだな。

ヴィクトリアは酔い潰れたのか、そのままテーブルに顔を伏せた。

派手に呑んで派手に寝る。意外な一面だ……。

「それによお」

泥酔した母親を余所に、男達の会話は続く。

「最近も犬のとこの『ミイラ』がいるだろ。全部やらせりゃいいんだよ」

「美女の話をしてる時に、アレの話題を出すなよ……」

変な単語が次々出てくる。無論、この二人以外の会話も聞いているが、あまりめぼしい話題もないようだ。

魔峡谷が現れてから、決して短くはない。

こういった日常での話題の中心になるには、さすがに時間が経ちすぎている。

エミーはそんな中で、ナスで挟んだ料理をもりもり食べている。

それも美味しいよな。

なんつーか周りの客がどうにもやや品がないという感じなので、エミーぐらい楽しんでいるヤツがいると気が楽になる。

──この時までは、そう思っていたのだが。

「えっ？」

　突如エミーが立ち上がり、店の外へと視線を向ける。

「おっ、どうしたお嬢ちゃん？　色男でもいたかい？」

「色男はこっちだぜー、なんてな」

　そんな声をかけた男達だったが……何か甲高い音が聞こえた瞬間、エミーと同じように店の外を見て立ち上がった。

「召集だ！　クソッ、こんな時に」

「水！　あと決済！」

　男達は配られた水を勢い良く飲み、最後に頭からばしゃりと被る(かぶ)とすぐに走り出した。最後の一人がエミーを振り返り、「聞こえた？　まさかな……」と呟いて(つぶや)去っていく。

「エミー、どうした？」

「さっきのカンカンとか鳴ってるの、一回目も聞こえたの。あと多分、壁にウルフ系のが登ってきてたよ」

　なるほど、エミーの優れた目や耳には警報や襲撃が観測できたということか。

　男達は兵士のようだし、召集がかかった時に酔っていたら大目玉だろうからな。

「私達も向かいましょう」

既に立ち上がって腰の剣を確認していたヴィクトリアの提案に、俺達(たち)一同は頷く。

決済を済ませ、慣れた様子で道を走る紫の長髪の後を追った。

——そういえば、ヴィクトリアはいつ起き上がったのだろうか？

距離が近づくにつれ、耳を劈(つんざ)く鐘の音は明確に大きくなっていく。

街の人々は慣れたものなのか、ぼんやりと壁の方を見ては各々の目的地へと歩き出し、子供は慌てることなく建物の中へと入った。

「これは恐らく魔峡谷からの襲来を周知する警報なんだよな」

「ま、十中八九そーでしょーね」

「……あまり慌てていないように見えるんだが」

そう、命が危険に晒(さら)されている状況に対して、あまりに危機感がないのだ。

当然の疑問だと思っていたのだが。

「飽きたからですかね？」

前を走っているヴィクトリアが振り返り、何でもないことのように答える。

「飽きたって……命に関わることだろ？」

「そうですけど、そんなものですよ」

淡々とした口調で、命に対する考えを答えるヴィクトリア。その解に疑問などないようで、突然この人が別の何かになったような印象すら受けてしまう。

「でも」

そこまで話したヴィクトリアが、ふと思い直したように続ける。

「王国でブレンダと一緒に過ごして、私も変わりました。その一回を致命的な失敗にしたくはない、って。だから今は、私はこう思います」

自分の考えを示し直すように、ヴィクトリアは立ち止まって正面を見据えた。

「人間は、魔物との戦いで命を落とすべきではない」

視線の先には、冒険者らしき人が何人も血を拭きながら座り込んでいた。

帝国の西側、高い壁には大きな扉が併設されてあり、そこから何人か怪我人(けがにん)が出てきている。壁の向こう側が、魔峡谷で間違いないだろう。

しかし……魔峡谷からの襲撃があったとはいえ、凄惨な光景だな。

眉を顰(ひそ)めて壁の扉から離れる人々を見ていると、シビラが顔を寄せた。

「ラセル。言わなくても分かると思うけど」

「回復はしない方がいいよな」

「ええ」

俺の魔法を使えば、ここの人間を全て治すことぐらいは可能だ。

だが、ここ帝国に回復術士（ヒーラー）がどれぐらいの割合いて、どのような料金体系で生活を送っているか知らない状態で割って入るわけにはいかない。もしトラブルになれば、苦労するのは俺ではなくてパーティーのメンバーなのだ。

しかしそれにしても、冒険者達は自らにポーションをかける者すら稀（まれ）で、殆（ほとん）どが回復しようとすらしていない状況だ。

放置するにしては、かなり大きな負傷だと思うのだが……。

「イヴ、上から様子を探ってきてもらっていいか？」

「っす」

俺の言葉を受けた直後、すぐ後ろにいたアサシンの少女の気配が一気に薄くなる。

注意深く耳を澄ませば聞こえる程度の、壁を蹴る音が聞こえた。

「……やっぱり」

その間黙って冒険者達を見ていたヴィクトリアが、何かを見つけて呟く。

「彼らの肩、見える？」

「肩です？　えーっと……なんかさっきの人達の狼（おおかみ）っぽいけど、ちょっとかわいい感じの？　白くてちっちゃいやつがありますね」

エミーがぴょんぴょん飛び上がりながら確認したようだ。

「――犬、か」

「あっそれそれ、そんな感じ！」

ジャネットが、ふとその動物の名を口にしてエミーが同意した。

「お揃いのジャケットは帝国の紋章。だけど色はさっきの人らの革ジャケットの茶色に比べて目立つし、肩の模様は狼には見えない」

「そういえば、あいつら犬に任せるとか言ってたな。……まさか」

「ええ、そうね」

それまで前を見ていたヴィクトリアが、こちらを振り返り溜息を吐く。

その顔には、ありありと失望の色が浮かんでいた。

「戻ったっす」

イヴが音もなく俺の隣に着地し、姿を現した。

「事実だけを言わせてもらうっす。……白い服の冒険者が武器だけ持って前衛で攻撃を受けてて、茶色い服の連中と普通の冒険者っぽいのが後列でフル装備っすね」

その解説に、一瞬目眩を覚えた。何だその隊列は、冗談……ではなさそうだな。

「仕事が増えても、待遇は大差ないというわけね……」

ぽつりと呟いたヴィクトリアは、無意識なのか自分の腹部に手を当てる。

「……まさか」

俺は目を細めて、注意深く白い服の冒険者を見た。頭からの流血を拭く若い男剣士、息を切らせた女剣士、服の破れた中年の男の剣士……。

　僅かな隙間から見えたその腹部には、確かにあの焼き印があった。

「剣闘士の、新しいお仕事。それが魔峡谷の魔物を相手にした時の肉盾とはね」

　シビラの残酷な見解に、何か言葉を返せた者はいなかった。……国が一つ違うだけで、ここまで環境が違うものなのか？

　俺は見識を広めるために、世界の広さを識(し)るために旅に出た。だが、こういうものを見たかったわけではなかった。

　とはいえ、これも現実なのだ。

　今まで知らずにいた、ヴィクトリアが過ごしてきた他国の常識。

　これが、帝国か。

「――ミイラが釣ったぞ！」

　急に壁向こうから大きな声が上がり、何やら勢いがついたような雰囲気がこちらにも伝わってきた。

「ミイラ、って何だ？」

「ミイラというのは、乾燥させた死体のことだよ。とはいえ、多分その際に包帯巻きにすることを今は指しているんじゃないかと思う」

　歩く図書館ことジャネットの解説が入り、エミーとイヴとマーデリンが「へー」と声を綺麗に重ねた。

「ちなみにどこの話だ」

「海を隔てて、南の国だったかな。もちろん見たことはないけど」

「さすが詳しいな……」

ま、俺もここまでくるとエミー同様『へー』と言う側の人間である。

恐らく実際にその国を知っているであろうシビラが、信じられないものを見る目で驚いている辺り本当のことなのだろう。

そんな会話をしていると、先ほどの召集とは違う音色をした鐘が鳴り、程なくして茶色い服の——帝国銀狼隊の紋章を肩に付けた——人がほぼ無傷で出てきた。

傷を負った者はポーションを飲み、談笑しながらバーを目指す。

それらに次いで白い服の冒険者が疲れを滲ませた表情で現れ、それぞれ別々の方へと移動する。先ほどとは違い、バーの方面へ歩く者は殆どいない。

その、最後に——。

「……何だ、見世物をご所望なら闘技場にでも来な」

白い服を赤く滲ませた、異様な風貌の冒険者が現れた。

背丈は俺と同じぐらいだが、声からして女だろう。身の丈ほどもある長い剣を背負っており、腕や腹部には傷痕が残る。

何より、顔だ。

その顔面には包帯が巻かれており、片眼しか見えない。赤黒い髪が雑に伸び、それが更に表情を覆い隠している。

なるほど、ジャネットが言った通りの見た目だ。これは確かにミイラという呼ばれ方をするだけのことはあるな。

「……治療は、要るか？」

言うつもりはなかったが思わず尋ねた俺に、鼻を鳴らして女は眉を顰める。

「なんだい、教会の銭取りか？　やれやれ、【神官】になるような性格のには分からないかもしれないが、治っちゃあたいの価値が下がるんだとよ」

何より、と続ける。

「生憎この傷は勲章でね。戦ってきた、あたいだけのモンだ。誰の持ち物でもないよ」

「……そうか、悪かったな」

「謝るぐらいなら話しかけんじゃないよ、生臭い」

それだけ言うと、女は濁った目をしたまま北の方へと歩いていった。その後ろ姿を目で追った先には、夜の闇に紛れて尚黒く鋭い帝国城の輪郭が見える。

「なにあれ、感じ悪いなあ」

「あまり言ってやるな、普段から押し売りされているのかもしれん」

俺の代わりにぷりぷり怒るエミーをなだめつつも、確かに印象は悪い。

俺は溜息を一つ吐き、隣の赤い瞳と同じタイミングで目を合わせた。

「ここはシビラが以前来た時もこうだったのか？」

「初日の第一イベントだけで判断してほしくはないけど、まー剣闘士の目は昔からあんな感じね」

「気が滅入るな……」

俺達は、明日に備えて宿を目指した。セントゴダートに比べて灯りの少ない夜道は、気をつけないと足を取られそうだった。

帝都最初の朝、その目的地は

バート帝国で初めて朝を迎える日。

目を開くと僅かに蜘蛛(くも)の巣が見える天井と、窓からうっすらと差し込む光。

その窓枠に腰掛け、曇天と同じ髪色を揺らした女神が俺の視線に気付く。

「あら、思ったより早いわね。よく眠れたかしら？」

「……あまり眠れた気はしないな。おはよう」

「ええ、おはよう」

こんな環境でもシビラは余裕そうな表情で、何やら大きな紙面を広げている。

「お前は緊張とは無縁そうで羨ましい限りだ」

「凄(すご)いでしょ、あんたも見習いなさい？」

「褒めてねーよ」

国が変わっても、うちの女神様は相変わらずである。

変に緊張しなくていいとも言えるが、適度に警戒はしておきたいところだ。

朝はイヴ、ジャネット、ヴィクトリアの順に起き、エミーはぐっすり就寝中。

なおマーデリンは既に起きており、皆が起きたタイミングで朝食の買い物から帰宅していた。袋から漂う肉の匂いに、寝起きのエミーがふらふらと吸い寄せられていく。

ちなみにマーデリンが買い物に行っていたのは、シビラの命令らしい。上級天使をパシリに使うな、と思ったがこいつは一応天使の店員がいる環境で暮らす女神だったな。

「マーデリン、助かる。ちなみにこの駄女神の頼み事なら遠慮なく断っていいからな？」

「いえ、元々何かのお手伝いをするのが好きですから」

なんと涙ぐましく謙虚なことだろうか。同じ天界出身でも何故ここまで違うというのか、シビラも爪の垢を飲んでおくべきである。

「で、今日はどこから調べる？　分かれて動くか？」

「あら、ラセルったら真面目なのねー」

遊びに来ているわけじゃないし、何だったら可能な限り早めに王国側に戻りたいぐらいの気分なんだが。

俺の気を余所に、シビラは窓を開けて身を乗り出す。

「せっかく昨日誘われたんだから、今日ももりもり楽しみに行くわよ！」

マジで仕事する気ねえ。

皆が唖然とする中、ヴィクトリアがふと何かに気付いたように手を叩いた。

「昨日誘われた……って、もしかして」

「ええ」

糸目の帝国出身者の予想が自分の考えと一致したと想定し、シビラは窓の外を見た。そこには遠くからも見える、他の家や店に比べても圧倒的な存在感を放つ建造物があった。

「闘技会、見に行くわよ！」

バート帝国は、王国と違う。

細かい部分はもちろんだが、何というか……『野性の欲』みたいなものを剝き出しにしているとでも言おうか。

『太陽の女神』が指針を決める太陽の女神教を守った理性的な国で抑えている部分を、一切遠慮しないという印象がある。

闘技会も、その一つだろう。

「ちょーおおきい！」

両手を開いてエミーが闘技場を見上げた。

前回はセントゴダートの街壁でこんな反応をしていたが、あれは王都全てを覆うものなので大きくて当然だ。

一方でここは、あくまで一施設。

まるで王城かと言わんばかりの規模のものが、一つの目的のために建っている。

「すげー、でけー。セイリスの建物じゃ全然比較になんねー」

「まあ……日陰が大きくて洗濯物を干すのに苦労しそうですね」

イヴは素直に、マーデリンはやはりどこか天然の入った感想を抱いた。

そんな俺達の中でも、やはりヴィクトリアは慣れた様子で建物の中に入っていく。

「今日ここを選んだのも、何らかの情報収集が目的か？」

「まーそんなところね」

一体闘技会で何の情報を得ることができるのやら。

俺の疑問を解消する前に、ヴィクトリアが声を上げた。

「それじゃみんな、見ていきましょうか。とはいっても、私も観戦って初めてなのよね」

小声で俺達に声をかける元剣闘士は、小さく舌を出すとシビラの方をちらと見た。

そうだな、ヴィクトリアは別にわざわざ見に来ることはなかっただろう。

逆にシビラなら――。

「そりゃもう何度も来たわよ！　けっこー前だから勝手は違うかもしれないけど！」

――大丈夫ではなかった。そりゃシビラがバート帝国にいた時って、それこそ数世代は前の可能性もある。急に不安になってきたな……。

「ま、ふつーにお客さんすればいいだけだから大丈夫っしょ」

シビラはひらひらと手を振り、気楽そうに入っていく。まあ変なことは起こらないか……。


建物の中は人が溢れかえっており、受付らしき人が横に並んでいた。

その前では何かを買う客が幾人も並んでいる。

「そうそう、懐かしいわねコレ。といっても昔の手書きからかなり進化してるけど」

シビラはカウンターから少し離れた場所に立ち、受付の上側にあるものを眺めた。

姿を留めた画にそれぞれの名前と、何故か数字らしきものがあった。

「これはどういう受付なんだ。試合を見るだけじゃないのか？」

「まあ人気投票みたいなのもやってるのよ。数字が小さい方が人気ね」

「……つまり、あの数字は何らかの倍率だろうか」

ジャネットの言葉に「理解が早い……シビラちゃんの出番が……」と呟くぽんこつを尻目に、俺は上部に並ぶパネルを眺める。

どの戦士も鋭い目をしており、目の光が感じられない。

それもそのはず、ヴィクトリアの話ならばここに並んだ顔は全て『剣闘士』なるもの。

つまり、主人の命を受けて戦わされ続けている者達だ。

「あっ、いたっす」

「どうした？」

「上から二番目の、左からえーっと……そう四番目。一・三と小さい数字っす」

イヴが指した場所を探し当てると、そこには確かに倍率の低いパネルがあった。

つまり、皆に勝つと予想されている戦士なのだろう。

その場所に、顔を包帯で覆った片眼の女があった。

「──ディアナ、か」

昨日の剣士の名前が思いがけず判明したところで、シビラが受付に進んでいった。

「ディアナ単で二十！　あと入場料七人ね！」

何やらよく分からん注文をすると、タグで支払いして俺達にチケットを渡してきた。

「これで観戦できるから、早速行きましょ。前の席取るなら早めがいいわ」

「そうか、そういうことなら」

シビラが意気揚々と入場口に向かうので、俺達もその背を追った。

ふと後ろで、ジャネットがヴィクトリアに声をかける。

「……僕の見立てによると、シビラさんは恐らく」

「ええ。思いっきり賭けたわね～……」

ちゃっかりギャンブルしてるじゃねーか。

暗い廊下を歩いていくと、その先にある眩(まばゆ)いばかりの吹き抜けの会場内へと到着する。

眼下に広がるのは高い鉄柵と、更に奥には鉄柵の頂上付近に金属の茨が取り付けられた別の柵がある。

あれは、内から脱出するのを不可能とするものだろう。

内側は砂地で、広い円形の空間だ。とはいえ観客席の方が圧倒的に広いな。外周側である分、面積は比ではないだろう。

「ほら、こっちこっち」

声のする方を見ると、入場口から回り込むように階段を上がり、闘技場の観戦席へと向かうシビラの姿がある。

見ると既にかなりの観客が座っており、場所によっては朝から酒を飲んだり、椅子に寝転がっていびきをかいていたりもする。

こういう所も自由だな……。

「それじゃ、観戦としゃれこみましょう。あ、へーイ売り子さんビール！」

徹底して遊ぶつもりとしか思えないんだが……。

「あっ、そろそろ試合が始まるっぽいっす」

アサシンの少女は身を乗り出して、試合場の奥を見た。

軽装の鎧（よろい）を着込んだ剣士らしき男が現れ、武器を構える。

刃を潰しているであろうとはいえ、本当にあの金属の武具で試合をするのか。

「……おっ、本命一試合目からなのね。運がいいわ」

シビラの言葉に俺も会場内を見ると、手前側の門から破損箇所だらけの武具を着て、背中に長剣を背負った女、ディアナが現れる。

顔の端から垂れる包帯を鬱陶しそうに巻き直し、剣闘士の女は長剣を構えた。

模擬戦ぐらいなら俺もやったことがあるし、冒険者としてぶっつけ本番でもなければ練習ぐらいはするものだ。

ただし、当然のことながら怪我しないように木剣を使うし、そもそも相手を痛めつけるのが目的でもないので打ち合わせて終わりということもある。

むしろ俺とヴィンスがジェマ婆さんに怒鳴られるほど痣になるまで打ち合っている方が、王国ならやりすぎということになる。

なお、エミーにギャン泣きされて以来俺もヴィンスも怪我は厳禁である。

それでは改めて、眼下で対峙する二人の得物を見よう。

男は金属の剣を持っており、長さは腕よりやや長いぐらいだろうか。標準的な幅広のブロードソードだ。その剣を片手で持ち、もう片方の手には無骨な丸い中盾を持っている。

一方件の女は、明らかに男より長い剣を持っている。エミーのものと同じか、少し大きいぐらいだろうか。

「よう、ゴライア。外を除けば当たるのは久しぶりじゃないか。……今日こそ多少は楽しませてくれるんだろうな？」

「ぐ……」

包帯の巨女から放たれる挑発に、ゴライアと呼ばれた男は言い返さず眉間に皺(しわ)を寄せて唸(うな)る。

右手に握られた剣が、怒りで力強くミシリと握りしめられた音が聞こえてくるようだ。

どうやら以前も戦い、その時はディアナが勝ったようだな。

『東、ディアナ！　西、ゴライア！　両者、構えて！』

王都にあった拡声魔道具に比べ、幾分か音質を悪くした男のそれが観客席まで響く。

ゴライアは剣……いや、盾を僅かに前にして構えた。

対し、ディアナは肩を竦(すく)めて正面に掲げた。

俺達は、この時まだ『帝都の闘技会』というものを理解できていなかったかもしれない。

『――始めエエエエェイ!!』

空気を揺らすほどの大声と共に、試合が始まる。

にわかに周囲の人間が一斉に立ち上がり、突如火がついたように叫び始めた。

「いけええええええええッ！」

「っしゃあ殺せ殺せェ――――！」

「ディアナジーク二連、ディアナジーク二連、ディアナジーク二連……」

拳を握りしめて叫ぶ戦士らしき男。

見えない相手を殴るように動きながら物騒なことを叫ぶ髭面(ひげづら)。

紙束を握りしめてぶつぶつと祈りを捧(ささ)げる青年。

その全てが、通常有り得ないような熱を感じられるものだった。つーか殺したら駄目だろ、正気かよ。

そんな周囲の熱に応えるように、ディアナは大振りの剣を打ち合わせるように、自らの鍛えた体軀(たいく)ごとぶつかりに行った！

ガキィィン！と大剣と盾が衝突する。明らかに斬れなかろうと直撃すると怪我では済まない勢いだ……！　負けじと男も、包帯の顔を狙って剣を振りかぶる。

二人の戦いを追うように、魔道具から熱を持った声が畳みかける。

『ディアナ先行だァ！　ゴライアが対抗し一発返すも、ディアナは剣受けで余裕！　鍛え直した前評判はどうしたァ!?』

「実況、元気な人が入ってるわねー」

ヴィクトリアはその実況とやらの声に感心しながら、試合を注視している。

『今日はどんな戦いを見せてくれるのか、現在勝利数最多の『包帯の重戦士』ディアナ！エーベルハルト伯爵が持つ剣闘士の中でも最も評価が高い一人！』

「……フン！」

実況の解説に不満そうに鼻を鳴らし、ディアナは荒々しく吹き飛ばすように剣を叩き付ける。女の怒りによる一撃に、男はふらついた。

「ゴライアー！　大口叩いておいて売れたのはチケだけかよ！　やる気あんのか!?」

「くそっ、大穴にもなんねえよ！」

「ディアナ、油断すんじゃないわよ！　あんたに賭けてんだから、しっかりアタシのビール代を稼ぎなさい！」

賭けている連中が、更に熱を帯びていく。……一部、明らかに記憶にある声色が交ざっていたので、聞かなかったことにした。

男の戦士も、決してやる気がないわけではないだろう。その双眸には確かな炎が宿っているし、戦い方も下手ではない。だが僅かながら、怯えの色があることも読み取れる。

「お前はさ、始まる前から負けてんだよ」

「な、んだとォ……！」

観客席のこちらからも、試合会場の中の声が妙に大きく聞こえてくる。

これも何かの魔道具なのだろうか。

「構えろっつった時に、剣より先に盾を構えた」

「……！」

「そりゃ、思い出すよなあ。前に散々打ってやったんだからなあ！」

包帯の中にある目がぎらりと光り、重戦士の女は嗜虐的に口元を歪める。

対して男は、形容しがたい怒りの表情を滲ませた。

「くそ……くそっ、クソッ！」

右手に握った剣を必死に何度も振りかぶる男。決して体格が小さいわけでも、筋肉が薄いわけでもない。

だが、中層の魔物にも届きそうなゴライアの攻撃を、ディアナは盾ですらない大剣で全て防いだ。誰の目にも、優劣は最早明らかだった。

「……ねえ、もうこれ試合終わりでいいんじゃないの？」

エミーが不安そうに声を上げる。

そうだな、俺ももう勝負は決まったようなものだと思う。

「そうね、勝ち負けだけならそれでいいでしょうね。でも、闘技会には審判はないわ」

「じゃあいつ決着が――」

エミーの声は、最後まで聞き取ることができなかった。

急遽、試合会場は油に引火でもしたかのように、爆発的な盛り上がりを見せる。

『打つ！　打つ！　打つッ！　これぞバーサーカー、処刑人ディアナの真骨頂！』

実況の声から会場に目を向けると……そこには見るも無惨な光景が広がっていた。

「オラッ！　オラッ！」

ディアナは長剣の腹を使って叩き付けるように、対峙する戦士の体を打ち付けていた。

ゴライアの手には既に剣はなく、中盾を両手で持ってしゃがみ込むのみ。

それは最早試合ではなく、一方的な暴力に過ぎなかった。

「何だあれは、止めないのか……？」

「止まると思う？」

シビラは腕を組み、試合会場から離れた観客席を顎で指す。

周りを見ると、そこには想像とは違う光景があった。

両腕を上げて跳びはねる者、手に持った紙を投げ捨てる者、酒を呑み、大笑いする者。

「これが普通なの」

紫髪の主婦は、感情の読み取れない表情で呟く。

帝都の闘技会経験者ながら、その姿は誰よりもこの闘技場観客席という場に馴染めないい姿でもあった。

「暴力による圧倒的な娯楽。人間の原始的な欲求のポイントを、女神に遠慮することなく『猟奇性』にぶち込んだ場所。それが帝国闘技会」

シビラは肩を竦めて、さもこんなものだと言わんばかりに半目で俺を見た。

「再三言ってるけど、欲に対しての天井も底もないのよ。それが、バート帝国ってわけ」

「これが、帝国か……」

俺だけでなくエミーやジャネット、イヴやマーデリンもあまりにも違う常識に眉根を寄せる。

ヴィクトリアはそんな俺達に、一つ説明をした。

「気持ちとしてはみんなが心配するのも分かるけど、この場に出ている以上は彼らにも事情があるはずよ」

「事情？」

「ええ」

ヴィクトリアは、疑問に思った俺達へと解説をする。

曰く、どうやら剣闘士は借金によって奴隷になった者や、犯罪者になって奴隷になった者が中心らしい。

奴隷とは聞いていたが、自己責任でそうなってしまった部分もあるんだな。

……それも含めて、恐ろしいとは思うが。

「剣闘士だって怪我を治すのも毎日育てるのも無料じゃない。それなりに金銭がかかってるの。帝都は回復術士って高いのよー」

あの男も、あの場にいなければならないだけの理由があるということなのだろうか。

ディアナの傷痕は、自ら望んで、みたいなことを聞いたが……。

「だからラセル君に猛毒を治してもらえたの、本当に幸運。帝都であれ願おうものなら小屋ぐらいなら建つわ。お腹のあれなら屋敷ね」

そんなことを言うヴィクトリアに、「気にするな、礼ならブレンダにでも言え」と本音を返しておく。

何が嬉しいのか俺の返事に笑顔を返し、再び会場に目を向けた。

「ある意味、社会復帰でもあるのよ。もし犯罪者だと爪弾き者だし、借金した人は次の仕事任せにくいでしょう？　でも牢に入れるにもお金がかかるもの。だから、救済措置」

「金が理由とはいえ、これが救済措置か……世知辛いな」

「仕方ないわよ。それに――」

ふと、ヴィクトリアは試合会場を見る。

眼下ではディアナの振りかぶった長剣がゴライアの脇腹を捉えて、その戦士として十分な体格をした男を試合会場の壁代わりである鉄柵に叩き付けていた。

それと同時に、実況が『決まったァァァァァ！』と大声で叫び、歓声は最高潮に達した。

そんな炎の嵐が巻き起こるような観客席の中で、隣の元剣闘士は冷静に呟いた。

「――あのディアナという人、伯爵のお抱えと実況の人が言ってたわよね」

確か、エーベルハルト伯爵だったか。

解説されたということは、それなりにオープンな情報なのだろう。

「形骸化しているとはいえ、貴族は貴族。ディアナみたいに貴族を主人とした剣闘士の実力者は、基本的に奴隷になった理由が同じなのよ」

彼女は、眼下で狼のような勝利の雄叫びを上げる包帯の女を、複雑な表情で見た。

「それはね。よっぽどの借金でない限りは、大金が必要になった人なの」

その答えを聞き、再び凄惨な状況になった試合会場に目を向ける。

男の怪我など構うものかと言わんばかりに、女は野性の咆吼で自らの勝利を誇示する。

「ウオオオオオオオオオオッ！」

その声は、地底のそこから天高くまで届きそうな声量で、何かに呼びかけるかのように力強く響いていた。

その後、エミーやマーデリンの気分が優れないようだったので、闘技会の観客席からは離れることになった。

とりわけ俺達の中でも未だ負い目の残っているであろうマーデリンは、先ほどから青白い顔で俯きつつも、申し訳なさそうに謝る。

争うこと自体が好きじゃないって言ってたもんな。無理をさせてしまったか。

「うう……申し訳ありません……」

「気にするな、むしろ助かった。エミーはあれでなかなか言い出しにくい方だからな」

無論、あの会場の異質としか表現できない熱気に気分を悪くしていたのは、初体験だった他の皆もだったように思う。

俺も体調を崩すとまではいかずとも、決して楽しんだとは言い切れないな。

ちなみに二回戦が既に始まっており、このタイミングで離席する観客は俺達のみだった。

闘技場通路は周りに誰もいない貸し切り状態で、いかに闘技会が帝国の人間にとって日常であるかを思い知らされる。

「ま、王国育ちだと普通はそうなるわよね」

「やっぱりそうなのね……今日こうして観客側に回ると、確かにちょっと刺激が強いと思うわ」

一方、シビラとヴィクトリアは経験者だけあって、特に衝撃を受けている様子はない。

ただ元剣闘士の方は、何かしら思うところがあったようだ。

「あれ見ても、以前は何とも思わなかったんスか？」

イヴの何気ない質問に、ヴィクトリアは何よりも実感の籠もった言葉を述べる。

「あの会場で視線と声を浴びるとね、自分が無事に一日を終えられることで頭がいっぱいになるの。目の前で起きていることが残酷かどうかなんて考える余裕はないのよ」

「うぇえ……なんかすんません」

「ふふっ、いいのよ～。あんまり気にしないでね」

そうか、当然あの観客の熱気を直接自分に向けられているんだもんな。

油断すれば、討たれるのは自分。相手のことを気にする余裕などあるはずもないか。

そりゃあ俺だって、模擬戦の時は相手が『そこまではやらない』と互いに分かっているから安心して戦えるわけだし。

「私は自分で言っちゃうのも恥ずかしいけど、優雅なスタイルで戦うことを望まれていたから、あまり叩きのめすような必要がなかったのは助かったわぁ。あんまり恨まれると、ダンジョンで後ろも警戒しないといけないもの～」

何でもないことのように、ヴィクトリアは通常有り得ないことをさらりと言ってのける。

人間の職業（ジョブ）は、太陽の女神自らがダンジョン攻略のために与えたものだ。それは魔物という人間の基本能力から大きく逸脱した存在を退けるためのもの。

その能力を、ダンジョンの中で、人間に対して行使するのか？

「ま、それだけ恨まれることもあるのよ。王国だってトラブル皆無ってわけじゃないけど、帝都はそれが顕著なの」

「シビラはそれでいいのか」

「いやアタシも思うことがないわけじゃないけど、まあそういうのも人間だと思う訳よ。当然シャーロットは完全にダメな方。だから王国にはないってわけ」

そりゃ、そうだろうな。

直接太陽の女神を見た俺は、あの女神が魔王、ひいては魔神への対抗策に本気で取り組んでいることは分かる。その為に自分の全てを懸けて、人類全てを強化するという手で人間を守ろうとしていることも。

「逆に、あそこまで人前でやっちゃうディアナという子は、恨みを買われることまで含めてお仕事ってことね」

聞けば聞くほど、頭が理解を拒むな……。先ほどの戦いの、包帯の下から見えた嗜虐的な笑みと、昏い炎が瞳に宿った姿を思い出す。

「もちろんああいう派手な戦士って、とっても盛り上がるからそういう層に人気があるはずだわ。入場料と掛け金のうち数割を主と運営で分け合うから、運営側としても主としても大切なはずよ。ディアナ自身のお金のためにも」

なるほど、事情は分かった。

理屈は分かったが、理解はしてやれないといったところだな……。

ディアナ。今まで見てきた全ての戦士の中でも特に異質だ。あれも一応タグを持ってダンジョンに潜る以上は、冒険者という分類になるんだろう。

あれだけ強ければダンジョンの中層でも十二分に戦えるだろうな。

とはいえ、俺の場合は自分が【聖者】だから、回復術士なしのダンジョン攻略のことを軽く考えがちかもしれない。

……ふと、紫髪の元剣闘士が観客席で最後に呟いた言葉が引っかかった。

ディアナは冒険者メインではない。貴族によって使われている剣闘士だ。その理由は恐らく、その方が稼げるからなのだろう。

ならば……あれほど自らを着飾らないどころか怪我だらけにしているディアナは、一体何にそんなに金が必要なのだろうか。

その後、エミーとマーデリン、更にイヴとヴィクトリアの四名が試合会場から離れた。

イヴは「趣味じゃない」と言い、ヴィクトリアは「見慣れているから」と皆のケアに回った形だ。

「っしゃー！　めくれめくれー！　あっ馬鹿、焦るんじゃない！」

再び観客席に戻ったメンバーは、俺、無駄に馴染んでいるシビラ、そしてジャネットだ。

俺はもうガラの悪い駄女神は完全に他人のつもりで、隣の【賢者】の方へと声をかける。

「ジャネットは何故(なぜ)残ったんだ？」

「闘技会は、地下室の本にあった。知識はあった……けど、実際に見てみると知識とは全く違う印象を受けてね」

ジャネットのメインはやはり『知識』か。

この苛烈な闘いを見ても引かない辺りも、度胸があるというか何というか。

「僕はラセルの理由も気になる」

「俺か。俺はな……」

ジャネットの疑問にはすぐに答えず、眼下の試合に目を移す。

『おおっとおぉォ！　エルケがスリップ寸前で女の意地！　踏ん張ってパリイで返す！　完全に決めに行くつもりで大振りだったジーク、胴ががら空きだあァァ！』

力で上回っているであろう茶髪の剣士の攻撃を、明らかに負けそうだった女剣士がギリギリで返す。

勝負は最後まで分からない。

ヴィクトリアよりも小柄な女剣士は、剣の腹を男の首に容赦なく叩き付けた。試合を左右する、決定的なカウンターだ。

その攻防に、隣でぶつぶつ祈っていた観客が「ああああああああ！」と悲鳴を上げながら頭を掻きむしる。

持っていた紙束はばらばらになり、まるで雨のように男の全身を濡らした。

大金を賭けた――つまりジークという男の勝率が高いと踏んで、隣のヤツは安全な一手として選んだのだろう。

だが結果は逆だった。ジークは一回戦敗退、隣の男だけでなく、鉄柵の更に向こうでもチケットが高く投げられている。

多くを裏切った逆転劇に、俺は一つの答えを出す。

「ここでの対人戦における『意地』をいくつも見ることが、俺にとって今後大切なことになるのではないかと思ったからだ」

――いずれ来るであろう、勇者(あいつ)との再戦にとって。

言わなかったが、まあジャネットのことだ。察しているだろう。

前回は、俺が勝った。

順当に行けば負けるはずの闘いだったが、結果は俺の圧勝で終わった。

だから、警戒しているのだ。

以前も勝ったのだから、次も勝てると思い込んでしまう無意識下の自分が、今度の闘いを『負け』にしようと足首を摑(つか)んでいるようで。

「……そう」

ジャネットはそれだけ返事をして、俺と同じように観戦へと戻った。

「ッシャー！　女戦士の大番狂わせはやっぱ最高に気持ちいいわね！」

「お前はなんつーか、悩みとかなさそうでいいよな」

「羨ましいでしょ。羨ましいのならあんたも真似(まね)すればいいじゃない」

真似して中身が変わるわけねーだろ。つーか羨ましくはない。

と言い返そうと思ったが、シビラは茶化すような雰囲気ではなく、淡々としていた。

その上で更に、こう重ねた。

「この国ではこういう娯楽が当然のものとして成り立っているわ。その価値観を『あり』と理解することは重要。要は、自分の価値観全部をそれに染めなければいいのよ。王国の常識だって必ず正しいとは限らないし」

ホントにそれでいいのか、というような台詞が最後にあったが、その意見は概ね同意できるものがあるな。

何も全肯定する必要はないし、全否定する必要もないのだ。

こういった柔軟さとしたたかさは、さすがシビラといったところか。

そうだな、俺も人間同士が恨み合うほどの闘いは肯定しない。だが、その者達の闘う姿は、柔軟に俺の糧とさせてもらおう。

「はー、それにしてもジーク賭けとかなくて良かったわ」

……さすがと感心して、いいんだよな？

それから、眼下の闘技場では鉄柵に囲まれ、何人もの剣闘士同士が試合をする。

熱気の温度はまちまちでも、その全てに実況の叫びが入り、その全てに決着があった。

順当に勝つ者、拮抗する者、逆転劇を決める者。

追撃する者、しない者。

ただ、例外なく。

勝つ者がいれば、当然負ける者がいる。

彼らの、自らの歯をかみ砕かんとするほどの悔しそうな顔は、次どうなるだろうか。

その姿を、俺は忘れないよう目に焼き付けた。


——これだけ試合を見ただけあって、時間も随分経過した。

「そろそろ昼食か」

「そーね、今日は何にしようかしら」

朝の量を考えると、エミーなんかは既に食べ始めていても驚かないだろう。俺の中で、空腹がイコールでエミーに結びついていることに思わず苦笑する。

……ああ、そうだな。これだけひりつくような人の闘志を間近で見たのだ。多少なりとも気が楽になるものに頼るのもいいだろう。

「売店があったよな。エミーなら全種行きそうだ」

「行くね、今のエミーなら」

ジャネットも俺と同じなのか、口角を上げて肩を竦める。リスのように頬に食べ物を詰め込んだエミーの姿が、きっとこいつの頭の中にも浮かんでいることだろう。

「さて、それじゃ皆と合流して——ッ!?」

——カンカンカンカン！

突如、観客席から離れた俺達の頭上に、甲高い音が鳴り響く。

この音は……！

「ラセル！」

それに気付いたと同時に、エミーが耳を塞ぎながら走ってきた。

「これ、昨日の……！」

そうだ。これは昨日エミーが真っ先に気付いた帝国の街中に鳴り響いた警告音。

この後何が起こったか。

先ほどまで熱を帯びていた実況の音声魔道具は、同じ人物とは思えないほど感情を削ぎ落とした声色で、その通達を行う。

『只今『魔峡谷警報』が発令されました、お客様には大変申し訳ありませんが、この後の試合は後日に持ち越しとなります。剣闘士はスタッフの指示に従い、第一待機室へ速やかに集まるように』

「二日連続かよ」

「入場料もタダじゃねえのに、運わりぃなー」

淡々とした実況の声と、つまらなそうに帰っていく観客達。

膝を折ってチケットの湖に溺れる者などを除くと、全員がこれで帰るようだ。

『なお、討伐隊に参加を希望するお客様は、西側第四受付でも――』

「行くわけねーだろ、遠いのに」

「ねー」

大して関心もなさそうにぼやく客達の言葉を耳から振り払い、俺は実況の内容を頭の中で反芻する。

「魔峡谷の討伐隊、自主参加で加われるのか？」

「らしいわね」

そこまで言えば、俺達は全員心は決まっていた。

シビラが俺の目を見て頷き、皆を見回す。

「今は僅かでも情報がある可能性に賭けたい。討伐隊に参加する」

俺の言葉に、その場の全員が頷いた。

劣悪な環境、改善と呼ぶことすらはばかられる待遇

放送で示された西側第四受付まで行くと、椅子に座ってあくびをしていた受付の男が慌てて立ち上がり俺達を『外部討伐参加者』として登録した。

七名のタグを提示し、第二待機室へと案内される。

確かディアナ達剣闘士は第一待機室だったな。

「事前に聞いておきたいのだが、どういった作戦で向かうんだ？」

俺の質問が意外だったのか、小さく「えっ」と戸惑いの声を発した後、何か自分で納得することがあったのか急に頷きだした。

「ああ……皆様はセントゴダートから来られた方でしたね。今日が初めてですか？」

「そうだ」

「でしたら、ご説明いたします。まず当施設の剣闘士が前衛に立ち、魔物に対して壁を作るような形で防ぎます。皆様はその間から出てきた魔物を討つか、遠距離から攻撃をしていただければ」

男の説明は簡潔であり、丁寧であった。

それ故に、だろう。この説明の異様さが際立つのは。

「質問なんだが、その説明だと剣闘士にも遠距離攻撃が当たらないか？」

俺の疑問は、人間同士が魔物と戦う上では当然のものだと思ったが。

「当たって負傷するのは剣闘士の責任です。大丈夫ですよ、彼ら彼女らは強いですから」

男からの返答は、目の前の人物が根本的なところで違う生き物に見えてくるほどずれたものだった。


魔峡谷の大規模防衛戦。西門を抜け、街を守る壁を背に俺達七人は立った。

「……もう前線にいるんだな」

今日見た剣闘士は、既に俺達の遥か先で剣を持っていた。

先ほどより鎧を着込んだ上に白い上着を羽織った戦士達が、人骨の魔物と交戦を始めている。

「うえー、もうスケルトンが出てくるわけ？　見た限りまだ弱そうなタイプしか出てきてないけど、色つきとか大型とか交ざり出すと面倒ね」

シビラの言葉に内心頷き、俺も剣を鞘から抜く。

あいつらスケルトンは、決して弱い魔物ではない。上層から地上に溢れてくるにしては、厄介な部類だ。

動きは単調ながら威力は見た目以上に高く、駆け出しの冒険者ではやられかねない。

溢れてきたスケルトンを、俺達は丁寧に倒す。前線に比べると安全でかなり後ろの方なのだが、それでも帝国の『銀狼隊』とやらと比べるとかなり前の方だ。

さすがに連中の剣士も、ここまで来た魔物には対処している。

「――ぐあっ！」

その時すぐ視線の先にある前線で、一人の男がスケルトンの持つ状態の悪い曲刀で切られた！

誰かがカバーに入るかと思ったが、周りの剣士達は誰も反応しない。

王国とは違い、本当に魔物討伐における協力みたいなものはないんだな。

「大丈夫かあんた」

すかさず割って入ったが、男は驚いた顔で俺を見ている。

「な、何のつもりだ……助かったが……」

「王国からの旅行客だ、勝手が分からないので、勝手に割り込ませてもらうぞ」

向こう側はエミーとジャネットの二人でも十分すぎるからな。

それからある程度溢れてきた魔物を倒し終えると、男は幾分打ち解けた様子で下がった。

「助かった！　後、そろそろ掃射が来る、あんたも下がりな！」

男は盾を前に構えて一歩引く。俺も男に従って引くと、驚くべきことが起こった。

『──掃射！』

拡声器からの声が後ろから鳴り響き、同時に殺意を持った大合唱が後ろから襲いかかる。

「《ファイアボール》！」

「《ファイアボール》！」

「《ファイアジャベリン》！」

魔法が、俺の頭上から魔物の方へと一斉に飛んでいく。

まさかこれは！

「セントゴダートから見えた、帝国の一斉攻撃……!?」

シビラが俺と同じ考えに至ったと同時に、魔法が次々と谷底から襲い来る人骨の剣士達を焼き払う。

赤い雨が降り注ぎ、スケルトンは瞬く間に数を減らしていく。

ただでさえダメージを受けていた上に、剣闘士によって足止めされているのだ。これほど【魔道士】にとって狙いやすい的もないだろう。

無論そこには剣闘士がおり、先ほどの拡声器からの警告を聞くや否や、一斉に伏せたり盾を構えて引いたりと各自で対応した。

切り傷を受けていた男など、肩や頬を焼くのではないかというほど攻撃魔法がスレスレに飛来し、血の流れていない方の腕で汗を拭っている。

予想していなかったといえば嘘になる。

だが、目の前で実際に行われると、これほど歪に感じるとは……！

そんな俺達の衝撃は、次のやり取りで更に上塗りされることとなる。

「――『ミイラ』！　お前、俺のを弾きやがって！」

声のした左側を見ると、そこには剣闘士のディアナが大量のスケルトンの死骸に囲まれながら、【魔道士】らしき男に怒鳴られていた。

男は茶色のジャケットを羽織っている。

「白犬なら銀狼の邪魔をするな、俺らの魔力は安くないぞ」

一方的に攻撃した上でのその理不尽な要求に、ディアナはぼそりと反論した。

「……狙う場所が悪かったんじゃないのか？」

へえ、言うじゃないか。そういうのは言っていいと思うぞ。

実際狙いが悪かっただろうしな。

一方まさか反論が返って来ると思わなかったのか、男は顔を真っ赤にして口を開け、拳をぷるぷると震わせる。周りの剣闘士は横目で見て鼻で笑ったり、無視したりしている。

当のディアナは表情を変えずに鼻で嘲笑した。

ただ、ここで男は止まれなかった。

「お前、この銀狼の俺に対して『剣闘奴隷』のくせに――」

その瞬間。

包帯の女剣士は表情の見えづらい姿でも明確に分かるほど目を見開き、周りの剣士達も視線を向けた。今のは俺でも分かる。一線を越えた発言だ。

ただ、変化はこれだけではなかった。

「お前まずいって！」

「あ……」

すぐに自分の失言に気付いた男が、面白いほど青白く顔の色を変化させた。

男はゆっくりと後ろを振り返る。

茶色いジャケットの後ろには、赤いマントに獅子の金紋が縫われた男が腕を組んでいた。

「なんとなく、展開と理由が分かったわ」

その姿を見ただけで、シビラは何かを察したように薄く笑った。

「どういう意味だ、お前の中だけで納得するな」

「今のやり取りで、大きな声で言えないほど『剣闘奴隷』という単語を公に発言するのが危険なことは、さすがにみんな分かったわよね」

シビラの言葉に、皆一斉に頷く。

「あれって、シャーロットが呼称を変えさせたのよ。長年言ってたんだけど、ちょうどヴィクトリアが現役だった後にキツめのガンの付け方して、それ以来タブーとなったのよね」

「それで上司っぽいヤツが今の反応をしたわけか」

「そーゆーコト。帝国としても、やっぱセントゴダート女王を怒らせるようなバカを置いておくのは避けたいってわけ」

なるほどな。それで周りの連中もビビってたってわけか。

……ただ、そういうのは。

「別に何のデメリットがなくとも、言うのは自然と止めるべきだと思うがな」

意識改革はできているだろうが、心からの反省というようには見えない。だから剣闘士の前衛に対してこういう扱いをしているわけだ。単語が出てこないぐらいの差しかない。

こんなことで何かが改善したとは、到底思えないだろう。

……ふと顔を上げると、皆が俺を見ていた。

シビラは顔を近づけて、ジト目で俺を覗き込む。何だよ、近いな。

「うーん、真っ黒のくせにクッソ聖者。腹立つわねー」

「何だお前、喧嘩売ってんのか」

「褒めてんのよ、ムカつくわねー」

言葉の前後が繋がっていない理不尽すぎる感想が来たんだが、何を言えば満足なんだよお前は……。一方俺の言葉にエミーやイヴは嬉しそうに頷き、ヴィクトリアは真顔で俺の顔を覗き込んでいた。

何なんだよ、周りの反応が忙しいな……。

「ああもう、とりあえず今の一斉掃射で魔物はいなくなったんだよな」

「ええ。手がかりはなかったとはいえ、こちら側の風景も見られて良かったわ」

シビラが辺りを見回すと——向こうから、大柄の戦士が歩いてくる。

「よお、暇人ども。まさかあんたら壁の外まで来たとは、よっぽどの変わりモンだな」

そこには、顔面を包帯で巻いた剣闘士ディアナがいた。

「あたいらは闘技会から直接来たんだが、今日はこうなったらもう仕事上がりだ」

「それは知ってるわよ。アタシもあんたに賭けたし」

シビラの反応は予想外だったようで、ディアナは驚きに目を見張って態度を軟化させた。

「そうか、あたいの客かい。掛け金多けりゃ主（あるじ）の取り分も増えるんで有り難いね」

「試合結果も持ち越しでしょ、勝ちなさいよー？ってわけで折角だし、アタシらとどっか食べに行かない？　ちょうど話も聞きたいし」

確かに、腹が減ったな。時刻もちょうど昼と晩の間ぐらいだし、どこか寄ってもいいかもしれない。剣闘士本人から近況を聞いておきたいというのもある。

ただ、ディアナ本人は難色を示した。

「そりゃ嬉しい誘いだが、こっちは支払いできねえよ。魔物を狩った時点で太陽の女神サマから討伐分のカネが律儀に入ってる。ちょろまかしたら主にどやされるから食べている姿を見られるのもマズイ」

「魔物討伐の収益は、主の取り分になるのか？」

「あ？　そりゃそーだろ。闘技会が中止になったからな。とはいえ、全部取られる訳じゃねーし、その分私生活の支払いは任せてるからな」

随分とがめついものだと思っていたが、ディアナ本人は納得しているらしい。

この辺りは主のいる者の感覚の違いか。

「じゃ、あたいらはもう行く。最近の流れだと明日は今日の続きやってるから見に来な」

「んー、アタシたちも用事があるからね」

「そうか？　一応支払い猶予は七日程度だから、もらい忘れんなよ」

既に優勝する気でいる辺り、やはり勝ち抜き戦の常連なのだろう。

そこには誰にも負けないという自信がありありと窺(うかが)えた。

「知り合いか、ディアナ」

「珍しいな」

そこに、様子を見ていた他の剣闘士が集まってくる。男女混合で、十人前後の剣士達だ。

その様子を見て、シビラが「あ！」と手を叩(たた)いた。

「そうだ、アタシ達は人捜しに来てるのよ。あんた達の中で、金髪の腹立つぐらい美人の胸オープンにした女と、髪色が橙で体型が近い女の二人組を見た人はいるかしら？」

シビラの質問に、ディアナは後ろを振り返り皆に確認を取る。

ただ、返ってきた反応は半笑いだった。

「いやいや、そんなのが帝国うろついてたら知らない人いねーって」

「本当に見てない？　胸はこっちの……この子ぐらいのサイズの二人組なんだけど」

シビラはマーデリンのことを指し、当の本人は「あのぉ……」と恥ずかしそうに自らのそれを隠そうとする。隠し切るには両腕のみでは少々心許ない。

剣闘士の男も何やら感嘆したように小さく声を漏らすが、周りの女剣士達の目を気にしてすぐに首を振った。

「い、いやいや……それこそ全く知らんですわ。二人組でそんなに目立つなら、絶対シュテファンとか言いふらしてるだろうし」

「ああ、あいつは言うだろうなー。なけなしの金も全部女に突っ込んでるし」

「マジかよ、女で金スったから落ちてきたのに懲りねーな」

段々と話が逸れていったが、概ね反応は予想通りか。

ケイティとアリアの二人は、ハモンドの街で長い間誰にも見つかることはなかった。

ジャネットの話によれば、元々ハモンドの冒険者ギルドにタグ登録されていたということだから、その際にすら全く話題に上がることがなかったのだ。

二人の姿の隠し方には、何か特別な秘密があるのだろう。

それが何の能力なのかは未だに分からないが……。

「んー、そりゃそっか。んじゃもう一つ」

シビラは懐から、一枚のパネルを取り出した。

姿留めの魔道具で作られたそれには、マスクをつけた白い髪の女。

エマの情報収集部隊の斥候『セカンド』の絵だ。とはいえ、斥候というだけあって普段は身を隠している存在。

職業は【アサシン】と聞いているし、恐らく普段から隠密状態で行動しているだろう。

案の定、後ろの方にいる剣闘士達は皆首を振った。

「……ん？　こいつは」

ところが、ディアナ一人は全く違う反応をした。

「多分、帝国をうろちょろしてたヤツだな。気配は薄かったが、意識すると明らかに『こいつ強ぇな』ってのがギラギラ伝わってきた」

「へえ……なるほどね」

剣闘士を代表する包帯女の言葉に、シビラは納得したように深く頷く。

「おい！　そろそろ閉じるみたいだ！」

話を続けようとしたところで、街壁付近にいた白いジャケットの剣闘士が大声を出した。

「おっといけね、あんたらも帰りな」

確かに、門を開けっぱなしにしておくわけにもいかないだろうからな。

「そうね、情報感謝するわ」

そうして会話を終え、俺達は門の外で別れた。

ばらばらに帰る剣闘士達を見送ると、シビラが腕を組んで唸(うな)る。

「ん――……参ったわね」

「どうした？」

「どうしたも何も、エマから得た情報よ」

シビラはそれから、自分が導き出した疑問点を洗い出す。

「【アサシン】の気配を消すスキルなんだけど、これは別にレベルが高いとか低いとか関係なく、固定能力なの」

「……どういうことだ？」

「例えば、そうね。イヴちゃん、今から隠密状態になってみて」

「うっす。それじゃあ三、二、一――」

イヴは、セカンドと同じ【アサシン】だ。

隠密の能力へと意識を集中するように、力を抜いたような姿勢になると……。

「おお、何か存在感が薄れたな」

「ずっと見ているから分かるのだけど、本当に見ているから気付けたという感じですね」

その能力に改めて驚く。マーデリンも驚き、エミーはまるでそこにいないかのように「あれ？」と周囲を捜し始めた。

「イヴちゃん、こうやって意識すると強いのね」

「あれ、普通に見えるっすか？」

「見えるわよ。確かに薄くなった気はするけど」

ヴィクトリアは普通に見えているようだった。これは、ディアナと同じ反応か。

「僕も、近い印象だ」

ジャネットも、俺と同じぐらいの感覚か。しかし、そうなると見え方の違いに一定のものを感じる。

この白いローブを着た幼馴染み(おさななじ)の少女は、この見た目でレベル55の【賢者】だ。並大抵の強さではない。そのジャネットから見て、俺と大差ないということは。

「そう。【アサシン】の隠密は一定レベルから上には普通に見える。彼女自身の職業(ジョブ)レベルには関係なくね」

そういうことになるな。

……待てよ。ということは。

「ええ。アタシはケイティが【アサシン】も持ってて隠密使ってると仮定していたんだけど、今その線はなくなったわ。多分もっと別の能力を使って、皆の意識を逸らしている」

「知らないよりはいいとはいえ、あまり知りたくなかった新情報だな……」

ディアナが見ていないと言い切ったということは、恐らくそういうことなのだろう。

セカンドの実力を見抜いた目なら、ケイティほどの能力者がどれほど強いかはすぐに分かるはずだ。だが、結果としてディアナはケイティの存在に気付いていない。

「ほんと、どこにいるのかしらねー。案外すぐ後ろにいたりして」

「いきなりホラーはやめろ」

シビラの言葉に頭を痛めつつ、俺は無意識に後ろを振り返った。

当然そこには、別に誰もいなかった。やれやれ……。

「現段階で分かっていることをまとめるわ」

「といっても手がかりはない上、相手の能力が分からないということだけは分かるな」

「いやー、その通りなのよね。あっ、ビールおかわり！」

討伐隊参加の後、俺達は街の様子を調べつつ聞き込みも行ったが、結局めぼしい情報は得られなかった。

相手の隠れる能力は【アサシン】の隠密スキルより上で、十中八九パーティーメンバー全員に適用できるのだろう。

「ある意味その能力の高さを再確認できたということが収穫かしら……んぐっ、ぷはぁ～っ！」

「嬉しくない情報だな……」

内容とは裏腹に気分良さそうにビールを飲むシビラの姿に今日何度目か分からない溜息を吐きつつ、俺も食事に手をつける。

今日は肉のブロックとサラダが一つのプレートに載ったもので、エミーは相も変わらず山盛りである。

「ヴィクトリアは特に振り回してしまって済まないな」

「いいのよ～。久々だから私も変わっている場所とか確認できたもの」

ヴィクトリアは、俺達に帝国の店を案内しながら街の変化などを見ていた。

「なくなったお店も。新しいお店の従業員になっているのならいいけど」

そう呟きながら、帝国出身の【剣士】はナイフを器用に使いながら優雅に食べる。

一方、港町出身の【アサシン】であるイヴは、フォークで刺した肉塊にそのままかぶりつきながら、疑問を呈する。

「それにしても、隠密ってある程度から上の相手にはすんなりバレちゃうんすね」

「すんなり、というわけではないわよ。街の人に溶け込みながら発動すると、本当に分かりにくくなるもの。普通の格好と行動で視線が怪しくなければ、捜し出すのは困難ね」

「おおー、なるほど……」

シビラの説明に、イヴは感嘆の声を漏らす。

こういう辺りはさすが冒険者の先輩らしさがあるな。

「【アサシン】やってるあたしがこういう質問するのもアレなんスけど、仮にあたしがシビラさんを狙ったとしたら、シビラさんはどういう対応しますかね？」

「いい質問ね、そういうのはじゃんじゃん聞いていいわよ」

確かに、いざその状況になるとイヴは圧倒的に有利だ。

「女神教の教え以前に、殺人ってのが職業（ジョブ）ごと剝奪されかねないぐらいの重罪であることなどを全部置いておくとして、【アサシン】が誰かを狙うとする。【魔道士】とかは一番やりやすいわね」

シビラは分かりやすいように、自分の職業（ジョブ）の名前を挙げた。

その上で、ビールジョッキ片手に解答の一例を示す。

「狙われていると知らなければ防げないけど、分かっていれば少しは対処できるわ」

「マジっすか」

「ええ。『隠密』でない相手は、強く意識すれば見える。逆を言うと？」

「意識しようと思っても薄く見える相手は『隠密』だと分かる？」

「そういうこと。ま、人混みだったらあんま意味ないけど」

なるほどな、目立たないことが却って目立つ、ということか。

「……ん？　あれ？」

ふと、ここでずっと黙って食事を食べていた人物が急に首を傾げ始めた。

緑の髪を横に揺らし、浮かんだ疑問を見つめるように虚空に視線を向けている上級天使。

「どうした、マーデリン」

「あっ、済みません。……私は同業に近いので、セカンドのことを考えていたのですが」

ギルドマスターであり『水の女神』エマの斥候であるセカンドは、マーデリンと同じ上級天使。確かに近い出身の者となると、そいつの心配をするのは当然か。

「ふと疑問に思ったのです。私はイヴさんの隠密も、見えはするものの効くぐらいだったので、特別目がいいわけではないのです」

「ああ」

「――では何故、ディアナさんも含めて誰も存在を気付けなかったケイティを、セカンドは撮影できたのでしょうか」

その言葉に、俺達全員が目を見張った。

そうだ、確かに今考えると、あの姿を留められたのはあまりに不自然だ。

「なるほどねー……やってくれるわ。視線も合ってないし、写ってたのは遠くから。だけどそれら含めて、ケイティは完全にセカンドに気付いている」

「そう考えるのが自然だな。つまりセカンドに姿を『見せている』わけだ。なら既に」

「相手の手に落ちているわね。何も分かってないよりはマシでしょうけど」

確かに今の話の流れからすると、文字通り知らないよりはマシな情報ではあったな。

マーデリンが頭を下げてセカンドのことを頼んできたので、頼まれずともやるつもりだと返しておいた。

急にケイティに連れ去られた上級天使という意味では、以前の自分と同じ立場であるセカンドの内面を一番憂慮しているのだろう。

ならば、早めに救出してやらないとな。


一つの結論が出たところで、皆の食事も終わった。

「やっぱ人数集まると気が楽でいいわね。ジャネットちゃんも食べてるー?」

「ええ。どれも珍しい美味しさですね、帝国の料理は。料理ほど知識が増えると一度経験したくなるものもないと思います」

ジャネットはそう言いつつ、空のプレートを見せた。なるほど確かに、名前と説明の知識だけあっても、食べなければほとんど意味がないのが料理だよな。

「エミーちゃんはどう？　満足した？」

「全種行きました！　先日のケバブと味も近くて、やっぱり帝国の味って感じですね。私好きです」

いや全部食べたのかよ、確かにバリエーション豊富だとは思ったが。

ちなみにイヴはまだエミーの食べっぷりを見慣れないらしく、見る度「本当に入ってる……？　あの体のどこに……？」と呟いていた。

うん、まあそれに関しては俺も不思議に思っている。多分胃袋の中がマジックバッグとかになってて、別腹が自動的に作られる仕組みなのだろう。

「さて、満足したところで」

さすがに今日はもう一旦宿に戻る時間だな。

いきなり昼間に金を賭けて叫び始めたのは驚いたし、ああいうことはなるべく控えてほしいところだ。

ただでさえ国外から来た上に捜索活動で怪しいのだ、皆目立つことは避けたいだろう。

――などという甘い見通しが、この駄女神（シビラ）に通用しないことを俺はもっと認識しておくべきだった。

その女神は、薄青い宵闇の空を背景に、今日一番の笑顔で堂々と言い放った。

「今からカジノに行くわよ！　ちなみに予約はもう取ってるわ」

まさかのギャンブル二連戦が決定した。

08 初カジノ、二度あることは

その場所は、異質だった。

ただの娯楽施設であるにも拘わらず、セントゴダートの王城を凌ぐほどの高い天井。

視界を埋め尽くす人数と、その後ろで黄金に輝く内装。

特に派手なファンファーレや拍手が頻繁に巻き起こる様は、今日が何らかの祭典であるのではないかと錯覚するほどである。

だが、恐らくは違う。普段から、帝国のカジノはこのレベルなのだろう。

「わあ……！　凄い！　めっちゃ派手！」

「人間の娯楽を突き詰めた場所、こんなに凄いなんて……！」

エミーが興味津々に飛び跳ねながら、人垣を上から覗き込む。

ちなみにエミーの脚力は半端ないので、男の頭上ぐらいなら楽々越えている。当然のように、滅茶苦茶目立つからやめろ。

あと上級天使、今の台詞はバレるぞ。こいつも天然でやらかすから心配だ。

「マジすかこれ、金は使わないって心に決めても、ふらふら行っちゃいそうすね……」

警戒心の強いイヴですら、ジャラジャラと音を立ててコインを積み上げるテーブルに吸い寄せられていた。

自制……まあ可能だろうが、一応気をつけて見ておくか。

逆に、ジャネットはというと。

「……音が混ざりすぎていてうるさい。複数の場所で別の音楽を鳴らすべきじゃない」

「あー分かるわー。どの台も、自分の遊戯（ゲーム）を主張したいから、遠くだとギャンギャンピロロロジャババドーン！　みたいな雑多な音になるのよね」

ジャネットの意見にシビラが答えたが、何だその解釈不可能な音楽表現は……。

「案外近づくと、逆に気にならなくなるわよ。それじゃ早速、何か行ってみましょうか」

慣れた様子で近くのテーブルへと足を運ぶが、念のため確認しなければならない。

「まさか、賭けないよな？」

「賭けないと遊べないわよ？」

「……賭けないよな？」

多少なら俺もうるさく言わないが、何と言ってもこいつは大負けしたことを堂々と教えてくれたからな！

さすがにシビラもばつが悪いようで、俺以外の視線が集中したこともあって派手に賭けるようなことはしないようだ。

「わ、分かってるって……金額はラセルに任せるわ。持っていない金額以上に賭けるような空売り状態にはならないから安心していいわよ」

「用語の分からなさはともかく、知らない金が使われる心配がないのならいいか」

ここまで来て、何も遊ばずうろうろしているというのも怪しいしな。

シビラとヴィクトリアから説明を受け、コインを買う。

この疑似コインが、銀貨一つで十枚か。……思ったよりも高いな。

「百ぐらい買わないの？」

「買うわけねーだろ」

勝って稼ぐために使うのではない。あくまで目的は別にある。それに……イヴが言っていたことも気になるからな。

まずは、この机の対ディーラーのソロポーカーというものから。五枚のカードのうち、ある程度の絵が揃うといいらしい。

一枚を賭け、早速配ってもらうと……。

「まあ、幸先いいわね〜」

同じ数字の書かれたカードが、二種類。一番下の役だが、当たった。ツーペアだ。

「じゃあこの四つをホールドね。最後の一つもどっちかに一致するとフルハウスよ」

その言葉に従い、カードが配られたが……残念ながら外れだ。

「カードの種類は四種類。同じ数字のうち二枚はここにあるから、あの山札の中には、同じカードは二種類ずつしかない」

「なるほど、当たりにくいわけだ」

俺はパネルに表示されている、ツーペアの『×2』という表記を見て軽く溜息を吐く。

ところが、ここでカードを配った男から声がかかる。

「ダブルアップをしますか？」

どうやらそれは次出た数字が大きいか小さいかを当てるゲームのようで、当たれば倍に、外れればゼロになるというものらしい。

どうせ元々一枚だ、やってみるか。

「よし、いいだろう」

「分かりました。では――」

男が出した数字は、3。

「ビッグだ」

迷うことはないだろう。出てきた数字は、9。勝ちだ。

「続けますか？」

「そうだな……続けてくれ」

一枚得したところでな。

「それにしてもお客様、実に美しい女性達を連れていらっしゃる。一枚など賭けずとも、それなりの地位におありなのでは?」

突然ディーラーから会話が挟まった。これも作戦のうちなのだろうか。

「いや、冒険者が集まっていたら、たまたまこうなっただけでな」

「ふふっ、そういうことにしておきましょう」

完全に誤解されているな……。

とはいえ、こっちの女神と天使は間違いなく人の枠から一歩踏み出した容姿だ。目立つのは仕方ないだろう。

「ああ、そういえば」

ふと何かを思い出したように、ディーラーがカードの束を切りながら視線を彷徨わせる。

「お客さんほどの人数ではありませんが、見ない顔の男性が美女を連れていたのを見ましたね。ダブルアップをせず、すぐに別のテーブルに行きましたが」

……何だと?

「そいつは、もしかして赤い髪ではないか?」

「おや、お知り合いですか。ということは……いえ、詮索はやめましょう」

俺が国外からの客人だということが分かったのだろうな。

だが、構わない。そんなことよりも、重要な情報が得られた。

シビラ達の方を見ると、あちらも真剣な顔で頷いている。あの剣闘士ディアナが一切存在を感知できなかった『愛の女神』が、この場では普通に出てきていた。何故だ……？

ヴィンス、お前はこのテーブルに座ったのか。

自分の意思というものが、今も残っているのか？

そもそもケイティは、何故ヴィンスをここに座らせた？

そんな思考を遮るように、カードが目の前に流れてくる。伏せられたカードの裏面には汚れ一つなく、どこで使われたかの痕跡が見えない。

……どうせなくなっても惜しくないコインだ。考えるまでもないだろう。ここに確実に『居た』という情報を得られただけでも、大きな収穫だ。

後は早めに切り上げるとするか。

――ところが。

「続けますか？」

今、俺の右手側には、合計64枚のコインが載っていた。六連勝である。

テーブルの上の文字は、Q。12換算であり、これより大きい数字はKの13。

もしくはAとジョーカーのみ。

「続けてくれ」

これに当たれば、銀貨の十分の一だったコインが、一気に銀貨百枚分にまで跳ね上がる。

シビラは言うまでもなくエミーも盛り上がっているし、あれだけ警戒していたイヴも目を輝かせてテーブルに乗り出している始末だ。

マーデリンは、「ラセルさんが言ったカードが出るんですね」と見当違いなことを言っていた。段々とこの上級天使の認識も塗り変わってきたぞ。

「それでは」

ディーラーが慣れた手つきで、札の山を交ぜ合わせていく。

中心から抜いたカードが上に、更にそこから中心部分を抜いて上に……最後にそのカードの束を更に二つに分け、片方から一枚俺の方に投げた。

ビッグか、スモールか。考えるまでもない——。

「あれ？」

そう思っていたが、意外な人物からの小さな呟きを耳にして、喉から出かかった声が止まった。俺がエミーの方を見ると、エミーは自分の口に手を当て「しまった」という表情をしつつ、俺の耳元で小さく囁いた。

「あの人、さっき……」

突如もたらされた情報を理解した瞬間、俺の頭の中で警告音が鳴った。

一連の動作を、頭の中で再現する。するとようやく、このカードがどういう状態になっていたかを把握できた。

シビラが宿で見せた手品を思い出す。

そうか、これは――。

「――ビッグだ」

俺の言葉にディーラーが目を見開く。――やはりな。

「……お間違えないですか？」

「ああ。ビッグだ、大きいカードが来る」

そう言い、俺は相手ではなく自分の指でカードをめくる。

その中身は、ジョーカー。

「元々これで切り上げるつもりだったが、どうやらかなり運の巡りが良かったようだな。コインをもらうぞ」

「……ええ、もちろんです」

コインを受け取り、合計が三桁になったことで百枚分を色違いのコインに変更された。

「あんたやるじゃない！」

「ぐっ、叩く（たたく）な……！」

背中を思いっきり平手で叩いてくるギャンブル駄女神は、それはもう随分と楽しそうだった。

「それにしても、最後のはアレよく分かったわね」

「エミーが言ったんだよ、『あの束から何故か一番下のカードを出した』ってな。それで分かった」

中心から抜いて、上に載せる。カードを交互に重ねたのも、どちらが先かを調整することが簡単だからだろう。その動作を自分でやってみれば、何が起こったかようやく分かる。

つまり、一番下のカードは一度も動いていない。タネが分かればシンプルだ。

最大の壁は、あの見事な手さばきだろう。

一番下のカードをどのタイミングで切ってくるかが分からないので、違うカードを配った瞬間が分かるエミーがいなければ見抜くのはほぼ不可能だ。

「ある意味、エミーの動体視力の勝利だ」

「あっ、ジャネットが言ってたやつだ。どうたいしりょく！　えっと……ラセルの料理がおいしかったやつ」

「全然違う」

アドリアの孤児院で話していた、という部分以外何一つ一致していないぞ。

本当に動体視力は抜群にいいんだが……やれやれ。

一方。

「これは、楽しくなってきたわね！」

いつになく顔を紅潮させて一人盛り上がるシビラを見て、強く思う。

「勝って勝って、勝ちまくるわよー！」

最初に負けておいた方が良かったかもしれないな、と。

席を立ち上がったところで、俺は後ろで控えていた仲間に声をかける。

「体調は何ともないか？」

「あら、気に掛けてくれるの？　嬉しいわ」

以前ヴィクトリアは、カジノで酔ったと言っていたからな。

「ルーレットの時以外は何ともないのよ」

以前は俺の目の前で自由自在に飛び回りながら戦ったほどのバランス感覚を誇る、紫髪の剣士。その彼女が酔うほどの遊戯は、どのようなものなのか。

「そんなに変なものじゃないのよ。見てみる？」

「あんたが別にいいなら。一応また体調が悪くなりそうなら言ってくれ」

「まあ、優しい」

笑うように目を細めて……いつも笑顔みたいな顔だったなこの人。つまりいつも通りの雰囲気で、ヴィクトリアは奥を指差した。

その不思議な遊具は、店の奥で広い場所を取っていた。

円形の独特な形状をした盤面がぐるぐると回転しており、中には玉が逆向きに走っている。あれがルーレットか。

近くには数字などが書かれたテーブルがあり、その上にコインがいくつも載っていた。見た限り、テーブルと遊具はセットのようだ。

これと全く同じものが、周りに複数。その全てに人が集まってきている。

これだけでも人気の遊戯であることが分かる。

「さっきも17が出たんだ、今度も……」

「赤、賭け続ければ確実に来る……赤なら……」

ジャネットが興味深そうに覗き込みながら、仕組みを話す。

「球は遠心力が働かなくなった瞬間、落ちる。どこで落ちるかは予測不可能で――」

やがて回転していた玉が突如跳ね、カラカラと乾いた音を立てて転がり落ちる。

玉は、31と書かれた黒い盤面にあった。

「なるほど、簡単だが面白そうなゲームだ」

その結果を見て拳を握る者、溜息を吐く者、すぐに次のコインを出す者。

なるほど、これなら気楽そうだな。

とはいえさすがに金を使っているだけあり、中には危うい雰囲気のヤツもいる。

「……違う、賭けは変えない……赤さえ信じれば……」

マスクをつけた男は何やら呟きながら、十枚分のコインを二つ『赤』と書かれた場所に置き、再び誰にも聞こえない声でぶつぶつと独り言に酔いしれる。

あれが利益の餌食になった者か……ああはなるまい。

「せっかくだし、今度はエミーもやってみたら？」

「うん、何も考えなくて良さそう！」

「……ルールは説明するね」

ジャネット、頼むぞ。考えても勝てるようになるとは限らないが、少なくとも初めて見た俺でも数字一点賭けで百枚分はまずいことは分かるからな……。

「じゃあじゃあ、黒の方が好きだし、黒で一枚！」

エミーは、一番確率が高い場所へコインを置いた。

ありがとうジャネット、悪夢は避けられた。

黒が好きでいてくれるのは、大っぴらには言えないが嬉しい。俺はどちらかというと、赤が苦手になった。嫌いではないが……なんつーか、あらゆる角度で苦手である。

なお、今はルビーの如き輝きを放ちながら盤面を見つめる、破産予備軍女神のお陰で苦手だ。

「チッ」

と、そこであからさまにこちらを睨みながら舌打ちする男がいた。あの仮面の男だ。

「何だ？」

「別に。……そう黒が当たるはずがないだろ……」

なんだこいつ、腹立つな。当たらなかったことを他に当たるんじゃない。

そんな様子を見たのか見ていないのか、シビラは俺の隣でエミーの後ろ姿に口角を上げた。

「こういうのって必勝法があるのよね、色一種とか、三分の一だけに置き続けるとか」

「うさんくさいな。必勝法がそんなにあるのか？」

「必勝法だけで十ぐらいあるらしいわよ」

急に嘘くさくなってきたな……。

「ま、要するにバイアスよね。勝った者は勝ったって言ってるけど」

「負けたヤツは、負けたとは言わない。必勝法で負けた人間は観測できないんだな」

「そういうこと」

俺にもさすがにそれは分かる。

どんなに賭け方のコツがあったとしても、この盤面には一つ、気になる場所がある。

緑のゼロだ。あの場所が赤でも黒でもないということは、赤黒二色であっても勝率は五割を切っているはず。これで倍率が二倍なのだから、ジャネットじゃなくてもこれが不利な賭けであることは直感的に分かる。

見ている分には面白いが、これで必ず勝てるとは思えないな。

「まーぶっちゃけ、必ず勝てる方法を全員でやってるのに、こんな豪勢なカジノを運営できるほどカジノ側が稼いでる時点でお察しよねー」

「身も蓋もねえな……」

そんな会話をしているうちに、あの玉が転がる音が聞こえてきた。ゲームスタート。エミーを中心に皆が身を乗り出す。

当たるか、外れるか。稼げる金額とは関係なく、こういうのは見ていて面白いな。なるほど、人気の施設になるわけだ。

「あっ」

玉が跳ねた音とエミーの声が重なった瞬間、周りの皆もぐっと身を乗り出す。

カラカラと細かい音を立てた瞬間、エミーが立ち上がった。

「あっ……当たった！　当たったよ！」

こちらを振り返り、楽しげに花開いた顔でルーレットを指すエミー。良かったな。その未だに回転している盤面を視認できている超絶動体視力がエミーだけだから、思いっきり注目浴びまくっているけどな。

やがてルーレットは緩やかに止まり、白い玉が8と書かれた黒い升目に入っていることが誰の目にも明らかになった頃。

「あああああああアアアアアッ!?」

「わあっ!?」

先ほどエミーを睨んでいた男が、絶叫してテーブルを蹴った。男の急な奇行に、エミーも小さな悲鳴を上げて飛び退く。

周りの台で遊んでいた人々も、異様な雰囲気を察知したようだ。

「おい」

まずいと思い、俺は男とディーラーの間に割り込むと、しばらく睨み合った。

「……俺の……俺の……。ここは、もうだめだな……」

のっそりと起き上がった仮面の男はぼそぼそ呟いた後、ディーラーを睨み、ついでに八つ当たりのようにエミーを睨み……そのまま店を出ていった。

何だったんだあいつは……。

暴れたりしなかっただけマシかもしれないが、あまり関わりたくないところだな。

「ん？　もう帰ったのかい？」

騒動を聞きつけて、店の奥から荒事を止める人員が現れる。

その特徴的な包帯の姿に、まさかここでもと驚いた。

「ディアナじゃないか」

「ん？　おお……お前ら今日はよく会うじゃねえの」

カジノの奥から現れた剣士は、俺達の近くに来て周りを見回した。ディアナの他にも、女性の剣士が二名やってきている。

その雰囲気にヴィクトリアが何か思い当たったようで、手を叩いた。

「あら、もしかしてバウンサーも？」

「そうだな。こういう場所だから、暴れるヤツは後を絶たねー」

「そう……そうなのね」

ヴィクトリアは数度頷き、ディアナ達をまじまじと見る。

バウンサー、つまりカジノの用心棒のことらしい。

ディアナは、包帯の中から見る目をぎらりと光らせ、ヴィクトリアの糸目を覗き込むように顔を近づけた。

「ところで」

「あんた、強いな？」

「まあ」

剣闘士は急に踏み込んだことを言い出し、再び緊張が走る。

ヴィクトリアは元剣闘士であり、ディアナと同じ対人戦に長けた剣士だ。剣闘士の嗅覚は、穏やかな雰囲気から滲み出る達人の何かを感じ取ったのだろうか。

「そんな大したものじゃないわよ～」

「今あたいの殺気を受けてヘラヘラしてる女がか？　試してぇな……」

「……」

再び異様な緊張感に包まれる会場内。一触即発か、と思われたが。

「――ディアナ、騒動は起こすなよ」

店の奥から、中年の着飾った男が現れて剣士を窘める。

「オーナー……はい、もちろんです」

それまで今にも剣を抜きそうだった猛犬は、身を引いた上になんと言葉遣いまで改めた。

それに、今の呼び方。ということは、この人物が……。

「店のバウンサーより先に、トラブルを解決してくれてありがとう。当店のオーナー、エーベルハルトだ。是非、礼をさせてくれ」

やはり、店のオーナーのようだ。礼といっても大したことはしていない。話に乗って厄介事に巻き込まれる前に、さっさと退去した方が――。

「そりゃ嬉しいわね！　ほらラセル、遠慮せず行くわよ！」

と思っていたが、当然のようにシビラが乗ってしまった。

ま、お前なら乗るよな。こうなってしまっては仕方ない。

「お客様、引き続きカジノをお楽しみください」

エーベルハルトは客の前で一礼すると、俺達を店の奥へと誘った。そうだな、折角だしいくつか話を聞いてみるか。

……そういえば、ディアナはケイティを見なかったと言っていたな。

まだいくつも考えるべきことはありそうだ。


エーベルハルトを先頭に、俺達は支配人側の廊下を通る。

ディアナ以外のバウンサーは、再びカジノの会場近くに待機した。

支配人側の空間も中に負けず劣らず豪勢だが、熊を模した金の像や、水晶の塊などがいくつも並んでいる。

壁にはケースに入った高そうな長剣、棚には身につけることができるかすら怪しい巨大な宝石の指輪、更には腕に巻くタイプの時計が複数壁に掲げられている始末。

どれもこれも高いのだろう。ただ、陳列物には統一感のかけらも感じられないな……。

シビラなんか、金の像を見て露骨に『ええーっ』と言いそうな表情をしている。やっぱアレ、配置変だよな……？　ま、俺もそう思うが言及するのも失礼だろう。

ところが、この違和感を口に出した者がいた。

「……随分と、調度品が多いのですね。何故廊下にもこれだけのものを？」

聞いたのは、ヴィクトリアだ。

あまり口出しするようなタイプだと思わなかったが、子育てしている身としては金遣いも気にしたりするということなのだろうか。

「気に入った物とあらば、すぐに買ってしまうものでなあ。並べる場所に困っているよ、ハッハッハ」

一方エーベルハルトは、少しズレた回答だな。

「……」

ディアナは包帯の隙間から覗く無感情な瞳で、金の熊と睨めっこしていた。ここの調度品はカジノ客の売り上げであると同時に、剣闘士ディアナからの中抜き額でもあるはず。思うことはあるだろう。

奥の部屋へと通され、落ち着かない客室の中で皆が座る。

マーデリンはあっちこっち見回して「これが貴族の……」なんて呟いている。これを貴族の基準にするといろいろと歪むから参考にしなくていいぞ。

俺達は巨大すぎるソファに座らされたが、ディアナは向こう側で立っている。気にしなくてもいいとはいえ、気になるな……。

異様な雰囲気の中、エーベルハルトが出ていく。

少し間を置いて扉が開き、暇を持て余していた全員が視線を向けた。

「あっ、姉さんもいたんだ」

「ヘンリー!?」

給仕に現れた少年を見た瞬間、それまで俺が見た限り基本的な態度に差は見られなかったディアナが、明確に変化した。

つーか『姉さん』って……。

「先日姉さんが活躍したからか、今日は強めに『回復』をくれたんだ。だから出てきても大丈夫だよ」

ベージュ色の柔らかい髪をした少年は、細身でエミーと同じぐらいの背丈だった。先入観で言うものではないが、将来は術士になりそうな雰囲気だな。

「そうか、頑張った甲斐があったな。……ハッ!?」

ここでようやく俺達がいることに気付き、包帯姿でもよく分かるほどに『しまった』という表情でこちらを向く。

言うまでもなく。

こういう瞬間、水を得た魚のように活き活きとするヤツが、ここにいる。

「へぇ～っ、お姉ちゃんなんだぁ～～。いっがぁ～い！」

「ッ!?」

実にわざとらしく、驚いている以上に楽しんでいることを隠そうともしない声色で、茶々入れ悪戯女神は大げさな反応をしてみせた。

「ヘンリー君！　アタシはシビラってゆーの、お姉さんの大親友よ！」

「なっ、お、お前……！」

当然口から出任せであり、ディアナどころかこっちのメンバーも驚いている。

ちなみに俺は、なんとなくシビラならこういう絡み方をするだろうなと思っていたので驚きはない。我ながら嫌な慣れ方である。

「姉さんに友人が……！　是非、仲良くしてくだ……っ、ケホッ」

そんなシビラの言葉に喜びを露わにした給仕の少年もといヘンリーだったが、声を上ずらせた瞬間に咳をした。

「ヘンリー、無理はするな」

「そんな、大げさだって。それにしても……姉さんの友人と自分から言ってくれる人がいるなんて、今日はいい日だなあ」

「……」

包帯の中で、目が泳ぐ。

あれは『こいつを友人と認めていいのか』と『弟の前で否定していいのか』という悩みだな。分かるぞ、こいつに振り回されている先輩だからな。

ところで、それはそれとして一つ気になる部分がある。

「ヘンリーは病気なのか」

「はい……ケホッ」

「あたいが説明しよう。ヘンリーは治らない病魔に冒されていてな。継続的に回復薬（ポーション）か回復魔法（ヒール）が必要なんだよ。これでも良くなった方なんだが……」

なるほど、それで色々と繋（つな）がった。ディアナが何故ここまで金が必要になったかというと、弟への薬代がかさむからか。

へえ、いい姉じゃないか。第一印象なんてあてにならないもんだな。

「……何だよ。おい、あんたらも……見るんじゃねえよ」

嫌そうに顔を背けるが、それでももうディアナの印象はみんな変化したことだろう。

ま、俺達の生温かい視線を諦めて受け入れてくれ。

……それにしても、病気か。

恐らく俺の魔法なら、すぐにでもどうにかできる可能性は高いが――。

「話はできたかな？」

と、ここで席を外していたエーベルハルトが現れた。

「はい、ヘンリーも調子が良いようで、ありがとうございます」

「それは良かった。さて、集まってもらった皆にも話しておきたいことがあるのだが、いいかな」

ふむ、やはり何かしらの依頼か。

「話を聞くだけなら」

「結構。君達も見ただろう？　最近ああいう攻撃的な客が、このカジノが不正であると訴えてきているんだよ。さっきの仮面の男も、今日だけではない」

ああ、負けが込んでくると陥る思考なんだろうな。

自分が成功していないのは、不正が働いているからだという考え方は。

「君達さえ良ければ、今日のように、中でトラブルがあった時の対応をお願いしたい。既に私が雇っているバウンサーは顔が割れていてね。どうかな」

俺はメンバーを見渡し、皆が頷いたところで了承となった。

元々調査場所だったたし、どのみち全員で動くには多かったしな。

「実にありがたい。今日の分の謝礼と、前金だ。もらっておいてくれ」

「それじゃ遠慮なく」

何故かエーベルハルトの礼をシビラが堂々と取り、袋の中を見て笑顔で握手を交わす。

実に女神らしくなく、実にシビラらしい。

「皆様は本日カジノも勝った模様。是非、たくさん賭けて楽しんでいただきたい」

「楽しんでるわ！」

そりゃお前はそうだろうな。

始まる前から楽しそうだったたし。

「……ルーレットの様子も気になる。イメージ向上のためにも、楽しんでいってもらえると嬉しいよ」

「聞いたわね？　アタシ達の使命のためにも、遊んで遊んで、遊ぶわよ！」

俺達の使命は、上級天使の斥候セカンドを捜すことと、行方不明になった勇者ヴィンスと、愛の女神ケイティを捜すことのはずなんだが、随分と格が落ちたな……。

とはいえ、確かにここにヴィンスらしき男が来たことも気になる。

同時に——何故ディアナがケイティを認識していないのかも、だ。

話は終わっただろう、俺達は元のホールへと戻ることにした。

「ディアナ、見送りなさい」

「分かりました。ヘンリー、またな」

「うん」

エーベルハルトがヘンリーと共に部屋に残り、ディアナが俺達とともに会場側へと戻る。

支配人の部屋が遠くなったことを見越して、俺は包帯の顔に声をかけた。

「ディアナ」

「おう、何だ」

「今の生活と弟の体調に満足なら何も言わん。が、もし確実に今を変えたいと願うのなら相談しに来い」

こいつにはこいつの生活があり、それで保てている関係がある。俺が手を差し伸べることによってそのバランスが狂ってしまうのは、自己満足であって救済とは言わん。

「確実、とは大見得切りやがったな」

「ただの事実だ。無論俺にとっちゃ面倒事なので、頼る気がないのなら頼らなくていい」

「……」

前のように、じゃあ最初から言うなとでも返ってくるかと思ったが。

「あんたは見た目と違ってしつこそうだな」

「お前の弟を見てそう思っただけだ。お前は頑丈そうだから別に気にしていない」

「言うね。とはいえ、ヘンリーのことを気に掛けてくれたのなら礼を言うよ。……どうしようもなくなったら頼らせてもらう。ヘンリーの為ならプライドも何も要らねえからな」

「そうか」

ここまで大切に想ってくれる家族がいるのだから、ヘンリーは幸せ者だな。

今のままでいいのなら俺もこれ以上絡まないが、シビラなら『最初から病気じゃない方が幸せ』とでも言い切るだろう。

それでも他人のことを、勝手に表面だけ読んで自分の勘定で測ってはいけない。

幸福か、不幸か。それは今の二人が決めることだ。

そんな俺達の雰囲気を破るように、会場前に来た瞬間に隣の女神が元気良く宣言した。

「さて、ぱーっとルーレットで稼いできますか！」

「ついさっき必勝法などないと言い切った女の発言とは思いがたい……」

頭を押さえつつ、俺達は再びルーレットへと戻った。

ま、これも仕事の一環ということで、流れを読みつつ適度に遊ばせてもらうか。

ところが。

「あれ？　今のは入ると思ったんだけどな……？」

エミーが再びルーレットに参加するも、あまりいい流れではなかった。

掛け金が少ない時は当たり、大きい時は外す。

結果、順調にコインを減らしていくこととなった。

「ぐぬぬ、不正してるんじゃないでしょーね」

「ついさっき、オーナー直々にその疑惑を払拭するために報酬をもらったヤツの発言とは思えないんだが……」

この熱くなりやすいぽんこつは放っておくとして、だ。

「……《キュア》。ヴィクトリア、大丈夫か？」

「ラセル君。ええ、問題ないわ……と言いたいところだけど、私はもう離れているわね」

「分かった」

元々苦手だと申告を受けていたのだ。

敢えてそのルーレットの前に立たせる必要もあるまい。

「あれー、今のは25だと思ったんだけど……」

「まさか、入った瞬間に番号が変わった？」

「ううん、外しちゃっただけ。確かに2に入ったのは間違いないよ」

いやお前どんな目しているんだよ。あの玉の不規則な動きでさえ完全把握しているのか？

……とも言えないか、結果的に外しているわけだし。

「どうします？　シビラさん」

「うー、うー……」

「やれやれ、こういう時は『引き際が肝心』だろ？」

「ぐ……ラセルにそれを言われると腹立つ。うう、アタシのコイン百枚が……」

「最初から最後まで一度もお前のにはなってねえ」

まだ悔しがるシビラを引っ張り、俺達はカジノを立ち去ることにした。

「ううーん、ラセルごめんね、迷惑かけちゃう」

「いや、別に負けたことを責めたりするつもりは——」

「あ、えっと、そうじゃなくて」

エミーは言いにくそうに視線を彷徨わせると、扉の近くに待機するヴィクトリアを見て、俺に視線を戻した。

「私も治療魔法(キュア)、お願いできないかな」

「……？　分かった。《キュア》」

ヴィクトリアに次いで、エミーもか。

剣士にだけ酔うような仕掛けでもあるのか？　と思ったが、別に二人以外は普通に遊んでいるしな。

まあ、あれだけぐるぐる回るものを真剣に見るのは二人ぐらいかもしれないし、見ていたら酔うものなのかもしれん。


外に出ると、すっかり日は落ちきっていた。

それでもカジノの店内は明るく、客はまだ長居していそうだ。

欲に際限がない、享楽と堕落の街。

未(いま)だ上下関係が浮き彫りとなる国。

僅かな足がかりの気配は摑(つか)めたが——。

「まだ、先は見えないか」

俺達はカジノの喧噪(けんそう)を背に、宿への帰路につく。

空を見上げるも、曇り空は星彩の全てを遮っていた。

第2章

忘れた時ほど、事態は動く

あれから二週間が経過した。

俺達はそれぞれチームを分けて、バート帝国での調査を続けていた。

街とダンジョン探索のメンバーは、俺、シビラ、エミー、それにヴィクトリアだ。

ジャネット、マーデリン、イヴはカジノ側で見回りをしている。

帝国内での料理もすっかり食べ慣れた頃には、これはこれで悪くない気もしてきている。

街で見かける小さな楽団の裏声を使った不思議な歌や、耳に馴染まないだろってぐらいキツい音の楽器も、何度も聞けばすっかり日常の音だ。

とはいえ、さすがに王国が懐かしく感じる時はある。

あのエミーですら『フレデリカさんのスープが飲みたい』って言ったぐらいだしな。

それぐらい、バート帝国での生活が続いている。

まあ、つまりは。

未だ俺達は、バート帝国から僅かでも情報を持ち帰れそうな断片すら摑めていない。

そうそう。当初エーベルハルト伯爵には、『魔峡谷』から襲撃があった場合は討伐隊への合流を優先させると前もって伝えていた。

ところが、あの日以来一度も魔物の襲撃はなかったのだ。

それ自体は問題ないのだが、王都セントゴダートの方に魔物が行っていないか、それとも何か計画でもしているのか……少なくとも襲撃がないからといって安心していい状況ではないだろう。谷自体は閉じていないからな。

「あーあ、折角バートまで来たのにカジノから外されるなんて」

「そりゃもう、お前が我慢というものができるヤツではないということを初回で散々思い知った。今更ではあるが」

俺なしでカジノに向かわせたら、自分のタグ内にある金を丸々消し飛ばしそうだからな。

「それでラセルは、今日どうする？　アタシは何でもいいわよー」

「いよいよ調査に飽きているヤツの台詞（せりふ）だなそれ……」

とはいえ、確かにどうするか。

このままいつものメンバーで行動していても、進展があるとは思えない。

「とりあえず、別行動にするか」

「おっ、いいわね。それじゃアタシは」

「カジノはナシだぞ」

「行かないわよさすがに、それぐらい分かるでしょ？」

分からないから言ったんだよ……娯楽に関してはお前のことを何一つ信じていないからな。

「エマに報告する内容もないんだろ、向こうにも悪いんじゃないか？」

「別に部下じゃないもーん。とはいっても、確かに手がかりどころか、相手の足取りを摑む方法すらないのは痛いのよね。報告ナシって報告も続きすぎると呆れられそうだし」

これが解決できていなくても、何か新しい情報でもあればいいのだが。

あの『魔峡谷』からの魔物の襲撃すらない現状、帝国観光でしかない状態だ。

それこそエマなんて、報告したら観光に来たがるんじゃないだろうか。

「あっ、それは言われたわ。闘技会観戦したいって。ついでに参加したいとか言ってた」

「普通に言ってたし観光より大分自由だった」

エマはエマで、ギルドマスターの椅子の中で収まりそうにないタイプなんだよな……。

「さすがに向こうもその辺りは察してくれるでしょ。まーのんびり気長に行きましょ」

それだけ言うと、シビラは手をひらひらさせて去っていった。

やれやれ、俺も外に出るか。

◇

今日も低い天井に圧迫感を覚えるが如く、曇り空が異様に低い。

「手がかり、というものがあるかどうかすら分からないんだよな」

そもそもセカンドと会話をしたこともなければ、相手がどんな存在かすら分からない。

見つけたとしても、相手が【アサシン】の独自スキルである『隠密』状態であれば、視認するのが難しくなるのだ。

なるべく怪しくない程度に周りを見渡しながら、帝国民の一人一人の姿を確認する。

こうして見ると、王国民と大きな違いはない。

王国にも僅かにいる、少し身なりが悪い層も路地裏の細い道に見受けられた。

ただ、そういった層が、王国より少し年齢層が低いように感じる。

建物の中も見ながら、東の方へと歩いた。

これでは本当に観光しているだけ――そう思っていたのは、その瞬間までだった。

「一人になるなんて不用心ねぇ？」

正面から、はっきりとその声が届く。

道に人が溢れる中で、まるで自分とその相手しかいなくなったかのような錯覚を覚える。

「こんなところで会えるなんて嬉しいわぁ」

目の前に、立っていたのは。

「ケイティ……！」

捜していた『愛の女神』ケイティが、目の前に現れた。

「ふふっ、情熱的に名前を呼んでくれて……愛を感じるわ」

俺達が帝都まで捜しに来た女は、今まで見つからなかったことが嘘のように突然現れた。

まるで、意識の外から突然現れてきたようだ。

「……何の用だ」

目の前に現れた存在に、警戒しながら腰に手を当てる。

帯剣はしている。何か動きがあれば、シャドウステップで回避するつもりだ。

無論、別働隊のことも考える必要があるだろう。

「ふふっ、愛らしい……。でも安心して？　今日はあなたに何かするつもりはないわ」

「それを信じるとでも？」

「信じなくても結果は変わらないわぁ」

金の双眸を細め、値踏みするように俺の全身に遠慮のない視線を這わせる。

いい気分ではない……だがそれ以上に気になるのは、周りの人間が誰もケイティの方を向いていないことだ。

何なのだ、この状況は。

現段階で分かることは、ジャネットの予想通り姿を変えたり隠密状態で隠れているのではなさそうということだけだ。

「シャーロットに会ってきたのね、僅かに天界の残り香を感じるわ。あの子も人の愛に心のどこかで飢えていたのね」

「勝手に人のことを断定するな、何でも愛に変換しないと気が済まない病気か？」

「まあ！　あ、あんなことがあってもロットのことを気に掛けるなんて、愛に溢れているわ」

……嫌な煽り方をしてくれるな。

太陽の女神と俺の関係は、一言で言い表せるようなものではない。

かつて勇者パーティーから追放された原因の【聖者】を俺に与えたのが太陽の女神だ。

同時にああなることを知りながらも、最悪の結果――俺が【勇者】として道半ばで死ぬこと――を避けるために、恨まれてでも今の結果を選んだ存在でもある。

恨んでいる、と言い切れるほど単純でもない。

ただ、間違いなく愛してはいないと思うが。

「随分と『愛の女神』の愛は安売りだな、みじん切りにして春の猫にでも食わせておけ。

「……あんたの用事はそれだけか？」

「まあ、私のことにも意識を割いてくれるのね。愛だわ、愛だわ……」

仮に愛が酒精なら、会話の半分で酔い潰れそうな勢いだな。最早まともな会話など、あちら自身が常に酩酊状態で不可能と考える方がいいだろう。

「……」

「ふふ、睨む目も素敵。長話していたいけど、無視されては愛がないのよねぇ」

この場に似合わぬ優雅な微笑みで緊張感なく笑うと、ケイティは淡々と宣告した。

「すぐに、王国へ帰りなさい」

「断る。理由も言わずに相手が言いなりになるとでも？」

「この帝国には、愛が足りない。あなたはそれを理解させられてしまう」

また、愛か。

対象範囲が広すぎる上に、判断基準も曖昧。

「そろそろ『愛』以外の単語を使って具体的に言えよ」

「ふふ、難しいわね」

何でだよ。

と突っ込む前に、ケイティは俺に背を向けて話を続けた。

「あなたは、ロットの作った常識によって成り立っている。だけど、ここにはその常識が通用しない。再び曇ったあなたを手に入れても、満ち足りないもの」

　結局抽象的な言葉だけで、明確な答えは得られなかった。

　言うことは言ったとばかりに歩き始めたが、こちらにも用事はある。

「待て。セカンドを連れ去ったのは、お前だな？」

「セカンド……セカンド、ああ、あの愛のない名前の子ね。可哀想に」

「勝手にお前の基準で哀れむな。同時にその反応、肯定と捉えさせてもらう」

　名前を知っているということは、既に接触済みということ。それがコードネームであり、本名が別にあることを知っているのも今の言葉で確信が持てた。

　その上でセカンドからの連絡が途絶えているということは、やはりかつてのマーデリンと同じ状況にセカンドがいると考えて間違いないな。

　俺の言葉に、肩越しに振り向き口角を上げるケイティ。

「マーデリンが取られちゃったんだもの、その代わりよ」

「まだ聞きたいことがある。ヴィンスはどうした？」

「ふふ……あの子は可愛い、とってもいい子よ……。ああ、勿体ない……食べ応えがあって、包んでいても気持ち良くて……」

　会話になってねえ。

　ここに関しては、答える気はないってことか。

それとも、頭の変な部分でも刺激されるのか？

「……ああ、いけないわ、止まらなくなっちゃう。でも、そうねぇ……帝国から出ていかないのなら、せめてこの時間をあなたが帝国の愛を知って成長するための試練にしてもいいかもね？」

また随分と勝手な提案をされたものだ。

俺が愛の試練を受ける？　何の必要があるんだ。それで成長するというのもよく分からねえ。第一、何故敵である俺の成長を望むんだよ。

……いや、そういう部分も含めて、既にケイティ自身が自分の考えの整合性を取れなくなっているのかもしれないな。魔神に洗脳されつつも、内側の部分では『愛の女神キャスリーン』が何かしらの抵抗を続けつつ、俺との会話を観測している可能性は高い。

洗脳解除後、全てを記憶していたマーデリンのようにな。

「この帝都での欲望に巻き込まれた、愛の悲劇。それでも尚終わらない愛の炎。怒りの蝶は、秘められた瞳の奥に――」

言うだけ言うと、ケイティは王国の反対側である東門へと歩いていく。

何故か門番連中は一切反応せず、通行人も避けて通るのみ。

まさか俺から見えるまま堂々と素通りするとは思わず、動くのが遅れてしまった。

「待て！　逃がすと思うか」

「ふふっ——あなたが逃がされてるのよ?」

ぞわり、と総毛立つ声が耳元から聞こえ、振り返りながら剣の柄を握る。

が、後ろには誰もいない。

「……ん? 何だ?」

それと同時に、さっきまで俺が叫んでも何一つ反応しなかった周りの帝国民が、警戒心露(あら)わに周りを振り返る俺に声をかける。

一人、また一人と俺の方に顔を向ける帝国民。私服姿の女性や、帯剣した冒険者。それらが突然俺が現れてきたように振り向いた。

何だ、どうして今の瞬間から突然俺が見えるようになった?

いや……そもそも今の現象を見えるようになったと表現するのは正しいのか?

周りの人も何か虫でも飛んでいるのかと、俺の周りを軽く見回し、すぐに興味なさそうに足を進めだす。多少浮いているが、それだけ。今の俺はそんな感じだろうか。

門の方を振り返るもケイティの姿は既にそこにはなく、門の上には薄青い宵闇の空に朧月(おぼろづき)が静かに佇(たたず)むのみであった。

10 大紫の秘密は瞳の奥に

思わぬ遭遇に、宿に戻るのが遅れてしまった。

皆には食事を待たせてしまったわけで、お腹を鳴らして捨てられた子犬みたいな目で訴えてくるエミーには、さすがに罪悪感が湧いたな……。

ちなみに同じ理由で『シビラちゃんぴえん』とか言ってあざといポーズを取ってきた方は、ちょうどいい位置にあったデコを指先で弾いておいた。

「夕食前に、まず皆に報告をしておきたい」

「いてて……この全世界五千兆人が羨望するシビラちゃんの宇宙一可愛いおでこを傷物にした謝罪の方が先でしょ」

「ケイティに会った」

ボケ倒して話を繋ぐ気だったシビラも、さすがに俺からの情報に絶句した。

無論、近くで話を聞き流していた他の皆もだ。

「い、いやいやいやあんたまさか一人で会ったわけ!?」

「そうだ。向こうから接触してきたが、逃げられた」

「何ともないの？　ちょっと今ここで治療しなさい。つーか全員分。念のためね」

「恐らく問題ない。《キュア・リンク》」

皆の目の前で魔法を使ってみるも、特に自分の中で変化があった感じはない。

一瞬後ろを取られたかと思ったが、本当に何もされていなかったようだ。

「今日の夕食は、持ち帰りのものを買い込んで宿で食べるようにしよう」

ジャネットの提案に、皆で黙して頷く。

……思えば、門へと向かった姿を見ただけで、実際に出たところまでは確認していない。

周りの人間が俺達の事情を知らなくとも、迂闊に喋ることは避けたいところだ。

足りなくなることがないよう、大袋でケバブを買い込んだ。ここ連日の生活で、エミーがいれば残ることはないということだけは共通認識だな。

それぞれが思い思いに食事を摂りながら、俺は一つずつじっくりと――話しそびれた部分がないように――思い出していった。

「――というわけだ」

これで一通りのことを皆に話せただろうか。

食べながらとはいえ、黙して聞いていたメンバー達は皆集中していたのか、聞き終わると緊張が解けたように息を吐いた。

マーデリンが甲斐甲斐しく飲み物を用意してくれた。実に気が回る天使様だ。

「わっかんないわねー」

開幕シビラが皆の気持ちを代弁し、お手上げとばかりにひらひらと片手を振った。

「ケイティの考えていることなど、考えるだけ無駄だろう」

「そっちもだけど、例のイミフ隠密スキルの方よ」

隠密スキルか。確かにそっちは、全く分からないんだよな。

あの時、俺にだけケイティが見えていたことが意味不明だし、ケイティと会話していた俺が周りから見えなくなっていたことも理解不能だ。

更に、ケイティが会話を止めた瞬間に周りの通行人が俺に気付き始めたことも。

「ケイティの能力に関しては保留ね。仮説を立ててもいいけど、間違った予想を本当と思い込むことほど危険なことはないわ。確実なこと以外で予想するなら、せめて複数は仮説を出しておきたいわね」

「なるほどな……」

散々辛酸を舐めさせられたであろうシビラが言うのだから、実感が籠もっているな。

まずは現状の『他の者からは見えないが、俺だけは見える』と『会話した俺も周りから見えなくなっている』の二点だけ押さえておけばいいか。

「……」

ジャネットの方を見ると、壁の方を見ながら一切動かなくなっている。

これは思考の海に潜っている時だな。

ふと見ると、ヴィクトリアやイヴも似たような感じで顎に指を当て宙空に視線を向けている。皆、俺の話からケイティの謎を解き明かそうとしているのだ。


そうだ、今の俺にはパーティーメンバーがこれだけいる。

皆で考えれば何かしらの糸口が摑(つか)めるかもしれない。

もう俺は、シビラと二人っきりのパーティーではないのだから。


「とりあえず、現状報告できそうなところはそんなもんだ」

「了解。それじゃラセルが体張ってくれたわけだし、エマにも連絡取らないとね」

シビラはおもむろに巨大な板を取り出した。あれは、エマがギルドマスターの部屋で使っていたものだ。

慣れた手つきで板に触れていき、すぐにあの時見たような絵が空中に現れた。あの時と違うのは、現れた姿がセカンドではなくエマであることだ。

『僕の新作を見てくれたまえ！　で、何かな？　シビラ』

「えっ!?」

空中に浮かんでいた絵が突如切り替わり、ギルドマスターの部屋で見たそのままのエマがエキゾチックなマスクを見せながら話し出した。

このエマの部屋でしか見たことがない仮面、間違いなくエマの私物である。

『エミー君じゃないか！　ということは』

「みんないるわ」

シビラの言葉に、ジャネットがエミーの隣に来て「これで見えるのかな……？」と正面を見る。宙に浮かんだエマの胸像は、その声に反応するようにこくこくと頷いた。

驚いた、本当に声も姿も届いているんだな。

『マスタータブレットから久しぶり、みんなのエマお姉さんだ！』

「エマ、定時には早いけど報告よ」

『今日いきなり全員を紹介したってことは、何か強烈な話でもあるのかな？』

「ラセルがケイティと会ったわ」

『強烈だね!?』

シビラの狙い通りに表情がころころと変わるエマに同情しつつ、俺もシビラの隣に行く。

これで相手にも見えるということだな。

「ようエマ、久しぶりと言うほどでもないが王都以来だな」

『やあラセル君、こうして画面の前に来てくれたということは、無事だったようだね。君達全員が操り人形でもない限り』

「恐ろしいことを言うな」

なかなかシャレになっていない冗談をかましたエマ自身も本気で言ってはいないようで、笑いながら椅子の上で足を組んだ。

「それじゃ、聞かせてもらおうか。一体何があったのか、その一部始終を」

その問いに、俺は現在の状況説明をしつつ、もう一つの気になった点を聞くことにした。

『――なるほど、そういうことになっていたんだね』

「ああ。これが起こったことの全てだ」

エマにも、ケイティとのやり取りを一通り話した。

今の話の中で、もちろんもう一つ気になることがあるだろう。

『セカンドのことをね……』

そう。エマがセカンドと呼んでいた上級天使のことを、ケイティが『愛のない名前』と呼んでいたことだ。

『セカンド。二番目。まあ言うまでもなくコードネームであり、彼女の本名じゃない。マーデリンは知ってると思うけど、メリッサだよ』

「やっぱりメリッサだったのですね。昔とは雰囲気が違っていたので驚きました」

マーデリンにとって、セカンドは旧知の仲のようだ。

何でも近くのカフェで働いていたお喋りな店員であり、マーデリンによると性格はルナに似ていたらしい。

――この右目が疼くぞ……！

ルナに？　あのギルマス御用達のいかにも仕事人のような斥候が？

『愛がない、か。事情も知らず、言いたい放題言ってくれるね』

俺の疑問に答えるように、エマは腕を組んで呆れたように溜息を吐いた。

『そもそもセカンドという名前は僕が考えたとはいえ、コードネームを付けてほしいと頼んできたのはメリッサの方なんだよ』

だからセカンド以外は普通に名前を呼んでいる、とエマは付け加えた。告げられた真実に、いろいろと察して画面の前の相手と同じような溜息が出る。

要するにケイティは、セカンドのことを理解しているようで、理解していない。

愛の基準は独善的であり、本人達の希望はその内に入っていない。話を聞けば、そのセカンドというコードネームがエマらしい愛に溢れていることぐらい俺にだって分かる話だ。

愛……愛、か。

曖昧で分からないものだ。人によって、その有無は如何様にも変化する。受け取った側が愛を感じても、他の誰かが見ると愛がないように感じる。

無論、逆も然りだ。

そんなものを司る女神というのは、どういうものなのだろうか。

「なあ」

『うんうん、何だい？』

「ケイティ……キャスリーンは、魔神の洗脳前からあんな性格ではなかったとは思うが、具体的にはどんなヤツだったんだ？」

俺の質問に、エマはシビラと視線を一瞬交わす。

『それは、シビラの方が詳しいと思うから彼女に聞けばいいよ。僕からは『気遣いのできる明るいムードメーカー』ぐらいの印象かな』

恐らく、雰囲気自体はそこまで大きな印象の差異があるわけではないのだろうな。

ギルドマスターからの挨拶ということで、イヴとヴィクトリアも挨拶に応えた。なお、相手が誰であったとしてもエマは気さくに話しかけることを要求したと付け加えておく。

『さて、楽しい歓談は一旦置いて……状況から察するに、セカンドを回収するのは難しそうだね』

「そーね、完全に取られちゃったと肯定されたし。まあセカンドから接触されないことには、ちょっと難しいかもね」

『分かった、報告ありがとう。結果としては残念だが、最悪ではない。行方不明で手がかりがないよりは断然いいから』

エマは自らの考えを伝えると、手を叩いた。一通り話は終わったということだろう。

『キャシー改めケイティの情報は、迂闊に集めると却って君達に迷惑がかかりかねないね。遺憾で忸怩たる思いだが、全てシビラに委ねようと思う』

「ええ。また何か判明したら共有するわ」

最後に画面の向こうのエマが小さく頷き、何やら下を向いて手元を動かしたと思うと、今までの動いていた画面が、再び最初のエマが中空に浮かぶ姿留めへと戻った。

シビラは再びマスタータブレットなるものに触れると、画面が全て消えて元の黒い板へと戻った。皆その高機能な道具に興味津々だが、特にこういったものに興味を示すのはジャネットだった。

「便利な道具ですね……汎用性が高そうです。機能はどれぐらいあるのですか？」

「姿留めに音留め、メモからさっきの通話はもちろん、エマのものは他の冒険者の情報もずらっと出てくるのよ。ちなみに盗まれてもエマ以外じゃ動かせないわ」

「本当に気さくに絡み続けていい人物なのか困惑してしまうほど、人類にとって重要な方ですね……あのマスクのセンスだけは難解ですが」

「それな！」

ちょっと毒の冗談が出たジャネットにシビラが乗っかり、皆が笑った。

ま、あの変人ギルマスに関してはこれぐらいがちょうどいいだろう。

「さて、一通り話が終わったところで、ラセルの質問にも答えないとね」

ん？　何かシビラに質問していたか？

「って顔してるわね。キャスリーンのことよ」

「そうか、エマがシビラの方が詳しいと言っていたな」

単純な興味だったが、

「ええ。かつて姉さんの友人だったキャシーは、天界一可憐で引っ込み思案だったアタシに一番声をかけてくれた女神で——」

「エミー、デザートにケーキでも買いに行かないか？」

「えっ行く行く！　やったー！」

「はああ!?　あんた自分から質問しといてそれはないんじゃないのお!?」

そりゃもう開幕いきなり聞く必要がなくなったからな。シビラが引っ込み思案だったことを前提とした過去話、ただの創作であると考える方が自然である。

◇

ケイティと会った翌日。

緊張して朝早く目覚めたが、だからといって何をするでもなく俺は宿の外へと出る。

まだ薄暗く、雲がかかった空に色はない。通りを歩く人は少なく、少し肌寒さすら覚えるほどだ。

またあの愛の女神がふらっと現れたりするかとも思ったが、そんなことはない。

ケイティは、間違いなく俺に『課題』を寄越したのだ。腹立たしいことに。

恐らくそれを解決しない限りは、再び姿を現すことはないだろう。

通りに目を凝らせば、あの意味不明な隠密状態の女神も、突然目の前に現れたりするだろうか。それとも、実際に『隠密』のスキルを使うセカンドが……。

「……？」

そう思いながら見ていた通りの先で、俺の姿を見て手を振る人がいた。

バッグを抱えたまま小走りで来た女性が、フードを脱いで俺に頭を下げる。

「おはようございます、ラセルさん。今日は特に早いですね」

「俺より早いヤツに言われてもな。おはよう、マーデリン」

通りの先からやってきたのは、マーデリンだった。袋を見ると、朝食のための肉類や野菜など、様々なものが入っていた。

「毎日こうして早朝に買いに行っているよな」

「エミーさんがたくさん食べてくださるので、作り甲斐があって嬉しいです」

パーティーを支える緑の天使は、心から楽しそうに笑う。

真面目というか、真面目すぎるというか……。今まで出会った中ではフレデリカに近いと思うが、それでもここまで献身的になるものだろうか。

「宿に備え付けられていた簡易キッチンを使うんだよな。俺もついていっていいか？」

「構いませんけど、手伝いは不要ですよ」

「あまり話をしなかっただろ？　少しあんたのことも知りたくなってな」

「えっと、それは光栄ですが……本当に私ですか？　話しても面白くないですよ？」

地上にいる上級天使って相当珍しいからな？　それを踏まえなくとも、相当な美人である上にスタイルもケイティに引けを取らないし……なんつーか危なっかしいな。

「俺が言うのも何だが、変なヤツについていったりしないか心配だ」

「私に声をかける時点で変な人だと思いますし、私は真面目なシビラさんのパーティーの一員ですから、他の人の所に行ったりはしないですよ～」

やっぱこいつ、常にどっかずれているんだよなあ……。

そんな会話をしながらも、キッチンへと向かっていった。

マーデリンは慣れた様子でキャベツを洗い、俎板(まないた)の上で千切りにしていく。

正確かつ速い手さばきで野菜は糸のように細くなり、ふわふわとした緑の塊が出来上がっていく。

内側が開く生地に野菜を詰め込むと、ソースを入れてから、肉を詰め込んでいく。ここバート帝国の宿で食べてきた料理は、こうしてマーデリンが作っていたのか。

「いつも世話かけていたんだな、助かる」

「いえいえ、私にとっては楽しみの一つですから。それにあれだけ美味しそうに人間の方が食べてくれるのだから、本当に降りてきて良かったと思います」

その言い方がふと引っかかった俺は、直接その疑問をぶつける。

「マーデリンは、人の役に立つことそのものを喜びにしているんだな」

「はい、光栄なことです」

「マーデリン自身が、そういった誰かのためというのとは別に、やりたいことみたいなのもあったりするんじゃないか？」

俺の問いに、マーデリンの作業の手が止まる。

俺がそう思ったのは、以前『太陽の女神』シャーロットから直々に、マーデリンが何かの選択をしたくて地上に来たという話を聞いたからだ。

恐らくその選択とは、分岐点のことだ。こうして誰かの世話をすることも彼女自身が選んだこととも言えるが、少なくともそれは分岐点と呼べるほどのものではない。

「そうですね。確かに、あります」

マーデリンは再びナイフを動かし、今度は玉ねぎをみじん切りにし始めた。

「皆さんは、『勇者伝説』や『聖女伝説』などを読んで、憧れたりしますよね」

「ああ、そうだな。どちらも俺は読んだ」

「私も憧れがありました。それは、それ以降ががらっと良い結果になってしまうような、凄い判断をする瞬間です」

答え方は明確に、しかし内容は少しふわっとしたものだった。

「判断か？」

「そうです、判断です。私って元々自我が弱くて、なあなあで従って日常過ごして、それで幸せみたいな感じなんですけど」

マーデリンは話しながらも、数種の調味料を使って次々と朝食を仕上げていく。

「もしも、私が何かしたことで他の人の人生を良いものにできたら、それは凄く光栄なことだなって思うんです。物語もその瞬間が一番ぐっと来て、その瞬間を自分が担えたらっていう妄想が、一番楽しいんです。具体的に何を、というのが想像しにくいんですけど」

自分の言葉を茶化しながら……やがて彼女は声のトーンを落とす。

「だから、ジャネットさんを眠らせていた時期は、私にとって究極の無間地獄でした。高望みをしすぎた自分への罰と思うことで、無理矢理心を保っていたぐらいには」

それは、自分に厳しすぎるだろう。……そう言うのは簡単だが、彼女は納得するまい。

「そのジャネットさんが感謝するほど、セントゴダートでは私の判断でお助けすることができました。シャーロット様にもお褒めいただきました」

「あれは本当に助かった。ジャネットだけじゃなく、俺にとっても半分親代わりの姉みたいなもんだからな」

目の前に現れたのは、緑の翼竜。対するフレデリカは、【神官】レベル1。だが子供の前なら、自分を犠牲にしてでも護ろうとする人だろう。

そんなフレデリカを救ったのが、マーデリンなのだ。

「ああいう瞬間を、人生で一度でも味わえたらどんなに最高だろうって。そんな欲があったのですが……参りましたね」

完成したヨーグルトソースの味見をしながら、マーデリンは笑った。

「いざ味わうと、一度じゃ満足できなくって。あの瞬間を、また体験したくなっちゃいました。だから今回も、そういう機会に恵まれたらいいなって思ってます。次はラセルさん達か、友人のセカンドか、もしくは全く別の帝国のどなたか。楽しみですね」

それは初めて聞いたマーデリンという一人の女性の本心であり、またどこまで行っても献身的な上級天使の彼女らしさであった。

準備まで見届けた朝食をもりもり食べるエミーと、それを嬉しそうに眺めるマーデリンの姿を微笑ましく見つつ、シビラに今後の相談をする。

「ケイティ、本当はどっか別の国に行ってしまってるとは考えたくないよな」

「だとするとアタシ達、ここにいても完全に無駄骨よね。カジノで全額賭博（オールイン）して帰る？」

「お前実は破滅の女神だったりしないよな？」

「払戻（ペイアウト）の可能性だってゼロじゃないわよ～？」

いかにも破滅しそうな台詞（せりふ）を聞き流しつつ、今後の予定をぼんやり考える。

ケイティがいることは分かったが、肝心の捜し出す手段に皆目見当がつかない。

そもそも、見つける糸口すらないのだ。

「ただ、まだ離れるべきではないと思う」

「……へえ、理由を聞いてもいいかしら」

「まずケイティが向かった方向だ」

東門の先。帝国領が続くはずだが、俺の中でどうしてもひっかかることがある。

――赤い髪の勇者。

シビラの姉プリシラが話していた、ケイティの目的。それが、よりにもよって『赤い救済の会』という一度潰したはずの宗教が関わっている可能性があるのだ。

「確かにケイティは、東門から出たように見えた。だが、何か騒動を起こすなら――」

視線を、街の北側に向ける。

王都セントゴダートでは女王の城があったその位置に、鉄で無骨に固められ、赤と金の旗がいくつもかかる建物がある。

「――城のある、ここだろう」

こういう部分で、妥協するような相手には見えないのだ。

合理性など考えられず、最後は派手に巻き込む。どうにもそんな気がする。

「それに」

俺は、席を分けた向こう側で、慣れた様子で肉にヨーグルトソースをかけるヴィクトリアの様子を窺う。

物腰も柔らかく交渉も上手いが、仕事もきっちりこなすベテランの【剣士】。

知り合いの少女の母親という、少し独特なポジションの女性。

一度目は、黒ゴブリンの毒で病に冒されていた時。

二度目は、剣闘奴隷の焼き印を消した時。

彼女は『返しきれない恩が二つもできた』と言い、俺の指示には文句一つ言わず従う。

非常に有り難いことだが、それ故か自分の要望を出してこない。

だが。

「何か、引っかかるんだよな」

「んー……そうね、アタシも気になってる。過去のこと、吹っ切れてもないし納得もしてないんだろうなというのは感じ取れるわ」

そこに気付ける辺り、こいつの人を見る部分は信頼できる。

シビラは僅かに考えた後、俺に一つの疑問を提示した。

「一つ言えるとしたら、バート帝国でもさすがに殺人事件だなんてそうそう起こらないのよ。金銭絡みや近所トラブルで年に数件ぐらい」

「年に数件は、十分多いと思うが」

「王国に比べたらねー。そんな帝国でも、国外で集団使って、剣闘士出し抜いてとなるとそれなりに大規模な犯罪事件よ。少なくとも近隣トラブルの枠じゃない」

となると、問題になってくるのは——。

「ヴィクトリアの過去が関係している？」

「順当に考えると、そんなところね」

今は穏やかそうにしているし、特に問題があるようには見えないヴィクトリアだが、夫婦仲が悪かったような雰囲気は以前の話から感じ取れなかった。

ならば夫の死について、納得しているわけではないだろう。

「でも、あんたがここまでヴィクトリアを気にするなんて珍しいわね。年上狙い？　案外フレっちぐらいの年頃が好みなのかしら」

「そうじゃねえよ、『愛の女神』みたいな反応するな」

俺の返しに、露骨に「うげっ」という顔と声で反応するシビラに反撃成功の溜飲（りゅういん）を下げつつも、ヴィクトリアへと視線を向ける。

今度は目が合い、軽く微笑まれた。

普段通りの様子に、俺も机の上で僅かに手を上げるのみで応える。

見た限り、何も問題なさそうではあるが……。

「あくまで勘だ。ずっと何かを気にしているんじゃないかと思ってな」

「ふーん。ま、聞きたかったらそっちで聞きなさい。アタシよりあんたの方が答えてくれると思うわ」

シビラは最後にそう言うと、エミー達の座る席へと向かっていった。

ちょうどそれに代わるように、ヴィクトリアがドリンクを片手に俺の正面へと座った。

「シビラさんと何の話をしてたのかしら？　もしかして私の話？」

「そうだと言ったら？」

「あら、あらあら……ラセル君にはもっと私より、ブレンダに興味を持ってほしいのだけれど……」

いや、何の話だよ？　ブレンダはここにいないし、話すことも特にない。特に気になる過去があるわけではないからな。

そう、気になる過去があるのは正面の女だ。

「なあ、ヴィクトリア。何か要望とかがあるなら先に言っておいてくれないか」

「まあ、どうして急に？　私はラセル君のお仕事に協力できたらそれで十分よ」

「そう見えないから言っているんだよ。……そうだな。もしも明日にでも帝国から王国に帰ると言ったらどうだ？」

　俺の仮定にヴィクトリアは体を硬直させ、考え込むようにテーブルに視線を落とす。眉間には僅かに皺が寄り、普段は朗らかな口角が引き結ばれるように閉じて下がる。

すぐにはっとして俺に視線を戻すも、その一連の動きが『納得していない』と如実に語っているのは俺でなくとも気付くだろうな。

「別に、お前のことを気に掛けているわけでもなければ、好感度を上げようとしているわけでもない。俺自身のためでもある」

「ラセル君自身のため？　私の要望を叶えることが？」

「ああ。もしかするとヴィクトリアの問題を解決することが、何らかの進展に繋がるかもしれないんだよ」

　ケイティが最後に伝えた言葉。それは『怒りの蝶』と『秘められた瞳の奥』。

　これらが示すのは、俺の周りで思い当たるのなんてヴィクトリアぐらいしかいない。

　後者は謎ですらないほど明確だ。

　問題は、前者だ。

　大紫とは、ヴィクトリアの髪の色のことであり、また蝶の名前でもある。つまりケイティは、『大紫の剣士』という彼女の呼び方を蝶に喩えたのだ。

それはいい。

だが、その前についた言葉は何なのだろうか。

聞いたら答えてくれるかもしれないが……軽率に踏み込んでいいとは思えない。それは、ヴィクトリアは勿論のこと、ブレンダに対しても失礼だ。

「ラセル君の問題解決のために、私の問題解決を、ね。何だか言いくるめられちゃってる気もするけど」

「言ってる俺もそう感じてるが、マジで今一番重要な手がかりになる可能性があるんだよ。協力してくれるか？」

「断る理由はないわ。だから、また勝手に恩義をあなたに重ねさせてもらうわね」

「これ以上は重すぎて持てないな。俺は受け取り拒否するから、二件目はジャネットに、今度のはシビラにでも渡しておけ」

そもそも俺、剣闘奴隷の存在すら知らなかったしな。恩義を感じるのなら治した俺よりも、知識と僅かな可能性から導き出したジャネットの方だろう。

……改めて思うが、直接剣闘士を見たわけでもない上に、自分が剣士でもないのにあいつはよく分かったよな。ジャネットの頭脳には、一生かかっても敵うことはなさそうだ。

俺の提案に、ヴィクトリアは「じゃあシビラさんに全載せで」と冗談めかして言う。

彼女は手元のドリンクを一気に飲み干すと、決意したように俺に相談をもちかけた。

「それじゃ、相談。私をラセル君達と、カジノ側の警備に回してくれない？」

ヴィクトリアとカジノに入るのも、思えば久しぶりになるだろうか。というのも彼女とエミーは、何故(なぜ)かルーレットを見ると目を回してしまうというのだ。

ちなみにイヴも、あまりルーレットの動きを見るのは好きではないらしい。

シビラやジャネットにも聞いてみたが、乗り物酔いにもならないタイプだし、動体視力がいいことが影響しているのかもしれないとのこと。ただ、目が良ければ酔うというのもおかしいと言っていた。

何だろうな……ちなみにマーデリンは何ともない。俺と同じで『数字も玉もほとんど見えない』と言っていた。そりゃそうだよなあ。

とまあ、そんなわけで。結果的に俺達がここに来るのは、半月振りとなる。

「お？　今日はメンツが違うんだな」

「たまには交代しないとと思ってな」

「そうか。警備としての腕も……悪くなさそうだな」

包帯の中の目が俺とシビラを見て、ヴィクトリアで止まる。

昼は剣闘士として戦いながら、夜はカジノの裏でバウンサーとして待機するディアナともすっかり顔馴染(かおなじ)みとなった。

「今日は、エーベルハルトに用事がある。元々臨時だしな、今後のことも踏まえて俺達(たち)がどうするかを伝えるつもりだ」

「事後連絡かい？　一応主(あるじ)もあれで事業伯爵なんだが……前から思ってたが、結構豪胆な【神官】サマだねあんた。いやむしろ、教会の人間だと皆そんなもんか」

帝国にいる教会の【神官】は、今の俺の態度と同じぐらいなのか？

俺はもう今更だが、この態度で貴族に絡んでも許されるとなると、帝国の教会の権力は強そうだな。

「まあ怒られやしねえと思うが、一応話しときな。あの二人の評判は良かったからさ」

察するに余りあるな。集客効果は高かっただろう。

ジャネットとマーデリンを、エミーの方へ向かわせたのには理由がある。

ダンジョン探索を行わないにしても、そこそこ絡まれるトラブルがあるため回復術士(ヒーラー)が必要になってくるだろう。

帝国では【神官】そのものが少ない上、ポーションの価格も妙に高かったからな。

ディアナを見れば、それぐらいのことは分かる。

「いずれはこの地を離れるからな。その辺りも含めて、交渉させてもらうとしよう」

ディアナとの話を切り上げ、シビラとヴィクトリアを連れてエーベルハルトの部屋の扉を叩いた。

久々に入った部屋には、何やら見慣れない金色の像がある。

よく見ると、エーベルハルトに似ているな……？

「おや、君達は久しぶりだね。……もしかして今日は、あの三人は来ていないのかい？」

「そうだな。三人はここで働いて半月になるし、今日は交代してもらった」

俺の言葉に、エーベルハルトは渋い顔をして不満を露わにした。

「そういうことを勝手にされると困るんだがね……」

マーデリンとジャネットは、他の店員と同じバニーガールという扇情的な衣装を着て、客の入りに貢献していたからな。元々自由契約とはいえ、急に欠勤となった気持ちは分からなくもないが。

「元々ここで働いているわけではないからな。第一、俺はそもそも『回復術士』の冒険者である身だ」

いくつかの情報は伏せて話をする。

「む……教会側の者だったか。そう言われると強くは出づらいな。しかし、特にマーデリンは本当に採用したいぐらい評判が良かった。今日は週末、一人でも増やしたかったところだが……」

そりゃまあマーデリンは天界の上級天使であり元店員だからな。トレイを持って機敏な動きもできるので、スタッフとしては完成形の一つだろう。

腕を組んで唸るカジノのオーナーは、眉間を揉みながら溜息を吐く。

その様子に、楽しげな声で飛び込んできたヤツがいた。

「バニー二人の穴を埋めればいいのなら、この宇宙一可愛いシビラちゃんがいるわ！」

「お……おお……！　シビラ殿！　あなたがフロアの担当になってくださったら、二人の分をカバーして余りある！　是非！」

「とびっきり可愛いのを要求するわ、オーナー！」

口を挟む前に、トントン拍子で話が済んでしまった。

こいつ、着たいだけだったとかないよな。

シビラなら二人のバニーガール姿を見てそう考えることも十二分に有り得るのが頭の痛いところだ……。

「あ、こっちのヴィクトリアはナシよ。一児の母だし、娘も自我が芽生えた年齢だし。ちょっとあの姿で人前に出すのはね」

「ふむ……なるほど、シビラ殿がそう仰るのなら従いましょう」

そうこう言っているうちに話は進み、俺とヴィクトリアはディーラーと同じタイプの服で担当することになった。

まあ、変な服でないのなら構わないが……。

シビラの話が終わると、ヴィクトリアが探るように声を出した。

「……エーベルハルト様、少しお話ししてもよろしいでしょうか」

「もちろん構わないとも」

「主となる質問の前にもう一つ聞きたいことがあるのですが、その像は何でしょうか」

「ああ、これかね」

エーベルハルトは金の像の前に立ち、満足気にその顔を眺めて頷く。

「オーナーとなって十年になる記念に作られた私の像だ。特に私の代になってから発展が凄まじく、人気も天井知らず。それを記念して、この像をホールの中央に飾らせてもらうのだよ」

「十年……の、記念ですか」

ヴィクトリアはその年数を確かめるように、幾度か頷く。

シビラが僅かにヴィクトリアの姿を見て、視線を戻した。

……ふむ。

「質問は他にもあるのだね？　答えられることなら聞かせてくれたまえ」

「はい。では……エーベルハルト様はこのカジノのオーナーになる前は、何をしていらっしゃいましたか？」

ヴィクトリアからの質問に、それまで楽しげに笑っていたエーベルハルトは表情を消して振り向く。

その相貌は何の感情も表していないが、双眸には明確に警戒心が浮かんでいた。

「……別の、事業だよ。ヴィクトリア殿は、何か起業にでも興味がおありかな？」

「いえ。ただ、このカジノは帝都の一等地にあります。十年前に建設したわけでなく、大分前からありますよね」

帝都出身者の剣闘士である彼女は、そんな言い回しをしなくとも知っているはずだ。

だがヴィクトリアは、そのことには触れずに質問を重ねる。

「――以前のオーナーからは、どのような経緯で譲られたのかと思いまして」

静かに、しかし核心に迫るような質問。

表情の読めない視線に刺され、カジノの成り上がりオーナーは静かに答えを吐き出す。

「オーナーから、元々経営に携わっていた私が後任に選ばれただけですよ」

「……」

ヴィクトリアは、その言葉に対して一切の反応を示さなかった。

代わりに、一歩。

大紫の剣士が伯爵へと踏み込んだ瞬間――シビラがその間に割って入った。

「ちょっとー。そろそろカジノ開店しちゃうけど、世界一可愛いアタシ専用の服はー？」

二人ははっとして、張り詰めた糸を遠慮なくブチブチ引きちぎる女に注目した。

「そ、そうだったな！　勿論、とっておきの黒があります。ささ、こちらへ」

エーベルハルトはシビラを連れて、慌てたように出て行った。

残されたのは、広い部屋の中央で佇む俺とヴィクトリアのみ。

「……一体どうしたんだ？　今のは俺でもおかしいと思ったぞ」

「そう、ね。ごめんなさい、気が立っていたわ」

ヴィクトリアは緊張を解いて、耳元に来て小声で話した。

「ここで話すとどこに漏れるか分からないから、また帰った時にみんなに話すわ」

「そうか、分かった」

それだけ伝えると、シビラが戻ってくるまで互いに無言となった。

どのみち今夜には分かることだが、それでも現時点で分かることがある。

ヴィクトリアは、このカジノの秘密を何か握っていること。

彼女自身が、このカジノの関係者であること。

そして——その問題が、エーベルハルトに聞かれるとまずい内容であることだ。

「おっまたせー！」

そんな俺達の中に、再び空気破壊女神が舞い戻ってきた。今はこいつの遠慮のなさが有り難い。

それにしても……改めて凄い格好だ。

水着とまではいかないが、それ以上に扇情的に感じる。

体の輪郭をハッキリと出す黒いスーツは、フロアにいる他のスタッフよりも濃い黒のように思う。格別いい服というのは間違いないのだろう。

頭には長い耳をつけており、靴も高いヒールのものに着替えている。

着こなしている雰囲気だ。実はシビラはギャンブルの女神であり、過去に働いていた可能性が……全くないと言い切れない辺りがシビラである。

主にスった分の労働代として。

「シビラちゃんの美しさ、今日は世の男全ての夜を独り占め！　夢の中にも出てきて明日の朝を荒らすこと間違いナシよ！」

「そりゃはた迷惑な女神だな」

「ラセルの夢にも現れて、意思とは関係なく惚れさせるわよ！」

「どっちかというと悪魔じゃないのかそれは」

視覚情報は美人と認識していても、中身がコレではな。

とはいえ、こいつの残念っぷりを知らない人には、好評この上ないことだろう。

無論オーナーもその一人である。

「いやはや、本当に素晴らしい。今日の客入りも期待できそうだ」

「任せなさい！　あっ、二人の衣装も持ってきてもらってるわよ」

エーベルハルトの後ろに控えたスタッフから服をもらうと、俺とヴィクトリアは別室で着替えることとなった。

ディーラーと同じ服に着替えたヴィクトリアは、髪を後ろで一つに結んでいた。元々背が高くスレンダーなのもあって、よく似合っている。

俺は……あまり着慣れないな。白いシャツも蝶ネクタイも、妙な感じだ。

「ふふっ、ラセル君も似合ってるじゃない。格好いいわよ」

「ちょうど似合ってないなと思っていたところなんだが……ヴィクトリアの方がどちらかというと似合っていると思うな」

「まあ！　年甲斐もなく心躍っちゃうわね～」

そんな会話をしていると、隣でシビラが「やはりフレっち同様の年上キラー……」とアホなことを宣いだしたので軽く小突いておいた。

現在俺達は、店の奥にある例のルーレットから対角線上に待機している。

近くでは黒く四角いものをカラカラと手の中で転がす店員が、客と闘技会の雑談をしている。

「一応ルーレットからは離れた場所での警備だが、体調が悪くなったら言ってくれ」

「大丈夫よ～、ルーレット以外なら大丈夫なの」

ヴィクトリアと話しながら、カジノをうろうろと回る。

「ほんと不思議よねー、ルーレット酔い」

シビラがディーラーと客の間でドリンクを配りながら、俺達(たち)の会話に入る。

そんなシビラが会話に交ざる度に、周りの男達が一斉にシビラの方を向いていることが分かる。

それに気付いた俺の反応に、シビラ側も当然気付いたようで。

「カジノの客がみんなアタシに注目して、ディーラーの手元に気付いていないわ。さすがアタシ、最強すぎる……」

ほんとお前、見た目だけはマジでいいから厄介なんだよな……。

ディーラーがカードを配る直前に前屈(まえかが)みでドリンクを渡す辺り、女神というより悪魔なのではないかと本気で思う。

以前よりそうであるが、この宵闇の女神、特に今日は隠れる気皆無であった。

「そのディーラーに思いっきり金を取られたヤツが言うと説得力があるな」

これ以上話しても今日は自画自賛が出るだけだと思った俺は、隣の同じ服を着た方に話を振る。

「ヴィクトリアは、他のギャンブルのルールも分かるのか？」

「ええ。あっちで楽しそうに談笑しながらダイスを投げているのがクラップス……あら、お客じゃなくてお店の人が投げ手(シューター)なのね。向こうで扇状のテーブルが並んでいて……そう、ちょうどプレイヤーが頭を抱えている所でやっているのがバカラよ」

「へえ、詳しいわね。ちゃんと合ってるわ」

「昔教えてもらったのよ～。とはいっても、ちょっとずつ変えてるみたい。あのダイス、色が変わったのね。以前の方が宝石みたいで好きだったのだけど……あら？」

明るく談笑している最中、ヴィクトリアは何かを見つけたようだ。

視線を追うと、そこには猫背でふらふらと歩く異様な姿。

あの日、ルーレットで不正を叫びディーラーに絡もうとしていた男だ。

「ヴィクトリア、ちょっとラセルと一緒に行ってくるわ」

「ええ、お願い。私はここで待機していますから」

俺とシビラは、再びあの男を追ってルーレットの方へと移動した。

あの時と印象は変わらず、男はぶつぶつとテーブルを見て何やら呟(つぶや)いている。

「……なぜ、赤は……」

どうやら今回も、玉は黒に入っているようだ。

必勝法で滑ったのがそんなにショックだったのか、すっかり放心している。

未(いま)だに赤にこだわっているのは何なんだよ、『赤い救済の会』の生き残りか？

本当なら厄介案件なので、可能な限り関わり合いを避けたいところだな……。

他の客もディーラーもさすがに男の異様な雰囲気を感じて見ようか見まいかと悩んでいるようだったが、当の男はルーレットを見るのみで参加しなかった。

「……」

次に投げられた玉は、赤に落ちた。

念願の赤が当たっても、男は何も反応しない。

さすがに大っぴらに何度も問題を起こすようなことは避けたかったってことか。

「なあ、シビラ。どう思う？」

「んー……問題起こさない限りは放置ね。前科持ち、というには弱いし、どうしてもこの手のトラブルって取り締まり側が後手に回っちゃうのは仕方ないことなのよ」

そういうものなのだろうな。

以前セイリスでも話していたが、スリが貴族の服を着る可能性もあれば、いかにも不審な人物が酩酊（めいてい）状態だっただけということもある。

実際に事件が起こらないと、動くことはできないのだ。

結局俺達はその日、ホールで何事もなく終わった。

ただ——ヴィクトリアの違和感だけを確信して。

11 カジノの秘密を暴く

「調査っすか?」

俺はシビラと相談し、イヴに一つの任務を与えた。今までエーベルハルトがどういう経歴を辿ってきたか、それとエーベルハルトが普段何をやっているか、だ。

「任せていいか?」

「むしろ仕事あるんだなって安心したっすよ。戦力的にはマジでおまけもいいとこっすからね」

いやイヴも十分すぎるぐらい強いけどな。とはいえ、調査こそイヴの得意分野であることは間違いないだろう。

「主にどこで誰と、何をしているかを詳細に記録しておいてほしい」

「ふむふむ、分かったっす」

イヴは了承すると、携帯食を手に部屋を出た。

◇

エーベルハルトの情報は、案外すぐに集まった。

「ちょうどタイミングが良かったみたいっすね」

イヴが持ってきた情報を、皆で共有する。

まず、エーベルハルトはごく最近になって今の地位になったらしい。

「カジノのオーナーってても普通は表に出ないんで、いつ代わったかとかは分かんないい感じっすね」

「恐らく十年前のはずよ」

イヴの説明の途中で、ヴィクトリアが口を挟んだ。

「あー、確かにその辺以降みたいっす。ちょっと競技も増えたり変わったりしたとかで、あれっすかね、リニューアルってやつ」

その辺りの話は、イヴ自身がカジノに詳しいわけではないので分からなかったとのこと。

「後はまあバニーガールで客の入りが良くなったとか、それを教会は糾弾しないどころか娯楽を正しいことと言ったとか」

「……教会が言ったのか？」

「そうっす。もちろんその情報を知る経緯もあったんすよ」

イヴは話しながら思い出すように、窓の外を見た。

目に映るのはカジノ……ではなく、その向こう側。

比較的近くにある、帝国の教会だ。

「オーナー伯爵さん、がっつり装備したディアナさんを侍らせて、教会に行ったんすよ」

「エーベルハルトが？」

イヴは頷き、事の詳細を語る。

エーベルハルトが、ディアナとヘンリーを連れて教会へ向かった。

ディアナは頭を下げ、ヘンリーを見送る。

教会戦士が門番として立つ横で、壁に背中を預けて腕を組んで待っていた。

「中に入るのは、二人なんだな」

「そっすね、治療中のところはディアナさんには見せてないみたいっす」

「ケチくせえ教会だな……」

ディアナの活躍を見た限り、結構な稼ぎがあるはずだ。

その彼女が剣闘士として、また護衛として今の立場になっていることを考えると、エーベルハルトに実質支払っている額は相当なものだろう。

それでも今まで治っていないと。

「遠目に見た限りは、ポーションを飲ませてるぐらいっす。後はまあエーベルハルトと、服ばかり豪華な教会のおじさんの長話っすね」

「そうか。他に分かったことは？」

「特に何もないっす。というより、木の中に隠れて様子を窺ってたんスけど、時々ディアナさんがこっちに視線を向けるんで……」

「それは、苦労をかけたな……」

恐らくディアナは、誰がいるかは分からなくとも誰かがいると気付いていたはずだ。

それでもエーベルハルトとヘンリーを待っている以上、持ち場を離れて追いかけるわけにはいかない。

イヴがこうして逃げ切れたのは、たまたま運が良かったからだな。

「こんなもんでいいっすかね」

「ああ、参考になった」

一通り話を聞くと、今度はジャネットが身を乗り出してきた。

「イヴ、質問がある」

「うっす、何でもどうぞ」

「教会に行く時以外に、エーベルハルトはディアナを護衛に連れていたか？」

「いえ。むしろ別の女っす。食事の時は、バニーの子が私服に着替えてたっすね。ほら、ディアナさんと一緒にカジノの裏にいた女の人達」

「ふむ」

ジャネットはその話を聞くと、腕を組んで溜息を吐く。

今の話で、何が分かったのだろうか。

「あくまで推測だけど――賄賂だ」

急に飛び出してきた単語に、正面で聞いていたイヴを始めシビラやヴィクトリアも大きく反応する。

主に金銭によって、自分に便宜を図るようにする行為。

その意味は単純な報酬とは違い、大体が『悪事のもみ消し』という意味で使われる。

ジャネットがそう発言する理由とは。

「利点がない。教会がカジノを推奨しても、デメリットの方が強い。助祭以上はそこそこ顔が割れているけど。僕が収集した情報からは、彼等がカジノに出入りした話はない」

ジャネットも調査していたのか。……そういえば、元々情報収集は任せることが多かったな。今は吟遊詩人状態で、立ち止まった人と雑談することもあるらしい。

だいぶ口下手も解消されてるどころか、今や積極的に話を引き出せる部類である。

「下で働いている人は遊んでるみたいだけど、それ故に『神官のために司祭が体裁の悪くなるギャンブル推奨をするか？』という疑問が生まれる。ならば理由は」

「差し引いてもいいほど教会上層側にとって見返りがある、ってことか」

「決定的な証拠はないけどね」

なるほどな……今の話をまとめると、いろいろと厄介そうだ。

踏み込んだことを聞こうにも、ディアナがそんな教会へと弟ヘンリーの治療に全面的な信頼を寄せていることぐらいは分かる。

俺の力で治せるが……具体的な証拠がないまま迂闊に割って入ると、どういうトラブルが起こるかは全く予測できない。

最悪、ディアナとぶつかる可能性もある。

「そうだ。ヴィクトリアからは、何かあるか？」

「あら、私？」

「話してもらうって約束しただろ？」

そう。彼女はこの件に関して、何か隠している。

俺がエーベルハルトのことを調べようと思ったのも、それが理由だ。

思えば最初から、様子がおかしかった。

エーベルハルトに対してというより、カジノとエーベルハルトに関わる全てを気にしているような。

俺で気付くぐらいなのだ。

シビラだって当然気付いているし、他の皆も薄々感づいているはず。

俺達の視線を浴び、それでも飄々としている糸目の剣士は、その雰囲気を崩さないまま答えを示した。

「それはね、私が元々ここで働いていたからなの。だから何もない廊下や部屋が悪趣味になってて、やだなーって思ったのよ」

そうか、以前のカジノのことはもちろん、十年前のスタッフ側も知っているのか。

確かにあの調度品が後から全部増えたとなると、まあ気が滅入るのも分かるが。

「それだけか？」

「……それだけよ～」

まだ何か、心の中に鍵が見えるな。

「一応、俺達もなるべくヴィクトリアに協力するつもりだ。それ故に、過激な行動もすることになるだろう」

話を聞いているエミー達も、うんうん頷いてヴィクトリアに注目している。

「今、ヴィクトリアの過去を深く掘り下げるようなことはしない。ただ、これだけは聞かせてくれ。――エーベルハルトが悪事を働いているなら、ヴィクトリアはエーベルハルトがどの『程度』の悪事を、どれぐらいの『確率』でしていると考えている？」

俺達は、結果によっては全員がただの犯罪者で終わる可能性もある。いくら協力相手だからとはいえ、俺だってエミーやジャネットをそんな目に遭わせたいとは思わない。

そのことをヴィクトリアに伝えると、ひとつ大きく息を吸った。

その細い目を久々に開け、俺達の顔を一人ずつ見ていく。

最後に正面の俺と目を合わせる。俺も、逸らしはしない。

「この国でも、最も重い刑罰になる悪事。確率は……私は十割と考えている」

言い切った。

ヴィクトリアは、エーベルハルトが、恐らく殺人かそれに準ずるであろう悪事を、間違いなくやっていると言い切った。

──俺は、この母親が娘の前でどれだけ穏やかに生活しているかを知っている。

剣闘奴隷の焼き印を娘に見せないよう、自嘲気味に笑ったあの姿を知っている。

思慮深い大人の女性であり、偏見もない。普段からジェマ婆さんの手伝いをしながら自分の娘をうちのチビどもと一緒に遊ばせている人だ。

そんなヴィクトリアが、思い込みや勘でここまで言い切るとは考えにくい。

「分かった。そこまで断言するなら、俺はこれ以上言わん」

俺の言葉に、エミーが言葉を重ねた。

「私も、えっと、人前に出るのって苦手ですけど……曲がったことは、大嫌いなんです。もし、絶対怪しい！ってなったら、ためらわずに動きますね！」

「二人とも……ありがとう。こんな私のことを信じてくれて」

「俺達の為でもある、こちらこそ責めるような真似をして済まなかったな」

そう返事して話を引き上げると、今日の予定を進めることになった。

今日の班分けは、俺とシビラと、エミーとジャネットの四名でカジノだ。

なお、ヴィクトリア、マーデリン、イヴの三名がダンジョンの探索側だ。あの三人なら大丈夫だろう。

エーベルハルトには、表向き友好関係を取りつつ事前に話を通しておいた。

「今日は、客として？」

「ああ。とはいえ、普通に冷やかしじゃなくコインを使う予定だ。ま、たまにはな」

「そうか……いいだろう。客としてということなら歓迎しよう。存分に使ってくれよ」

調子のいいことを言うエーベルハルトにうまい返事が思いつかないと、シビラが「ガンガン勝つわ！」と答え、俺達はホールへと戻った。こういう時に腹の内を隠すのは、シビラの得意分野だな。

今日も相変わらずの盛況っぷり。カジノのホールは人が沢山やってきていた。

「で、今日はどうする？」

「まあ普通に遊びましょ。ただし『思いっきり疑いまくりながら』ね」

結局のところ、そこに行き着くというわけか。

早速と言わんばかりにシビラが期待を込めた目で俺を見る。遊ぶ気満々、と言った様子のこいつに、自分の予算を思い出す。大丈夫な金額である。が……限度というものはある。

ところが、ここで珍しい人物が立候補をした。

「……えっ、マジで？」

シビラが驚きに声を上げ、その人物を見る。

なんと、今日こちらでの参加を希望したジャネットが無言で手を挙げていたのだ。

「僕に全てのゲームを任せてもらえませんか？」

「マジで!?　それは面白そうだから任せちゃう！　カジノは見るだけでも面白いもの！」

そう答えたシビラは、ジャネットに全権を委ねることに決めた。

俺はエミーと目を合わせ、期待混じりに【賢者】の後ろ姿を見つめた。

ジャネットのプレイは独特だった。

「辞退（ドロップ）。次のゲームを」

ダブルアップの二度目を降り、コインを一つ置いて次のゲームを始める。

大きな当たりを狙わずに、すぐにダブルアップで降り、順当にコインを増やしたのだ。

何度目か分からないが、ジャネットの手元のコインが、それなりに増えた時。

「全額投入（オールイン）」

急に全てのコインを投げ込んだ。

ディーラーもこれには驚き、しかし静かに口角を上げカードを配る。

フルハウス、大きい役だ。ダブルアップの最初は、3だった。

「ビッグ」

「あ」

ジャネットが選んだと同時に、エミーが何か呟く。が、ジャネットは何も変えない。

ディーラーがカードをめくる前に、ジャネットは立ち上がった。

「お客様？」

「……ああ、立つのが早かったですね。失礼」

ディーラーが訝しみながらカードをめくると……中の数字は、2。ジャネットの負けだ。

無言で立ち上がったジャネットは、更にコインを換金して次のゲームを目指した。

……まるで、自分が負けることを知っていたような反応だったな。

このプレイスタイルで、他のダイスやルーレットを含めた全てのゲームを、無表情で、しかし手早く済ませていく。

ひたすら機械的に、確率の一番高いところにだけベットし続けて。

その最後には、飽きたように全額を入れる。

結果的にジャネットが買ったコインは少しずつ増え、最後の最後でゼロになるという流れを様々な競技で見ることになる。

あれだけ賭けが好きなシビラが「も、もう降りていいんじゃないかしら？」と日和ったことを言い出しても、ジャネットは徹底的にスタイルを変えなかった。

――結局その日、ジャネットは徹底的に負けて、全てのコインを失った。

帰り際、ジャネットよりも凹んでいたのがシビラであった。

「てっきり期待しちゃったじゃないのぉ～」

「うん、すっごく勝てそうな感じだったんだけどなあ」

皆がそう言う中、ジャネットは気にしていないように「今日も宿で夕食を食べよう」と提案する。その声に早速エミーが乗っかり、俺も賛同したところで話はなあなあとなった。

宿に戻ると、すぐにマーデリンが食事の買い出しに向かってくれた。早速チーズと肉を挟んだパンを各々が持って自由に食べ始めたところで、情報交換をする。

探索組は順当に中層の魔物を討伐し、魔峡谷は相変わらず変化の兆しもなしとのことだ。

こちらは……結果だけ言うとジャネットが延々と負け続けるのを見るだけの一日だった。

だが、さすがにもう付き合いが長いと分かる。

「なあ、ジャネット。今日は一体何をしていたんだ？」

俺の言葉に、ジャネットは僅かに目を見開いた。

「……何故、分かったの？」

当たりだ。やはりジャネットは、勝ち負け以外の何かを探っていた。

「お前が勝敗を気にしてなかったことぐらい分かる、何年一緒にいたと思ってるんだ」

ジャネットは俺の答えを聞くと……何故か頭を軽く小突いてきた。

いや痛くねえけど何なんだよ。

「はぁ、これだからラセルは……」

今のそれは長年一緒にいても分からんな……。

「……そうだね。では僕の話を聞いてくれ」

とりあえず変な行動は終わりのようで、ジャネットは話を続けてくれるようだ。

ここから、怒濤の種明かしが始まるとは思わなかった。

「今日は一日、勝率のみを気にしていた。勝ち上がりそうな時の勝率を見るために」

その言葉に、初めてシビラがぐっと身を起こした。

意外な言葉に、イヴやヴィクトリアも同じようにテーブルに身を乗り出す。

「確率のために、か。だいぶ割に合わない調べ方だったな」

「それは仕方なかった。実際に実践して勝ち続けてしまうと、怪しまれる。勝率は本来の確率から大きくぶれてしまうだろう」

なるほど、確かにそれはそうだ。

「自分の勝率は無論のこと、他のプレイヤーも観測範囲の全員分、勝率を記録してある」

「どこに記録があるんだ？」

「頭」

ジャネットの、いかにもジャネットらしい返答に、イヴが「ひゅッ……」と息を呑(の)む。

そういやイヴは初体験だったな、【賢者】ジャネットの頭脳面。

「確率は収束する。計算式は省くが、確率通りの数字が現れる確率は五割弱、まあまあの数字だろう。他の人もそうだった。それが、普通の時」

普通、と称するということは、普通でない時もあるということだ。

「ダブルアップの時、掛け金が大きくなると、急に外れる。勝ち続けていたのは若い女の人ぐらい。……その顔が、裏方のバウンサーと似ていたのは気のせいだろうか？」

その言葉に、驚愕(きょうがく)の表情を隠せないまま俺たちは互いの顔を見る。

それじゃあ実質、勝ってるヤツ自体が虚構である可能性すらあるというのか……!?

「僕は、ダブルアップで即辞退(ドロップ)するプレイをした。だからディーラーは、一度目でアウトのカードを出すだろうなと思っていた。次が2なのはエミーの反応から分かってたし」

「最後のダブルアップ、ビッグを言ったのはまさか」

「そう。だから――今日一日怪しまれないよう、愚者にしか見えないよう最後は必ず負けておく必要があった。参考数は足りないかもしれないが、統計としては十分だろう。仮説を証明するように、大金が動いた時に限って勝率は大幅に落ち込む――ほぼ不正と見て間違いない」

我らが【賢者】の示した結論に、全員が例外なく驚いた。

ある程度予想をしていたであろうイヴとヴィクトリアは、示された調査報告に最早笑うしかないようだ。『これは規格外だ』。そういう心の声が聞こえてくるようだった。

シビラが愕然とした顔でこちらを向く。

「そろそろ頭脳系バディであるアタシの出番作って」

「いつでもドロップしていいぞ」

「全宇宙五千垓人のシビラちゃんファンが泣いちゃうから駄目！」

もう単位を盛りすぎてどういう数がよく分からなくなってきたぞ。

まあ今じゃなくても、どこかでもっとシビラらしい活躍の場面があるんじゃないか？

「とはいえ」

ジャネットが腕を組み、椅子に深く腰掛けて溜息を吐く。

「トランプは分かった。ダイスも……何か選んでいるのは分かった。ただ肝心のルーレットが分からない」

「何か、予測はつかないのか」

「風魔法や土魔法の線を考えて観測していたけど、魔法は感じ取れなかった。あのルーレットの細工を確信する決定打がなければ、動きづらい」

ジャネットはそう言ったが……むしろ、ここまで導き出してくれたのだ。

後はもう、全員で挑むべきだろう。

「シビラじゃねーが、あんまり出番を取ってくれるな。ジャネットが見つけ出せなかった部分、みんなで挑めば解明できるさ」

「ラセル……そうだね。うん、確かにそうだ。極端に走る必要はない。賢者でも愚者でもなく、次はただのパーティーメンバーとして、挑ませてもらおう」

俺達は互いの顔を見ると、それぞれ力強く頷いた。

最後は、全員で。

翌日、俺達は再びカジノに客として入った。

——思えば、最初からそうだった。

初心者としてソロポーカーのダブルアップに挑戦したが、エミーがカードの動きの秘密に気付かなかったら、俺は思いっきり最後のカードを外していた。

あれを見破らずにスモールに賭けるような人は、普通いないだろう。

それでも、確率はゼロではない。ディーラーが何かしたと疑うことはなく、俺は少なくなったコインでルーレットに向かっていただろうな。

このカジノでは、イカサマが当たり前。

バカラ、ブラックジャック……カード全般に、今のテクニックが流用できる。

——あのダイス、色が変わったのね。

ヴィクトリアの何気ない言葉が、ダイスを使うゲームも暴く。

高級感漂わせる、黒いダイスと白いダイス。ヴィクトリアは元のダイスを宝石みたいだと言っていた。恐らく透明のカラーダイスだったのだろう。

この二つの差。それは、『中に仕込んだものが見えるかどうか』だ。

更に、以前は客がダイスを投げていたのに、今は店員が投げているという。

急激に利益を上げだしたカジノ。

ヴィクトリアの想い出と、少しずつ違っているルール。

妙に【神官】に弱いオーナーと、何故か太陽の女神を掲げた教会とは思えないほど、教会側から評判のいいカジノ。

全ては仮説。仮説に過ぎないが——。

「ああっ、流れ来てたのに外した」

——やはり、エーベルハルトは怪しい。

一つを怪しむと、全部が怪しくなってくるものだ。

カードも、ダイスも、ルーレットも。

それに――ヘンリーのことも。

治療をずっと受けている、とのことだが……あの異様な上納金があって、何故未だに完治できていないのか。いつから治療しているのか。

そもそも冒険者にもなれない年齢に見えるあの少年は、何の病気なのか。

――何か、最初から決定的な見落としをしているのではないか。

思考は空回りする。

俺の頭の中を揶揄でもするが如く、ルーレットは規則正しくカラカラと回る。盤面は時計回りに、玉は反時計回りに。

テーブルに座るプレイヤー達は、何も知らずにコインを重ねている。何も知らず、自分の置いた掛け金が当たるかもしれないと。外れてもいいと思っている人も多いだろう。

だが、どんな人でも当たる確率があることを疑っている人間は、一人もいないはずだ。

俺は二人と視線を合わせると、ルーレットの盤面に視線を移す。

今は男性客が置いたコイン、50枚分のものだ。それなりの額だが、これは当たった。

〈《キュア・リンク》〉

魔法の発動を確認し、二人がこちらを見て頷いた。

これで決定的な体調不良は避けられそうだな。とはいえ、負担になることは間違いない。

盤面の辺りに、男は握り拳を作った。

「よっし！　よし、ようやく取り戻せた！」

取り戻せた、か。元々マイナスだったものがプラスに戻ったのだ。カジノ運営側——エーベルハルト伯爵——にとっては、今の男の勝ちはマイナスではない。

ディーラーの女が微笑み、盤面を撫でた。

テーブルに、コインが載る。他のプレイヤーも、コインを載せる。

赤に、黒に、数字の間のコーナーに、横側の枠内であるコラムに。

「ふふふ、勝ちだわ！」

「あ、あああそんな……！」

女は勝ち、男は負ける。

ジャネットの言葉が頭の中に思い出させる。

——あの女、俺に店員用のスーツを配らなかったか？

ルーレットが終わったと同時にエミーが少しふらついたため、隣で支えながら治療魔法をかける。

ベット。プレイ。

ベット。プレイ。

新しいプレイヤーも勝ち越していき、手元のコインが相当な量になる。

不思議なのは、あのプレイヤーが負けた時にはエミーがふらついていないことだ。

最後。

女は、0に賭けた。三十六倍、一種全賭（ストレートアップ）。

「これで降りるわー、もう時間だし」

プレイに飽きて大一番の博打（ばくち）に出る、大胆かつ一見自然な賭け方。

だが俺は、薄々こいつが賭けの結果を知っているだろうことに気付いていた。自分は外さないと確信している、そういう顔だ。

ルーレットは回り始める。数多（あまた）の視線を受け、普通の客では視認できない速度で。

恐らく、あの女が降りるこれが最後のチャンスだ。

（《キュア》、《エクストラヒール》）

体調だけでなくスタミナ面も考え、回復魔法（ヒール）をエミーにかける。

エミーから小さく、拳をぎゅっと握る決意の音が聞こえてきた。

やがて転がる音の中に、何度目か分からない玉の跳ねる乾いた音が鳴り、一斉に視線がルーレットの中へと集まる。

「あ」

その瞬間。

確かに、エミーから何かに気付いた声が聞こえた。

期待していた反応に、誰も見ていない場所で握り拳を作る。

――ただ、その後の行動はあまりに予想外だった。

「おめでとうございます、コイン全てストレートアップで……」

ディーラーが百枚コインを十段に重ねたものを、一つ、二つと作り女に渡していく。

他のプレイヤーも拍手をしたり、囃し立てたりする者も現れたが……！

――バキバキバキィッ!!

エミーは一気に踏み込むと、何とルーレットの台そのものを素手で叩き壊した！

重ねられた派手な色のチップと、数字を書かれた円盤の破片が弾け飛び、悲鳴とともに人々が席から離れる。

お、おいおいおい、作戦も探りも何もなしにいきなり行動に出たな!?

皆の注目が一番集まるタイミングであり、あまりに大胆すぎる攻勢に、シビラやジャネットですら普段なかなかお目にかかれないほど驚愕の顔だ。

ただ、同時に一つの確信もあった。

エミーは決してバカではないし、まして目立ちたがりでもない。どちらかというとトラブルを嫌い、人とぶつかることは一番避けたがるタイプだ。

俺達のパーティーだと、一番の怖がりかもしれない。

そのエミーが、ここまで大胆な行動に出た理由。

つまり、見つけたのだ。誰から見ても明らかである、不正の証拠を。

「って、これ何なんだろ？　シビラさーん、分かりますー？」

エミーは小さな、銀色の長方形の金属棒のようなものを持ち出した。

「何やってんだおい!?」

こんな騒動を起こしたら、ディアナが出てくるのは当然だ。カジノ側の護衛である、包帯の現最強剣闘士。ホールを揺らす怒りの声に対し、敵対するように立ったのは。

「もちろん――カジノを壊してるのよ」

紫の髪を靡かせる、糸目の主婦。

元剣闘士ヴィクトリアが正面に立ち、剣を抜いた。


あまりにも堂々とした宣戦布告。

対するディアナは――瞳に怒りの炎を燃やしつつも、どこか喜悦を滲ませたような表情で大剣を抜いた。

無骨な剣がカジノのホール床に叩き付けられ、耳障りな音が鼓膜を破く勢いで剣の重さを主張する。

「……いいぜ、退屈していたところだ。おめェの剣がどんだけのモンか、あたいに見せてみろやオラァ！」

騒動は、言うまでもなくカジノのホール全体へと広がった。

現バート帝国には、当然ベテランの冒険者だって多い。実際このカジノにいる人間も、【剣士】の職業（ジョブ）を与えられた者が多いだろう。

だが、剣闘士はまた違う。普段から戦いの中に身を置いている者の剣は、それ以外の者とは一線を画するのだ。

「手を出すなよ。あたいの勘だが、あの紫ののほほんとしている女、あんたらじゃ手に負えねえ。死にたくなけりゃ、逃げな」

「人のことをバケモノみたいに呼ばないでもらえる？」

「ただのバケモノで収まりゃ、あたいも戦いやすいんだがな」

ディアナの言葉に、控えていた他のバウンサー達（たち）も顔を見合わせて後ろに下がる。

スタッフは無論のこと、他の客もディアナから離れるように逃げ始めた。

やはり、ぶつかることになったか……！

俺やエミーも前衛として武器を構えるものの、それをヴィクトリアがやんわり制した。

「ラセル君、エミーちゃん。あなた達の剣は、人を護（まも）る時に、子供を護る為（ため）に使うもの。こういう大人の汚いやり取りで出すものではないわ」

「ヴィクトリア、お前は……」

暗に『一人で戦う』と宣言したヴィクトリアに対し、二の句が継げなくなる。

「ブレンダにとって、ラセル君は本当に英雄なの。だから絵本の中から現れた、とっても素敵な聖者様のままでいて。ね？」

……ブレンダのことを引き合いに出されたら、引くしかないじゃねえか。

もどかしさに歯噛(はが)みする俺に対し、ヴィクトリアは緊張など微塵(みじん)も感じていない雰囲気で笑ってみせた。

「それに、こういう相手は私みたいな人の専門だから」

紫の髪が揺れ、再び彼女の顔が向こうを向いたと同時——外から特大の音が鳴り響く。

これは、西門の警告音！

半月現れなかった魔峡谷の魔物が、今現れたというのか!?

「くっ、こんな時に！」

「みんな、行って。此処(ここ)は剣闘士(わたし)の場所。誰にも譲らないわ」

ヴィクトリアの言葉に覚悟を感じた俺達の心情を読み取ってか、シビラが提案をする。

「マーデリンはここに残すわ、それ以上はアタシも譲れない。いいわね？」

その言葉に、急に話を振られたマーデリンが、自分の意思でしっかりと頷(うなず)いた。

職業(ジョブ)は明かしていないが、マーデリンはこれで【賢者】だ。

いざとなった時は、ディアナを止めてくれるだろう。

「とはいえ、負けたらあんたクソかっこ悪いわよ！　絶対勝ちなさい！」

「ブランク長いのよ？　まあ、善処してみるわね」

ヴィクトリアの言葉を聞き、すっかり人のいなくなったカジノから俺とシビラは同時に出た。いくらか戸惑っていたエミーとジャネットも続き、最後にイヴがヴィクトリアの後ろ姿を焼き付けるように見ながら建物の外へと出た。

勇気と無謀、信頼と放任は違う。

ヴィクトリアの決断が前者であることを希望的観測で見ながら、俺は西門へと走った。

魔物襲来の警告音。

結論から言うと、俺達が西門に辿り着くことはなかった。

「……何だあれは」

辿り着く前に、門を飛び越えて魔物が現れたのだ。

その見た目を一言で言うと、一つ目のバット。

あのセントゴダート第九ダンジョン下層で見た、シビラが『超悪趣味』と断じたキメラの小型版のような見た目だ。

問題は、それがいくつも空に浮かんでいることだ。

マジかよ、悪夢だな……！

「分類しづらいのが来たわね!?　何なのこれ、ゲイザーキメラ？　つーか、外でこんなのが出るなんて……！」

そうだ、以前のフロアボスは、あの目から岩ですら焼きそうなほどの熱線を放ったのだ。

あの時ほどの個体ではないが、明らかにマトモな造形ではない魔物は目を光らせると、目から炎を吹き出した！

どういう仕組みなんだ、マジで意味が分からん……が、これは恐ろしく厄介だ！

ダンジョン内部と外では、空を飛んでいる魔物の厄介さが段違いだからな。

冒険者達も、剣士は武器を構えたまま建物の陰に逃げ込んでいる。魔道士は攻撃を当てられずにいるようだ。

「シビラ、力を解放する。出し惜しみはなしだ」

「でしょーね！　あんたが我慢できるタイプじゃないのは知ってるわよ！　相も変わらず聖者しちゃっててクッソむかつくわね！　存分にやんなさい！」

こんな時でも平時と変わらないシビラの悪態に内心呆れつつも、気が楽になる。

女神のお墨付きだ……存分にやらせてもらおう！

俺は剣を構えて、緊急回避魔法を空に向けて使った。

「《ウィンドバリア》。……行くぞ、《シャドウステップ》！」

空を悠々と飛んでいた魔物は、突如現れた俺に対し、咄嗟に反応できなかった。

「《ダークスプラッシュ》！」

それでもいきなり回避されないよう、広範囲の闇魔法で相手の出方を見る。

目玉キメラ野郎は反応できず、俺の魔法攻撃を思いっきり浴びた。

『ギゲエエエッ！』

「予想外にやかましいなおい!?　さっさと落ちろ！」

形容しがたい叫び声を上げた魔物に対し、シャドウステップで相手の後ろ側に回り込んで……羽を切り落とす！

『ゲェ――――ッ！』

羽を失った目玉の魔物が、地面に落ちる。

近くで待機していた冒険者達が、落ちてきた魔物と俺を交互に見た。

「それならあんたらも倒せるだろう！　次々落としていくから処理してくれ！」

「……！」

俺の言葉を肯定したのかしていないのか、こちらを無言で確認した後に冒険者達は落ちた魔物を斬っていった。

大丈夫かは分からんが、倒してくれるのなら何でも構わん。

「ラセル！」

「エミーはシビラのフォローを頼む。ジャネットとイヴは、恐らく大丈夫だろう」

ジャネットは、遠距離攻撃の手段において他の追随を許さない。

イヴは投げナイフの危険性をすぐに理解し、こちらを確認しつつも街の子供や年寄りを助け起こしたりしている。

さすが判断が早い、あれなら被害を最小限に抑えてくれそうだ。

「ドラゴンよりは遥かに格下だ。手分けして片付けてくれると助かる。任せられるか？」

「う、うーん……すぐに戻るね！」

エミーらしい回答に「それでいい」とだけ伝え、俺はすぐに次の魔物へと飛び立った。

次から次へと湧いてきている、休んでいる暇はないだろう。

俺は魔物を倒すとカジノを振り返り、一人残されたブレンダの母親の後ろ姿を思い出す。

――お前は俺に、まだ勝ちを譲っていないんだ。

こんなところで負けるんじゃねえぞ。

観客のいない、闘技会の頂上決戦

その場に残った【剣士】は、紫の髪を後ろに流して剣を構える。

足元には、一回り以上も年下の女の子が、自分の代わりに暴いた不正の証拠。散乱したルーレットと、何らかの細工を行った跡だった。

ただ、今はそちらに構っている暇はない。

ヴィクトリアは、正面に立つ女の姿に再度思う。

（痛々しい）

その包帯を全身に巻いた姿、包帯の下が焼けた肌をしていること、腕にも肩にも傷の跡が絶えないこと。

何よりも——それだけ肌が見えなくなっていて尚、彼女の腹部には他者にアピールするかのように焼き印があるのだ。

自らの腹部に、遠い昔に忘れてきたはずの幻痛が浮かぶ。

「楽しみたいところだが、きっちり仕事はさせてもらうぜ」

周りに人がいなくなったことを確認し、包帯の奥の目が緑髪の術士を睨む。

「なあ、そいつは手を出さねえだろうな？」

「ひっ……！」

青ざめるマーデリンを振り返り、ヴィクトリアは首を横に振る。

「手は、出させないわ。それにマーデリンさんは、どうも戦いが専門じゃないの。仮に動くなら、私とあなたの決着がついた後ね」

「そうかい、なら構いやしねえ」

ニイ、と喜悦を隠さなくなったディアナは両手で剣を持ち、ヴィクトリアに切っ先を向ける。

「行くぜ———オラァ！」

怪力の剣闘士は、その膂力(りょりょく)を使って一気に距離を詰め、大剣を地面に叩(たた)き付けるように振り下ろす。流れる髪のように、包帯が尾を引いた。

当たれば即死も有り得る攻撃に、紫の元剣闘士は慌てることなく紙一重で回避する。

左手に巻いたバックラーをくるくると回し、誘うように前に出す。

その立ち姿にどこか見慣れたものを感じながらも、戦い慣れた包帯の剣士が躊躇(ちゅうちょ)することはない。

「よく避(よ)けた。だが……！」

剣を水平に構えたディアナが、続く手も先制で踏み込んだ。

弩弓の如き一撃に手応えを感じた包帯の中の瞳は、次に目の前で飛び散るトランプと、感触なきまま相手の姿が一瞬でかき消えたことに驚愕する。

「なッ――!」

長年の剣闘士の直感か、突きの方向そのまま前方に踏み込み、振り返りざまに剣を横に構える。

瞬間、ギィン! という金属の鋭い音と、不安定な構えで攻撃を受けたダメージが手首にのしかかった。

目の前の剣士が、一瞬で自分の頭上に移動した。

驚くべきは、その身体能力と正確さ。しかもバックラーによる誘いが、その手に握られたトランプを隠すための思考誘導だったことにも驚いていた。

やはり目の前の女は普通ではないと、剣闘士の勘が囁く。

「……剣闘士か? 腹見せてみろよ。印がないなら、ガチで殺しでもやってんのか?」

「見せても、今は意味ないのよ」

表情を崩すことなく、自らの腹部を軽く叩く糸目の剣士。

首を傾げながら「分かんねえな……」と包帯の女は呟く。

一方、ヴィクトリアの方にも余裕があるわけではなかった。

(宙からの全力、自分の全体重をかけたけれど……)

相手は、あの攻撃を受けきってみせた。

力にものを言わせるタイプではないが故に、正面から打ち合うには一抹の不安がある。

そう判断したヴィクトリアは、剣を構える。

次は、どう動くか。

お互いの視線がぶつかる最中――空気を読めぬ男の声が、戦いに水を差した。

「ディアナ、何をやっている!?　何のために大金積んでやっていると思っているのだ!?」

「エーベルハルト様……！　こいつ、相当やります！　下がってください！」

ディアナの言葉は、正しい。

剣闘士として現役で戦っている者が強いと言うのだから、わざわざ長引かせる理由もない以上、相手の強さに理解を示すのが普通である。

だが元々傲慢な上、武芸には素人同然。ルーレットを破壊されて、中の部品を見られたエーベルハルトには冷静な判断など下せない。

特に、誰がルーレットを破壊したかも、ルーレットの細工が他の客にバレたかも、遅れてこの場に来たオーナーは知らない。

目の前の惨状を見て、全てを悪い方にと考えてしまう。

エーベルハルトも、その悪循環に陥っていた。

「そんな女に手間取るとは！　この程度なら、ヘンリーの命も要らんなあ!?」

「へ、ヘンリー……!?」

カジノの主は、血走った目で自らが保護し、治療を続けていた少年の首筋にあろうことかナイフを当てる。

「治せるのは私だけなんだ、こうしても治せるのはなあ……!」

普段刃物を持っていない者は、扱い慣れているものよりも危うい。

結果、脅迫のつもりで押し当てたにも拘わらず、無駄に高価でよく研がれたナイフはその刃先に赤い血を伝わらせた。

「や、やめ……! クソッ!」

「だったら早く終わらせろ!」

本性を露わにした成り上がり貴族。普段、他者に対し取り繕っていた外面の良さはそこにはなく、ただ理不尽と暴力を強いる一人の我が儘な男がいた。

その野蛮な姿を、初めて目にするマーデリンは驚愕と恐怖を織り交ぜた顔で。

それに対し、ヴィクトリアの方は何の感慨もない冷めた表情で見る。

一方、本気で恐怖と焦燥を覚えたディアナは、大振りでヴィクトリアに襲いかかった。

現最強の剣士の全力は、石造りの床を穿つほどの怪力で細身の剣士に迫る。

だが、悪手。

かつて闘技会で猛威を振るった『大紫の剣士』は、焦燥感から先ほどより大幅に精細を欠いたその扱い方を最も得意とする。

柔よく剛を制す。

その言葉通り、自由に舞う蝶に地上のミイラでは手が届かない。

ディアナの剣は、当たる気配すらなくなっていった。

「あたいは、もうヘンリーしかいないんだ！　負ける、わけには！　ああ、あああああああアアアアア！」

焦りが募るほどに、剣は乱れる。

初手の突きのような鋭さは今や見る陰もなく、精細を欠いた攻撃は、物言わぬ無機物しか叩いていない。

一方、ヴィクトリアの方にも変化が現れる。誰の目から見ても劣勢は明らかであった。

正面で戦っていたディアナは、焦燥感に焼かれつつも敏感にそれを感じ取った。

（こいつ、こいつッ！　何だ、こいつ、は……。さっきまでの能天気な微笑みが消えて……消え……？）

糸目が、少しずつ開かれる。

同時に、柔和な顔の眉間に鋭い皺が刻まれ、眉がつり上がる。

鋭く睨み付ける目は、今なお炎の中に燃える自分の瞳が呑まれてしまいそうなほどの、煮え滾った魔界の熔岩。

自分の熱が。

身を焦がすほどの家族愛が。

最愛の弟を守る豪炎が、カスみてえに生温(なまぬる)い。

(何故(なぜ)、何故——)

何故お前は、そこまで怒りの熱を持っているのか。

「なんで」

その言葉を、最初は自分が紡いだのかと錯覚した。

だが、違う。目の前の女が発した言葉だった。

そう気付いた瞬間——反応が遅れた。

「なんで、なんで、なんでなんでなんで！」

それは、ヴィクトリアという剣士が、この日初めて明確に『攻め』に転じた瞬間だった。

大剣の峰を叩き、押し込まれた姿勢を立て直す前に、重心の一番弱い先端部分を叩き、

更にふらついた所を叩き込まれる。

何故、そちらが激昂(げきこう)するのか。そう疑問に思いつつも、ディアナも黙ってはいない。

「く、この……！」

怒り任せに髪を掴(つか)もうとするも、その長髪すら掴めないまま流れるように空に逃げられ、

後頭部にあの長剣の先が撃ち込まれた。

容赦のない金属塊の殴打に、一瞬視界が黒く消滅したような錯覚に陥る。

それでもディアナは大きく石畳を踏み抜く勢いで踏ん張り、意識を保った。

正面には、自分より小さな女。豪腕の剣闘士は両手に握った大剣を、真下に叩き付けた。

一方、細身の剣士は下から逆袈裟で上げるように剣を振るった。

二つの剣が、正面からぶつかる――！

「なんでええええええぇぇぇぇッ！」

結果は、一目瞭然であった。

その重さ、体積、共に圧倒していたはずの大剣が、中央から吹き飛んでいた。

一方、ヴィクトリアの剣は無事なまま、ディアナの眉間に突きつけられている。

敗北。

「あ……ああ……」

技術で負けていても、体力で負けることはなかった。

ただ、その圧倒的な力で全ての剣闘士を叩き伏せてきた。

自分の貌を犠牲にしてまで、自らを見世物としてまで守ろうとした、最愛の弟を懸けた大一番の勝負だった。

その一戦で、正面からの力のぶつかり合いで、初めての敗北を喫した。

ただ。

「……なんで」

目の前で次に呟かれた同じ言葉は、それまでとはまるで違う印象の声色で放たれた。

「なんで、かなあ……」

切っ先は自分の首から体の方へ落ち、カラン、と音を立てて剣が手から離れる。

その目には先ほどまでの怒りはなく、ただ自嘲気味に笑うのみ。

「負けたついでに、一つ、愚かな女の話を聞いてくれる?」

それから彼女は、自分の過去をぽつぽつと話し始めた。

ヴィクトリアの過去

ヴィクトリアという少女は、十で親に売られた。

お腹（なか）に付けられた焼き印の痛みと、それを上回る心の痛み。

肉体的な痛みを、自分の腹部についた印を見る度に思い出した。

売られた先で周りにいたのは、自分と同じような目をした子だった。


主の男は厳しかった。

「ルールってのがあってなあ。お前らみたいないい商品も表じゃ売れねえ。俺も裏の人間になりゃ稼げるが、そこまで世渡り上手（うま）くもねえしな」

何が言いたいのか分からなかったが、すぐに捨てられることはなさそうだった。

ナイフを渡されて、近所のジャグリングを見せられた。

あれができるようになるかと言われ、何とか再現しようと挑戦する。

怪我（けが）をしても『ほっとけば治る』と言われ、怪我を恐れて練習しないと『もっと痛い目見るか？』と凄（すご）まれる。

覚えのいい子、悪い子。

器用な子、不器用な子。

みんな必死で練習した。


帝都の中央広場での発表の日。サーカスの前座として、いかにも仲の良い養父と娘の体（てい）で、横一列に並んでジャグリングをした。

表面だけの薄っぺらな、サーカス家族だった。

可愛（かわい）いけどいつも動きの遅かった子は、最後まで失敗した。

広場では、男は笑って済ませた。

夕食には、みんなに果物が出た。

妙に寛容だなと思った。

翌日、その子は家からいなくなった。

行き先を聞いても、『もっと向いている場所』としか答えなかった。

私は、前にも増して芸に集中するようになった。

十六歳。運命の『職業選定（ジョブ）』の日。

私は幸運にも【剣士】を授かることができた。

帝国にとっては、一番無個性かつ、一番つぶしが利く。

ダンジョンに潜って、レベルを稼ぐ。

技術を磨いて、剣闘奴隷として戦う。


負ける、負ける、負ける。容赦なく負ける。打撲の数は増え、時には目が腫れる。

力では、まだ勝てない。


屋敷にあった技術書を読み、戦い方を覚える。勝ち筋が見えてくるようになり、初勝利ももぎ取れるようになった。

その間も、ダンジョン探索では手を抜かない。

力さえあれば、何度そう思ったことだろう。

中層が危険なことは分かっていた。死にそうになることも多かったし、実際死にかけた。

それでも悪運だけは強いのか、最後まで私は生き残ったのだ。


レベルが二桁に上がる頃、私は本格的に勝ち星を多く得るようになり、名前が挙がるようになっていた。二年が経過した辺りで、『大紫の剣士』と実況席に呼ばれた。

とはいえ、一番強いというほどとは思わなかった。

闘技場内から狭い空を見上げると、鳥類最強と称される大鷲（おおわし）が旋回していた。

蝶の名を冠した二つ名をもらっても、当然自分に羽はない。

喩（たと）えるなら自由のない、鷹（たか）にもなれない鳥籠の鳶（とび）。

いい生活か、悪い生活か。

そんなことすら考えることのない日々だった。


転機が訪れたのは、二十の手前。

屋敷に火の手が上がった。いつの間にか床には油が撒（ま）かれており、入口側を取り囲むような形で燃え盛っていた。

主（あるじ）の寝室と反対だな、と直感的に思った私が部屋に向かうと、そこには既に血の池に沈んだ肥満の男だったものがあった。

嫌な気配に剣を抜くと、窓の近くに犯人が見えた。

片眼（かため）を潰され、顔中に傷があったけど……それが、以前いなくなった子だとすぐに分かった。

「最初に見つかるのが『大紫』だなんて……」

「昔のように名前で呼んでよ、レティ」

「……ヴィッキー」

久々にその名を呼ばれて満足すると、私は剣を鞘（さや）に収めて背を向けた。

「見逃してくれるの？」

「なんとなく、ね。レティがどんな目に遭ったか、分かっちゃったから」

もう私も子供ではない。

見た目のいい少女が売られた理由も、その容姿が崩れた後にどのような末路が待っているかも、分からないわけではない。

奴隷紋のある彼女には、居場所なんて限られている。

自分はレティの姿を見る前に、気配を先に察知して見つけた。そういう流れになったのは、彼女が【アサシン】だからだろう。

女神の職業（ジョブ）には、その人の特性が入る。

可愛くて不器用だったあのレティシアが、彼女が心の奥底から望んだ『暗殺者（アサシン）』となったのだ。その過去は知らずとも、察するに余り有る。

「そろそろ消火に向かっていた人達（たち）が戻ると思う。逃げて」

「分かった。その……元気で」

「ええ、あなたもね」

去って行く背中を見送り、私も玄関へと向かって皆に話を伝えた。

最初は私の仕業とも疑われたが、切り傷が鋸（のこぎり）状の粗製ナイフであることと、毒を使っていたことですぐに疑いは晴れた。上位剣闘奴隷である私が主の命を奪うのなら、わざわざそんなものを使う必要はないからだ。

何より、警邏に突き出したところでお互いに得がない。

「ねえ。みんな、逃げない？」

何をやっても、もう怒られることはない。

印を隠せば、表面上は奴隷ではない。

私の提案に、周りの皆は主の部屋から金品をごっそり袋に詰めると、散り散りに離れていった。金品を追い求めた肥満の主の、あっけない最期だった。

育ててもらった恩があるかと言われれば、難しい。

少なくとも、レティシアの姿を見た上でそんなことを言えるような甘さは、私にはない。

親ではなかった。主でしかなかった。

背中に、自分の全試合の取り分から十倍近い金貨の重みがのしかかる。そんな袋も、自分の人生の価値の残り滓と思うと、妙に軽く感じられた。

翌朝、私は何一つ遮るもののない空を見上げた。

自由。初めて手に入れたもの。

何をやってもいい。

何にだってなれる。

なのに――。

「何をすればいいのかな……」

――長年染みついた奴隷の生活は、自分の選択肢を大きく狭めていた。

同じことしかできなくても、最低限の生活ができたのは、冒険者としてダンジョンに潜るだけで報酬がもらえたからだろう。

事件は大きく報じられたが犯人は見つからず、また私も意外と見つかることはなかった。剣闘奴隷は多い。元主の管轄グループがいなくなっても、数ヶ月もすれば誰からも名前が挙がらなくなった。

そもそも、私なのだ。

自分が有名人などとは思っていない。どちらかというと、普通だったから。

ドレスで戦う剣闘奴隷や、筋肉にものを言わせた男戦士のようなインパクトもない。

ちょっと強かった、普通の女。注目する方がおかしい。

そんなおかしい人が、現れた。

「大丈夫ですか？　ふらふらじゃないですか」

「節約しているの。働き口を選べないから」

「でしたら……」

私に声をかけたマリウスという男は、中性的な茶髪の優男(やさおとこ)。あまり帝国の人間らしくない雰囲気で、職業(ジョブ)は【魔道士】とのことだ。レベルは5止まり。

マリウスは剣闘奴隷時代の私を知っており、ずっと注目していたと言っていた。印のことも当然理解していて、それでも私を雇いたいと頭を下げられた。男性に頭を下げられたのは初めてだったので驚いて、思わず頷(うなず)いてしまった。

話を進めるうちに、どうやら私のことを遠目に見て、ずっと気になっていたとのこと。何度も声をかけたくて、闘技会からいなくなった時は街中捜していたらしい。

……変な人。

とりあえず、働き口ができたのは良かった。どのみち住む場所もその日暮らし。遠慮なく彼の元で働くこととなった。

ただ、それがいつも遠目に見ていたカジノとは思わなかった。

「奥の部屋を私室として使っているから、君の部屋はそちらに」

そう通されたのは、以前四人で住んでいた私室の数倍はある部屋。家具は最低限揃(そろ)えてあり、生活には困らない。ただ広すぎて、何をすればいいか分からないぐらい。

あんなに自由に憧れていたのに、いざ自分が自由になると何もできないものだと呆(あき)れてしまう。憧れなんて、手に入るとそういうものなのかもしれない。

　自分の気持ちがどう動くかすら分からない。

　ヴィクトリアという女性には、何もかも経験が、知識が足りなかった。


　ただ、マリウスとの関係はそうではなかった。

　自分に優しくしてくれる相手、というものが初めてだった。

　今まで出会ってきた男を思い出す。仕事の付き合いで手続きする相手や、下心だけで近づいて来た者。後は女を都合の良い装飾品か給仕ぐらいにしか思っていない者。

　私はあなた達のママではない。それとも自分の母親と同じように、奴隷商に売ってしまおうか。

「――まーた眉間に皺(しわ)寄せてる。癖になるよ？　笑って笑って」

「あら、ごめんなさい。悪い癖ね」

　自分の悪い妄想は、優しい声色でいつも霧消する。マリウスは、今まで出会ったどの男とも違う存在だった。……いや、きっと自分が知らないだけで、こういう相手は他にもいるのだろう。

　ただ、それを元剣闘奴隷の私に対して言う理由が分からない。

分からないから、その疑問をそのままぶつけてみた。

マリウスは、気まずそうに視線を彷徨(さまよ)わせて言った。

「それは……その……。一目惚(ひとめぼ)れ、と、言いますか……」

そう言った彼の顔を見た私は、どんな顔をしていただろう。

……変な人。

だけど、その変な人を自分も気に入りだしていることは、さすがに自分でも理解できた。


仕事は、フロアのバウンサー。男性も女性も、専用のスーツで見回りをする。

トラブルがあれば、軽くお灸(きゅう)を据える。見た目で油断する厄介男性客は、みるみる取り締まられていった。それが元剣闘奴隷である自分の役目であった。

かつての主の元で家事をしていた関係で、主婦として一通りのことはできる。

プライベートでは、夫婦同然の生活をしていた。

主の部屋はシンプルで、飾りっ気もなく広い部屋に最低点の、しかし高価な家具が置いてあるのみだった。

豪華絢爛(ごうかけんらん)は好まないが、質には手を抜かない。落ち着いた色合いのテーブルとソファーに並ぶのは、真新しい木のテーブルに似つかわしくない、盛り付けの半端なケバブ。

そんな料理でも、自分が作ると必ず褒めてくれる。

……たったそれだけのことが、こんなにも嬉しい。

いつからか、眉間に皺が寄ることもなくなった。それどころか、簡単なことですぐに喜んでしまう。

いつも嬉しくて、笑わされると簡単に笑ってしまう女だから……いつからか自分の顔は笑顔で固定されてしまったぐらいだ。

順風満帆を絵に描いたような生活。

こんな日が、いつまでも続きますようにと願った。

それでも、剣闘奴隷である過去は消えない。

時々顔を覚えている客も現れるし、無理矢理にでも連れ出そうとする乱暴な客もいる。もちろん店のスタッフとして正式に働いている私は、他のバウンサーが助けに来てくれる。

私はそこまで気にしなかったけど……私よりも、今の状況を重く考えている人がいた。

「もう、持ち物なんて殆どないんだ。君さえよければ……そうだな。もっと自然の多い場所で、自然を愛して生きてみたい」

マリウスは、既に店の引き継ぎを行っていた。

副支配人のうちの一人で、手練れの女性だ。彼女を後任にして、自分にまとまった金額を定期的に送るよう手続きをしていたのだ。

私は、彼の提案に乗った。

「それは魅力的ね。帝都は便利だけど……海とか、森とか、憧れるわ」

「海は見てみたいね」

そんな言葉を交わして、セントゴダートの生活を夢想した。

——自分達の馬車が、襲撃に遭うなんてことも知らずに。

14 後悔しない選択を、後悔した者が指し示す

「私の乗っていた馬車は襲われ、マリウスはあっさりと暗殺された。……滑稽よね、あれだけ試合では連勝していたのに、多人数相手の護衛は素人。一番護りたいものがいた時だけ、失敗したの」

「……」

想像もしていなかった正面に佇む剣士の過去に、包帯の剣闘士は絶句していた。

どこかで、自分こそが一番不幸なのだと自負していた傲慢なプライドに、ひびが入るようだった。

紫の剣士は今なお後悔に苛まれた声色で、その感情を吐露する。

「あの人との、何気ない日常が好きだった。記念日も、何もなくていい。料理を褒めてくれるだけで……剣しかない私の、他の面を認めてくれるだけで嬉しかったのに……」

当時を思い出し、目の前に相手がいるように何もない空間を摑む。

「私ね、後になって気付いたのよ。……言ってない。『料理の感想、好きだった』って。伝えてない。一番言いたかったのに。伝える手段が、ないんです。もう」

それは、本当に何でもない日常の会話。

それでも、剣闘士として生きた彼女にとっては、何よりも大切で、何よりも伝えたい言葉だった。

「最後の言葉は『倉庫の剣、もらっちゃうね』だった。何も特別でない、本心も含蓄もない、そんな言葉」

「……」

「なんでかなあ、あんなに伝える時間はあったのに……機会なんて幾らでもあったのに」

先ほどと同じ『何故』という言葉が、空しく宙に消える。後悔を滲ませた声は、その過去を持たないディアナにも自分のことのように刺さるようだった。

「でも、私は復讐に戻らなかった。お腹には、娘がいたの。だから踏みとどまれた」

それがなければ、殺戮の修羅となって帝都に戻ることも厭わないと、大紫の剣士は暗に言っていた。

そうならなかったのは、タイミングの巡り合わせた結果でしかなかった。

「それでも、失った。自分が選択を誤ったことは、ずっと後悔しているわ。でも――」

――あなたは、違うでしょう？

そう問われて、ディアナは今の状況にはっと気付く。

技量も、熱量も、唯一絶対の自信があった膂力でさえも。

誰が見ても、完敗だった。

緊張と絶望を胸に、主(あるじ)の方へ視線を向けると――。

「……え?」

そこに広がっていたのは、予想とは大きく離れた光景。

倒れ込んでいたのはエーベルハルトで、その横にいたのは傍観者であったはずの女。緑の長髪を床に垂らし、眠るヘンリーを抱きかかえていた。

控えめだった術士の女は、二人が争う中で状況を見て動いた。

エーベルハルトはディアナとヴィクトリアの戦いに注目しており、陰で隠れるもう一人の存在に気付けなかったのだ。

「シャーロット様。また私は、判断の機会をいただけました。この経験に、感謝を」

首筋に当てた手が僅かに光ると、少年から流れた血が綺麗(きれい)に引いていく。

「……あんた、は」

「申し遅れました、セントゴダート女王陛下より『人助け』の使命を受けております、【賢者】マーデリンと申します。……貴方(あなた)の弟を助けられて良かった」

その言葉とタグから提示された情報は、ディアナにとって完全に寝耳に水であった。

帝国では術士自体が少なく、【神官】に至っては教会が全員管轄下に置いている。まして【賢者】など、そもそも帝国にいるのかすら怪しい。

その本物の【賢者】である彼女が、この場を見事に収めてみせたのだ。

──マーデリン。表向きは、セントゴダート出身の【賢者】だが、その本来の姿は上級天使である。

天界で女神のために働いてきた者であり、また地上の人間に憧れを抱く者であった。自ら判断し、良い選択によって良い結果を生む人間の行いを尊いと思い、彼女自身も暗中模索しながら自分にも訪れる選択の機会を考えていた。

純粋な姉弟愛を引き裂く、金銭欲にまみれた権力者。緑髪の天使の判断は早かった。

魔物相手には決して強くない自らの能力を、マーデリンは再び女神に感謝したのだった。

「女王からの使命……あんた、凄いヤツだったんだな。侮っていて済まなかった。ヴィクトリアは、この展開も読んでいたってわけか」

「いえ全然。マーデリンさん、凄い方なのね～。私びっくりしちゃいました」

「知らなかったのかよ!?」

意外な返答にツッコミを入れつつも、自分の弟が無事であったことに安堵し、座り込む。

最悪の事態は、避けられた。

『なんで』。

あの叫びは、ディアナに対してであり、ヴィクトリア当人に対してもだったのだ。既に喪った者による本物の慟哭に、まだ持っているディアナが勝てるはずがなかったのだ。

「すっかり安心しているところ悪いけど、あなたはこれから選択をしなければならない」

ヴィクトリアの言葉に、現実に引き戻されたディアナは息を呑む。

剣闘士の仲間が弟を助けたとはいえ、カジノの破壊を否定しなかった。

客観的に見れば、敵。それも、到底勝てない相手だ。

だが、ディアナ自身も分かっていた。この相手が悪意を持っていないことぐらいは。

「でも、選択肢がある。私が救ってもらったように――ッ!?」

答えを示そうとした途端、轟音とともに地面が揺れた。

建物は頑丈であったが、テーブルに積み上げられたコインが音を立てて散乱し、揺れの強さを物語る。

「……この少年、私達の宿で預かってもいいかしら。悪いようにはしないわ」

ヴィクトリアの提案に、ディアナは一瞬迷うも。

「……んん……」

眉間を寄せて唸る、未だ眠っている主の顔を見てすぐに答えを出した。

この男の元から離せるのなら、何だっていい。

「済まない、頼む。あたいは構わないが、ヘンリーは隠してやってくれ」

「分かったわ。あなたは」

「……ケジメはつけねえと」

今の自分は、完全なる命令違反。

それを理解している包帯の剣闘士は、全ての覚悟を背負って決断した。

マーデリンはヴィクトリアの背中に少年を背負わせると、二人はカジノの扉を目指す。

「ああ、そうそう」

ふと思い出したように、元通りの糸目に戻った剣士が振り返り、これから起こることを楽しみにするように最後に付け足した。

「私以外がどういう選択をするかは、もちろん私には分からないわ」

帝国の価値観に従う必要はない

帝国の空のどこを見てもあの魔物が視界に入る程度には、状況が悪化していた。

フロアボス未満の敵を倒すだけと思っていたが、そこそこ数が多く、展開範囲が広い。

とはいえ、背面接近すら気付いて避けたフロアボスに比べると、大幅に御しやすい敵だ。

「あの全面目玉フロアボスに比べたら、お前達は前方しか見えなそうだな。《シャドウステップ》」

屋根伝いに魔物の正面まで行くと、相手が攻撃してきたタイミングで消える。

後ろに出た瞬間——羽を切り落とす！

そのまま本体を刺してもいいが、俺の剣では今ひとつ長さが足りないのと、案外この魔物の体力があるのがな。

潰しきれるかと思ったが、逃げられると厄介だ。

ならば、下の冒険者にある程度は任せたい。

特にそこにいる、あの日ディアナ達の後ろからヤジを飛ばしていた連中と同じ服のヤツとかな！

「うわあっ！」

「お、恐れるな！　我々は誇り高き銀狼（ぎんろう）……ひっ、こっちを見るなっ！」

安全圏で攻撃し、常に固まって戦っていた討伐隊。

名前の割に、随分と臆病な犬っころ集団だ。

空を飛ぶ敵の、羽まで落としてやったんだぞ？

「それぐらいは倒してみせろ、前列の剣闘士達より弱いと、他の住人に知られるぞ！」

「なっ……！　そんなわけ、ないだろう！　大体誰だお前は！」

驚いたことに、銀狼なんちゃらどもは魔物から視線を俺に向けて話した。

住人を守るよりも、自分のプライドを守りたいってか。

「俺は他の国の冒険者だ、本来働かなくてもいいからな。飛んでいるままがいいなら、放置しておいてやろうか？」

まだ何か言いたげだったが、さっさと話を切り上げて次に向かう。どうせディアナよりもいい金もらってるんだろ？　きっちり働いてもらうべきだと思うがな。

北西の方に向かうと、左手となる南西側に地上より稲妻が天へと昇る。

間違いなくジャネットだな。

「俺も負けてられないな」

その討伐ペースに頷（うなず）き、次の相手へと急いだ。

倒してもキリがない、というほどの数ではないのが救いだろうか。

羽を切り落とすだけでなく、周りに他の魔物がいない時はトドメも刺している。

かなりの数を切り伏せ、残りはもう数えるほどになっただろうか。

「ラセル、遅くなった！」

まだ魔物が残る中、エミーが俺のところにやってきた。

「いや、シビラは大丈夫なのか？」

「ある程度倒した後は、なんかマーデリンさんと合流しに行ったみたい。だからラセルの所に行って、だって」

「ジャネットは？」

「えっとね……私がいる方が逆に邪魔になりそうだった」

ジャネットならそれもそうか。魔物を倒すことよりも、周りを巻き込まずに戦う方が大変そうなぐらい魔法を飛ばしまくるからな……。

合流を了承し、残り僅かになった魔物を倒し回っていく。

「つっ……このッ」

見ると、あの白い犬の刺繡が入った服の男が、火傷を負いながら街に入ってきている狼の魔物と戦っていた。

西門に近づくにつれて、こういうヤツも出てくるのか。

後ろには、豪奢な鎧と赤いマントを着た男達。以前も討伐隊の一番後ろにいた者達だ。

そいつらは盾ばかり前に構え、剣は持っているのみという様子。どうにも戦いには参加する気はなさそうだ。

見かねたエミーが割って入り、魔物を全て切り飛ばした。俺はこっちの、恐らく剣闘士であろう男に接触する。

「一人で狼相手とは、大丈夫か？」

「あんた……おお、あんた以前も助けてくれたことなかったか？」

もしかして、初日の魔峡谷でのことか？　結構前なのに、よく覚えているな。

俺の記憶力が弱いのか、それとも向こうから見て、俺が目立つのだろうか？

「怪我がひどいな。《エクストラヒール》」

俺が回復魔法を使うと、男は自分の体の傷が消えたのを見て驚き、喜んだ。

だが、すぐにはっとすると、何故か後ろの連中の様子を窺う。

振り返り見ると、それまで後ろで盾ばかり握っていた連中は、妙に威圧的な態度で俺に指を向けた。

「おい、お前。今のは回復魔法だな」

「だったら何だよ？　冒険者同士の回復魔法は、女神の教義でも推奨だろ？」

俺があいつの教義に従っているのは癪だが、この状況で回復魔法を使わない選択肢があるか？

「どこの担当だ？　前金の約束もなく回復など」

「エクストラを使える者が、無償で？　市場価値を崩壊させかねない……危険だ」

……何だこいつら。

こんな派手な装備を着込んでおいて、回復魔法に金を取ることしか気にしていないのか？

俺が絶句していると、男が一歩踏み込んで来る。

剣闘士の男は、どうにも割って入りづらい様子だ。

「少し、ここでのやり方を教えた方がいいかもしれないな」

「実力はありそうだ。しっかり所属を分からせなければ」

お、おいおい……この魔物がどこで誰を襲っているか分からないタイミングで、そっちを全部無視して人間に絡んで来るのか!?

マジでどんな倫理観で生きているんだよ！

「ここは犬どもに任せて、お前は教会に来てもらおう。無理矢理にでも」

男は俺の腕を摑もうとしてきた。もう一人は、なんと剣を持っている。正気かよ……!?

俺がそろそろ実力行使してでも振り払うべきだと思ったタイミングで——目の前を何か

が横切り、やってきていた男達にぶつかった。

「は……はあ!?」

飛んできたものは、黒い狼。

何だっけな、ダンジョンブラックウルフ、だった気がする。

「た、倒せ倒せ！　おい！　何をしている！」

慌てて男達が俺の隣にいた剣闘士を怒鳴りつけるが、それよりも先に前に出た者がいる。

エミーだ。

「――ラセルに何かしようとした？」

一見、普段通りの声色に感じる。

だが……これは、普段とは全く違うエミーだ。

「お、お前、倒せ！　命令だ！」

「ねえまさか、今、ラセルに何かしようとした？」

男達は必死に盾ばかり構え、狼の攻撃を防ぐ。

こんな状況に陥ってもまだ威圧的に言うことでこちらが命令を聞くと思っている辺り、むしろその豪胆さに感心してしまう。いや感心はできないな。

エミーは淡々とその場から離れると、二体目の狼の首根っこを捕まえて、男達にどんどん投げつけた。

「早く倒せ――！」

「いや、あなたが倒せば良くないですか？」

「うわああッ！」

「この人の剣より、そっちの剣の方が高そうですし。そんな鎧があったら、痛くもないですよね。まさか、そんな装備をしていて倒すことができない？　やったことない？」

おお、随分と煽るじゃないか。

久々にエミーのこういう姿を見るが、俺も気持ちとしては近いからな。口出しはしない。

「何なんだ、何なんだお前、助けろ！　欲しいのは金か!?　地位か!?」

「どっちも要らないなあ」

エミーは淡々と答えると、狼を二体とも瞬殺した。

真新しかった男達の盾と服と、金の獅子をした印が血にまみれる。

「私は、王国の【聖騎士】です。帝国のやり方ってよく分からないけど、女神の職業持ちなら協力して魔物を倒すのは当然でしょ？」

「せ、聖騎士……!?」

「最近女王様とも話が弾んで、仲良くなったんだー。だから今日のことも報告するね？」

エミーはそれだけ言うと、「行こ」と俺の所まで来た。

そんな姿に肩を竦めながら小さく笑って応え、一緒にその場を後にした。

「よく言ってくれた」

「私が言わなくてもラセルは言ったんじゃない？」

「かもな。ただ、今になってようやく分かったことがある」

最初に剣闘士ディアナを見た時、血を流していた。ああいう緊急の状況で回復魔法を使うのは、王国ではよくあること。謝礼があっても簡単なものなら大した額にはならないはずだが、それにしては妙に喧嘩腰だなと思ったのだ。

傷が増えることを誇りに思っているのなら、そういう可能性もあるのかもしれないと最初は思ったが……とんでもねえ。あんなカスどもが教会の回復術士を独占してんなら、そりゃ押し売りだと思うのが自然だし、何よりどれだけ高額か想像に難くない。

ヘンリーを見た時も、回復することを提案したが……俺のことも、エーベルハルトが契約した高級神官の代わりに営業かけてきた、高い金をもらいに来ただけの生臭神官野郎、ぐらいにしか思えなかったのかもな。

一通りの考えを、エミーにも伝えた。

「うわーなるほどなあ……あの時の反応ってそうだったんだ。ラセルの提案を蹴るなんて、って思ってたんだけど悪いことしたなあ」

「仕方ねーよ、さすがにあの腐り方はジャネットでもないと予測できん」

そんな会話をしていると、ちょうど当のジャネットが目の前に現れた。

「そっちは終わったか？」

「街中は全部。今は、五重サーチフロア中。残りは西門の向こう、魔峡谷だけ」

実に手短で分かりやすく、信頼できる。

ジャネットが言うなら間違いないというか、ジャネットの観測範囲より外を俺達が探しに行っても、あまり意味はないだろう。

「メインアイドルは遅れて登場！」

「一番要らないのが来たな」

「間髪を入れずに!?」

東から合流してきたシビラを軽くあしらいつつ、後ろに誰もいないことに疑問を覚える。

「他の皆は？」

「マーデリンと一緒に待機してもらってるわ。もうひと揉めするから、その準備」

最後の言葉が不穏だな……。

「それよりこの状況だけど、かなりまずいわね。すぐに西門に向かうわよ」

「言うまでもない」

まあ、何か理由でもあるんだろう。確かにそれよりは、今気になるのが西の様子だ。

一体あの魔峡谷に何が起こったか、見させてもらおうじゃないか。

最初から潜んでいた脅威

「ああ、これはおかしい。これはおかしい。おかしい……」

西門の向こう、魔峡谷正面。

そこにいたのは、ぶつぶつと独り言を喋る男だった。

初日、カジノにいた男……あのルーレットで騒動を起こしたヤツだった。

だが、分かる。

この雰囲気、この落ち着かないしゃべり方。俺は何度も、こいつらを経験している。

「お前、魔王だな」

俺の問いに対し、男は反応を示さなかった。

「ダンジョン、メイク……パスは繋がった。繋がったが……何だこれは、何だこれは。酒の海。酒の海。酒の海を泳いで……日に日に、酔う……」

相も変わらず、意味が分からない。

今までも会話が難しいヤツが多かったが、今日の相手は格別に酷いな。

だが、確定した。ダンジョンのことを『メイク』と言ったが、魔王をダンジョンメーカーと呼ぶのは魔王だけだ。

この危ない雰囲気のカジノ客、ずっと魔王だったんだな。

「溜まっている。酒の海に脳を冒される、犯される、侵される。侵された」

何だよこいつは……さっさと倒してしまうか？

少なくとも、これ以上まともな会話はできなそうだ。

「待って」

ところが、何故かシビラは止めてきた。

この意味不明な魔王の話を、まだまだ聞きたいということか？

俺の気を余所に、エミーを前に出してシビラは質問をする。

「酔ってるのね」

「酔ってる、酩酊状態。皆、そうなのだと思う」

おっと、反応が返ってきた。

酔っているというのは、酒に、という意味で合っていそうだが……。

「あんたも酔ってないと普通に喋れるんじゃない？」

「それはそうだ。普通そうだ。以前は話せた……地上が変わっている？」

「魔神が全員負けてから、地上は大地の女神によって埋まったわ」

「それか……皆、あまり覚えて、なかったのは……。酔いすぎると、記憶が飛ぶ……」

あまり覚えていなかった？　地上での経験の記憶があるのか？

それはつまり、今まで倒した魔王は……。

「こっちから質問。あんたはこの谷の関係者で合ってるわよね？」

「肯定。否定。この規模、一人で作れるなら皆作っている……地上に穴を穿つ瞬間が、一番力を使う……」

曖昧な言い方だな。少なくともこの魔峡谷の魔王ではあるが、作ったわけではないと。

「空飛ぶ魔物も溢れてきてるけど、あれ谷からよね。どうやって連れてきてるわけ？」

「魔峡谷、魔峡谷……ああ、そうか、ウルドリズ様のパスで作った、表層の直路……」

何のことかと思ったが、魔王にとってはこれは谷ではなく、上側の入口になるということか。それに、今の名前は……。

「赤き魔神ウルドリズ、まさかまた聞くことになるとはね」

「……ウルドリズ様のことを、呼び捨てにするなど……！」

「あら、酔っててもそこはハッキリしてんのね」

今の言葉で、どうやら魔王が酔いながらもしっかり激昂したらしい。

こんな状況でも忠誠心が高いってのは実に厄介だな！

シビラが一歩引き、エミーが一歩魔王に近づく。

《ウィンドバリア》、《エンチャント・ダーク》

静かに戦うための準備を整える。

「エミーちゃん、吹き飛ばしはナシね。逃げられたら困るわ」

「了解です」

エミーの盾が黒く光り、一歩引こうとした魔王をその場に縫い付ける。

接触し切らないが、逃げ切れない。この瞬間を狙って、俺は魔法を叩き付けた。

「《アビスネイル》！」

ここだというタイミングで黒い光が魔王の体に刺さり、ここでようやく今までカジノの客のようにしか見えなかった姿がぶれる。

「おあ……アアアアア……！」

体から溢れた黒い霧が膨張し、更に一気に体が盛り上がった。

召喚状態をやめた、第二形態だな。

背中から炎が上がり、瞳のない目がどこか怒りを滲ませるように鋭くなる。

こいつはこいつで、独特な姿だな。

「ああ……少し晴れた。魔素が守ってくれているのだろうか。まだ、頭が痛い……」

「話せるようになったところ悪いが、倒させてもらうぞ」

気になることはまだあるが、聞いて答えてくれるような相手ではあるまい。

地上に現れてあそこまで体調崩してるんだから、こいつ自体は強くはないだろうな。

「言うまでも、ない。そもそも質問に答える気などない」

「酔ってる時にペラペラと喋ってくれたけどねー！」

シビラの煽りに、ますます目の色を怒りに変える魔王。いや煽るな、面倒だろ。

「やってくれる……あんなに赤を冒瀆して……この国は許さん……！」

「カジノのレッドブラックだけで全国民滅ぼそうとするの、八つ当たりが過ぎるわね！」

全くだ、あんな偶然の結果にいちいち目くじら立てていられるか。

とはいえ、その結果に目くじら立てて暴きに行ったヤツが隣のこいつなんだけどな。

「赤き魔神は、赤き魔神はァ！」

「しつこい！ウルドリズはもう滅びたのよ！」

「あああああ！」

魔王の怒りを体現するかのように、背中の炎が全身に移る。

その姿は確かに恐ろしくはあるが、俺もジャネットも防御魔法を使っているため、その炎は届かない。

「おおおおオオオオオ！」

大声を張り上げながら、手に持った槍らしきものをエミーの盾に叩き付ける。

目にも留まらぬ連打、とは言い難い速度。普通の冒険者なら圧倒されるだろうが、エミーは普通の冒険者ではない。

我らが聖騎士は、涼しい顔でその攻撃を淡々と弾いてみせた。

「ぐう、力を……力を出し切れない、ダンジョンメーカーは所詮、召喚士も兼用……強化しても術士ということか……」

「言った割によく喋るわね。へーイどんどん情報提供してくれていいわよー？」

「……」

さすがにその煽りで喋る魔王はいないよな。

とはいえ、こちらから聞けそうな情報もなさそうだ。

「もう終わりでいいか？」

「……ああ、終わりでいい」

俺の問いに対する返事に、何か違和感があった。

次の瞬間、魔王は今の姿から再び黒い霧を纏ったシルエットに戻り——俺はその直後、魔王へ攻撃魔法を放つ！

「《アビスネイル》！」

魔法が相手に刺さったと同時に踏み込み、剣を袈裟に入れる！

武器を仕舞った魔王は、こちらに反撃することなく俺の剣に斬られた。体から黒い霧が溢れ、目の前の相手の輪郭が完全に消える。

「ぐゥッ……削、られた……。厄介だ。そうか、お前が……あいつの言っていた……」

魔王が最後に何か言おうとしていたが、強い風が吹いたと同時に、煙となって消えた。

「俺達の、勝ち……か？」

「いや、待つんだ。今のは……！」

ジャネットがエミーの前に飛び出し、盾を構えたエミーが「あっ、ええっ待って!?」と叫んですぐ隣に向かう。

「そうか、そういうことか……やってくれたな。《フレアスター》」

ジャネットは、恐らく五重の詠唱であろう圧倒的に巨大な火球を空中に出すと、魔峡谷の底へと放り込んだ！

——魔王は黒い霧の姿をしている時は、能力を温存している時。

全身を露わにした時は魔王本人が戦う時だ。

だが、あの黒い霧の状態で行うことが、もう一種類ある。

それが『魔物の召喚』という非常に厄介な能力だ。

ジャネットが放った魔法により激しい轟音と、何か派手に焼ける音が聞こえてくる。

地震でも起こったかと錯覚するほどの衝撃が、俺達を襲った。

だが、問題はここからだった。

「来る」

その言葉とともに、谷の底から巨大な黒い獣が飛び出してきた！

「……どういう意思決定で、自分の体を制御しているんだろう」

この姿にそういう疑問を出す辺り、ジャネットだよなと納得する。

巨大な狼には、頭が三つあった。脚四本では、主導権の取り合いにならないか？

その姿を見て、シビラが叫ぶ。

「地獄の門番、ケルベロス！　氷が弱点よ！」

「……初手を間違えてしまいましたね。《コキュートスアイシクル》」

その魔法がケルベロスの口から発射された炎とぶつかり、発する水蒸気の音が悲鳴のように西門周りに響く。

やれやれ、二回戦開始のようだ。

ケルベロスとかいうフロアボスは、それぞれの口から炎を吐けるのか。厄介だな。

三方向から戦うのは、セイリスの魔王以来だろう。

魔峡谷から駆け上がってきたケルベロスは、俺達の左側に陣取った。

「エミー、左の頭を頼む。絶対に西門を越えさせないように。シビラとジャネットは右側な。俺が真ん中だ」

全員の返事を聞くと、正面の顔を見据える。

ただ三本首なだけではない。恐ろしく、巨大だ。

あのキメラと同等以上のサイズで、魔物として現れたウルフ系の敵より幾分か恐怖を煽る姿をしている。

見れば、口元からはぼろぼろと鳥の羽らしきものが零れ落ちている。

殆ど炭化しているような状態で、何か肉や骨のようなものも見受けられるが……飯の最中で呼ばれたか？

『ヴォオオオオオオオオ！』

いや、考えるのは後だな！

「《ダークジャベリン》！」

犬の遠吠えとも全く違う、地の底から響くような声とともに、口の中から炎が現れる。

その喉元に突き刺すように、俺は闇の魔法を叩き込んだ。

「《コキュートスアイシクル》」

「《ストーンジャベリン》！」

右側では魔法組の二人が、左ではエミーが盾で攻撃を防ぎながら接近している。

（《アビスサテライト》、《アビスサテライト》……）

足止めしている間に、自動攻撃する闇魔法をいくつも生成する。

こいつは以前のフロアボスに比べても厄介そうだ。

　黒い狼は俺の攻撃を察知してか、その巨大な牙で突き刺すのか、それとも噛み砕くつもりなのか、俺の至近距離まで一気に踏み込んできた。

　顔の近くに熱の余波が当たり、一歩下がった瞬間の目の前に、ゴツリ、と鈍い音が鳴る。

　派手さはなく、ただ確実に噛み砕くことに特化したケルベロスの顎による攻撃だ。

　頭が入れば、さすがに一巻の終わりだな。

　再び踏み込もうとするケルベロスの脚は、しかし次の一歩を踏み出せなかった。

「今のは……ッ！　絶対、やらせない！」

　エミーが自らの黒い盾で、ケルベロスの足を自分の近くに縫い付けたのだ。

　スキルを持っているだけでは、普通は弾き飛ばされてしまうだろう。だが、エミーはこういった時の筋力だけでなく、根性が何より半端ではない。

　とはいえ、長期戦は避けたい。

「うっしナイス。ジャネットちゃん、あっちね。あっ《ストーンジャベリン》！　へーイ、あんたの相手はアタシよー！　ポチちゃん、待てはできるかしら！　それとも犬と間違えられるの、納得いかなかったり？　お手はできなそうねー！」

　シビラはシビラで煽る煽る。

　正直言葉が通じそうにはないが、不思議とケルベロスは明確にシビラの方を睨んだ。

　俺の正面の顔も、若干シビラの方に向いているぐらいだからな。

「効いてる効いてる。番犬って言うからには犬なんじゃないの〜？」

その様子をむしろ楽しむように、更に煽る煽る。

この豪胆さと煽りの上手さこそがシビラの本領だよな。

いや煽りが上手い女神って何だよ。

お陰様でシビラにがっつり狙いを定めたケルベロスだが、エミーに足を縫われている以上身動きは取れないので、大きく口を開けてあの火球を出そうとする、が。

『ヴォオオオオ！』

既に俺のアビスサテライトが、相当数完成している。シビラが注意を引いているうちに、ケルベロスの頭上高くに配置していたのだ。

攻撃魔法を放つ闇の球を先に消した方がいいと判断したであろう狼の首は、上を向き火球でアビスサテライトを狙い始める。

この間、もう一人動いている者がいた。

「《ライトニングボルト》。電撃も効く、と」

『――ヴォオオッ⁉』

シビラが煽って注意を引いているうちに、ジャネットがケルベロスの後ろ側へと回ったのだ。

「肉食獣は視野が狭い、首が三つあっても限界はある」

さすがに後ろは見えるわけないよな。

身をよじってジャネットに攻撃を仕掛けようとするが、それを引き留めているのがエミーの怪力と【宵闇の騎士】の能力だ。

【聖騎士】は味方から敵を離すことによって護るが、【宵闇の騎士】は敵の攻撃を全て自分に惹きつけるようにして護る。

とはいえ、エミーにかかる負担は半端なものではない。

実質、一人で魔物を引き留め続けているようなものだからな。

「大丈夫、まだ耐えられれ————ッ!?」

エミーが盾を構えて大口を開けたケルベロスの攻撃を受けようとしたが、何故か狼の口は大きく開いたまま動かない。炎か、それともフェイントか？

——ずるり。

ケルベロスの口から出たのは、炎ではなかった。

全身を羽で覆った、あの目玉の魔物が出てきたのだ。

「え」

一瞬反応が遅れたエミーと、涎まみれの魔物の目がぎょろりと開き至近距離で合う。

「——わあああああああ無理無理無理いいいいいいいいっ!!」

エミーは悲鳴を上げて、目の前の魔物に盾を向けて白く光らせた。

前述の通り、【聖騎士】の盾は敵を吹き飛ばす能力。目玉の魔物は至近距離でその攻撃を受け、地面に叩き付けられるように吹き飛ばされ絶命した。

それ自体は問題なかったが――。

『ヴォオオオオオオオオオオオオオオ！』

「あっ」

当然ずっと足を縫い付けられていたケルベロスは、この瞬間を逃すはずがない。咆吼を上げた直後、思い切り跳躍して西門から帝国の街中へと飛び込んでいった！

「追うぞ！」

焦燥感に駆られつつも、俺達はケルベロスを追って街中へと走り出した。

「ご、ごめんなさい！　やらかしちゃいました！」

「気にするな、あれを予測するのは無理だ。俺も見ていて気持ち悪かったしな。それにしても……まさか自分が魔物を呑み込んだ状態でいたとは」

ケルベロスの異様な特殊行動で、今のバート帝国の状況が理解できた。

ここまで厳重に管理していた西門が、狼系の魔物による一斉攻撃で抜かれてしまった。

ここまでは分かる。

だが、魔峡谷から出てこられないはずの空を飛ぶ魔物が、何故ここまで地上に溢れ出してきていたのか。魔物が強くなったのか、神々の力が効かなくなっているのか。

その答えはどちらでもない。

地上を這う魔物が、空飛ぶ魔物を咥えて地上に出てきたのだ。そうすれば、あの巨大な空間に溜まった魔物除けの神の力を、わざわざ突破する必要はないというわけだ。

シビラは魔物を追いかけながら溜息を吐く。

「地上の底に溜まる『神域』が魔物を抑えていたというのに、魔峡谷では入口と呼べる空間が広すぎて地上側が手薄になるなんて参ったわね」

確かに、かつてダンジョンスカーレットバットを警戒していた理由とは全くの逆である。そのため、空の魔物を地上の魔物がサポートする形で襲ってきたのだ。

……今後、同様の手段で攻めてくる可能性も考えなければならなそうだな。

魔物に追いついた頃には、街中は悪夢のような状況と化していた。

「うわあああああああああああっ！」

悲鳴を上げながら、頭から血を流した男とすれ違う。

回復魔法を使おうかと声をかける暇もないまま、次から次へと人が我先にとケルベロスから離れるように走っていた。

エミーが先行して、今度こそ敵を離さないようにと動きを止めているようだ。サポートにジャネットが先行している。

そろそろ追いつくかというところで、向こうから走ってくる中でも目につく容貌の男がいたので、俺は足払いをかけて逃げる男の足を止めた。

「ひいいいっ!?　な……何だ、おい何だ貴様はあああああっ！」

急に逃走を妨害された男は、実に高圧的に怒鳴ってくる。

「よう、数十分ぶりだな」

それは、つい先ほど俺に絡んできた、金の獅子を縫ったマントを着た男だった。

「いい服、いい武器。こういう時に戦うために、いい暮らししてるんじゃないのか？」

「そ、そんなものはっ、実働部隊がやるべき仕事だっ！」

「へえ、そうかい」

そんな俺達の会話を、逃げ惑いながらも周りの人は聞いている。

俺達の顔を交互に確認する男、ありありと失望の顔をする女、こいつの発言に舌打ちする男、小さく「うわダサっ」とだけ言って走り去る女。

「クソッ……俺を、俺を見下すなッ！　あんなの人間が戦う相手ではないだろ！」

「じゃあどうすんだよ、放置しておくのか？　お前らみたいな討伐隊が行かねえなら、まさか人間以外の誰かが助けてくれるまで待つのか？」

「だ、大体お前！　俺に偉そうに言うだけあるのか!?」

俺は男の言葉に返事をせず、淡々と前へと足を進める。

ケルベロスの方に向かって。

「……おい、正気か……。お前は、さっき回復魔法（ヒール）を使っていた。なら、回復術士（ヒーラー）だろう。教会に所属すれば、一生安泰だ。何も行く必要はないだろう……」

「確かに、別に俺である必要はないのかもしれない」

「ならば、何故……」

何故か、と言われると……そうだな。

やはりその答えは、こうだろう。

「後悔したくないから、だろうな」

この帝国で生まれ育った剣士の後ろ姿を思い出す。

何も問題のない、朗らかな女性だと思っていた。娘を溺愛する、普通の主婦だと。

そんな俺の安易な考えを全て引っ繰り返すほど、彼女の過去は壮絶だった。

その後悔の理由に、帝国での失敗があるのだろう。

その後悔の記憶は、王国で過ごしても消えなかったのだろう。

「俺が行かなくても倒せているかもしれないし、俺が行ったところで負けるだけかもしれない」

男に振り返り、はっきり言い切る。

もしも俺に、戦う力がなかったとして。回復魔法（ヒール）しか使えなかったとして——。

「――行かない、という選択肢がないだけだ」

　その言葉を最後に、ケルベロスの方へと走り出した。

　街の中心へと走ろうとしていたケルベロスを、エミーが引き留めていた。

「済まない、遅くなった！」

「ううん！　元々私のやらかしだから……！」

　気丈に振る舞うが、一人では荷が重い相手なのだろう。かなり無茶な役目だが、絶対に動かさないという力強い使命感のもと一人でよく頑張ってくれていた。

「それに！　その先はケバブのお店なので！　絶対に壊させない！　絶対！」

　ずっこけかけた。この期に及んで食い意地がメインだった。すげー気に入ってたもんな、そこの店の肉塊メニュー。

　だが、欲望が本能的で実に信用できる。今度は絶対に動かないだろうな。

「待ってろ、すぐに片付けてやる」

　すぐに俺はエミーを飛び越え、ケルベロスに接近攻撃を仕掛ける！

「《ダークスフィア》！」

　背中に一瞬乗ると、首目がけて闇の球を飛ばす。この魔法は発射直後は小さく遅いが、魔物と接触した瞬間――。

『ヴァアアアアアアアアアアアアアッ！』

高威力の爆撃とともに、広がる球は相手の視界を奪う。

《シャドウステップ》

その隙に横へと回り込み、同じ魔法。後ろに回り込み、同じ魔法。

以前一箇所から周囲を埋めるようにダークスフィアだけを周りに放ったことがあるが、今回はそれの逆で、周りを飛びながらダークスフィアを一箇所に集中する攻撃だ。

前回と違うのは、全ての攻撃が敵へと着実にダメージを与えていることだろう。

闇魔法は、完全防御無視。シビラの話によると下層の魔物は魔法耐性が高いらしいが、俺の魔法の前では何の意味も成さない。

『ヴァアアアアアアアアアアアアアア!!』

しびれを切らしたケルベロスが、一斉に俺のいる上空へと向かって炎を連射し始めた。

――それこそが、俺の狙った好機。

このチャンスに、俺は静かに動いた。

《シャドウステップ》

身を伏せ、魔物の完全なる視界の外となる場所。

即ち、腹部へと移動した。

後はこの剣を、上に突き立てるだけだ――！

『――ヴォアアアアアアアアアアアアアアア!!』

ケルベロスの三つの首が、一斉に叫んだ！

無論、全ての首が一斉に俺へと狙いを定めるように、腹部を覗き込む。

が、その動作も想定内だ。

『アアアアアッ！……？』

相手に見つかる前に、俺は再びシャドウステップで背中側に飛んでいた。

どんな魔物でも、動物を模している以上背骨は急所。

頑丈な骨の鎧でも、今の闇魔法を載せた俺の剣の前では無意味だ。

背中に剣を差し込み、首へ向かって割くように斬る！

『――――！』

ケルベロスは一度痙攣し、その瞬間に俺は首の方へと走って一本を切り飛ばした。

エミーも俺に続いて額に剣を突き立てる。

残る左の首は最早息も絶える寸前だが、それでも意地があるのだろう。最後の最後、俺に向かって炎を全力で吐き出した！

ウィンドバリアが一気に燃え、全身に熱のダメージが入る！

この感じ、アドリアの魔王に直撃を受けて以来か……！

俺は全身に炎を浴びながら――更に踏み込んでケルベロスの喉に剣を投げ入れた！

『――ッ!?』

喉の奥を貫通し、大きく痙攣すると……巨大な四肢の獣はその脚の力が抜け落ち、地面へと沈んだ。

完全勝利とは言い難いが、なんとか辛勝だな。

「えええええラセル大丈夫なの!? 本当に怪我ない!? 今の大丈夫だったの!?」

「このローブな、炎は効かないんだよ。ケルベロスは最後まで気付かなかったようだな……とはいえ、顎は危なかったな。エミー、助かった」

「よ……良かったぁ……。いや良くないよ! 倒すの私がやるから今度は避けて!」

「分かった分かった」

「絶対だからね!」

相も変わらず俺が怪我しそうな場面になるとぐいぐい来るエミーの反応を嬉しく感じていると、聞き馴染んだ声が聞こえてきた。

「遅くなったわ! と思ったけどもうちょっと遅い方が良かったかしら!」

「わ、わっ、シビラさんっ!?」

エミーが驚愕とともに、ぴょんと跳ねて離れた。

「いやマジで遅い、相手も弱っていたとはいえ俺とエミーで倒した。遊んでいたのか?」

「ちょー働いていたのよ、感謝なさい」

「どうだか」

シビラが悪びれることなくやってきたので、軽くあしらう。

「済まない、遅くなった」

「ジャネット、何があった？」

「アタシとの差ァ！」

隣で盛り上がる女神(バカ)は放っておいて、ジャネットに事情を尋ねる。

「どうやらケルベロスが呑(の)み込んでいた魔物があれだけじゃなかったようで、街中に溢(あふ)れ出していたのを僕の索敵魔法(サーチフロア)が観測した。どこにいるか僕しか探れなかった以上、そちらを優先していたんだ」

「そうだったのか……こちらこそ気が回らなかったが故に見落としていた部分を押しつけた形になって済まないな」

「アタシとの差ァ！」

賑(にぎ)やかな女神がそろそろ近所迷惑になりそうなのでなだめる。はいはい、お前も頑張ったんだな。

落ち着いたところで、改めて魔物の死骸を眺める。シビラもその巨体に呆(あき)れていた。

「無事終わったからいいものの、街中に現れちゃダメなレベルのヤバいボスだったわね」

確かに、今までの中でもかなり危ない相手だった。

――【宵闇の魔卿(まきょう)】レベル18《アビスホーミング》――

「……これは」

「ん、どったの？」

「18になった。セントゴダートでは16から何もなかったから、新しい魔法も久々だな」

俺の言葉に、シビラは何故(なぜ)か黙ってじっと俺の方を見た。

「……何だ急に。お喋(しゃべ)り女神が黙るなんて、変な病気でももらってるんじゃないのか？《キュア》。どうだ」

「いや病気じゃないわよ、【聖者】の治療魔法(キュア)を煽(あお)りに使うとかどうなの」

あの巨大なケルベロスを口頭で煽る女神も大概だと思うぞ、と返したいところだがどうにも様子がおかしい。

「マジで何なんだよ、言いたいことがあるならハッキリ言え」

「ホーミングよね、今覚えたの」

「ああ」

まあそりゃ知ってるよな、何の魔法かぐらいは。

だが、それがどうしてこういう反応になるんだ？

シビラはすっかり宵闇を通り越して真夜中に入った空を見上げ、話を始める。

「アビスホーミング。その魔法の特徴は『魔物を追いかける』という、戦闘においての最適解。どんな状況でも一番強い防御完全貫通の闇魔法と、相性最強の決定版」

何だその反則魔法は。明らかに強すぎるだろ。

「あまりに便利でね。アタシはそれ、教えちゃったのよ」

「教えたって、誰にだよ」

「魔力の枯渇した術士ほど駄目なものはないわ。だって魔法を使わない戦い方を練習してないもの」

そりゃまあ、そうだな。……つーか質問の返事をもらってねえ。

そもそも何の話だこれは。

「そいつ、ランクダウンしたわ」

「ランクダウンした？」

シビラの言葉が曖昧で、何を言いたいか分からない。

「ユリアン。名誉欲の男。オーツウォール北の未踏破ダンジョンへと挑み、レベルアップしたからと調子に乗って第十四層のモンスターハウスで引き返しそびれた」

「いやだから誰なんだよ、その男は」

さすがに催促しないと、主題が分からない。俺だけじゃないからな、ここにいるの。

首を傾げるジャネットは兎も角、エミーはもう明らかに右から左に流すだけという顔で固まっている。

　だが、今の質問に対する答えが返ってきたことで、俺はようやくシビラが何故こんな話を始めたのかを理解した。

「セントゴダート出身、見栄と嘘の破門神官ユリアン。【宵闇の魔卿】レベル17。歴代最高だった人間」

　種明かしをしたシビラは、視線を夜の空から俺の姿に向けて悪戯っぽく笑った。

「おめでとう、ラセル。あんたは今この瞬間、【宵闇の魔卿】における人類最高到達点になったわ」

姉弟の全容、その悪意の深さを知る

宿に帰ると、ディアナの弟ヘンリーがいた。

ヴィクトリアから事情を聞くが、なかなか複雑なようだな。

ヘンリーも起き上がっており、一連の流れを知っているとのこと。

内心複雑だろうが、大人しく言うことを聞くようだ。

「とりあえず、行方不明扱いにする、か」

「ええ。それで相談なのだけれど……」

「治すんだろ？　別にいいぞ、減るもんじゃねえしな」

俺の場合、マジで魔力も何も減らないからな。

こんなもんを勿体(もったい)つけてケチケチ使っていて、それで悪化したらその方が厄介だしな。

「いいか、自分の体調のことだからしっかり確認してくれ。《キュア》」

純粋なキュアの魔法は、基本的に毒も麻痺(まひ)も催眠も解く。

病気というのなら、これでいいだろう。

だが。

「……？　本当に、治ったのですか？」

「何だよ、病気じゃないのか？　じゃあ《エクストラヒール》。これでどうだ」

今度は回復魔法（ヒール）を使い、ヘンリーの体力を戻す。

こっちは怪我や疲労であり、どちらかというと病気ではない。

正直、怪我じゃなければ眠れば治るというものだ。

反応は、あまりに意外だった。

「……！　これは……凄（すご）いですね、力が入ります。こんなに体調がいいのは、久しぶりかもしれません！」

ヘンリーは立ち上がり、自分の体の調子を確かめるように手を握り、屈伸やジャンプをする。

体調が良くなったのはいいが……何だ、このスッキリしない感じは。

無論、俺以外にもこのことが気になるヤツはいくらでもいた。

「有り得ない……治療魔法（キュア）ではなくて回復魔法（ヒール）？」

「病気じゃないってことなんスかね……？」

ジャネットもイヴも、その違和感を口にする。そうだ。今の俺は、病気を治すために魔法を使ったはずだ。だというのに……病気では、ない？

嫌な可能性が頭を掠（かす）める。

無論、この事態をすぐに理解したこいつが、この現象に黙っているはずがなかった。

「……イヴ」

シビラが、今までになく硬い声でその名を呼んだ。

周りの皆も緊張しつつ、名前を呼ばれた当人が「はい……っす」と応える。

「再確認よ。ポーションを飲ませていたのよね」

「……っす。奥の部屋で、外から見た限りですが……確かにポーションの容器だったと思うっす」

「色は透明よね。……近くに他の色のものは？」

「他の？　えっと、確か……ああ、そうだ。なんか原液みたいなのはあったっすね。薄紫の瓶に赤い光が混ざっていて――」

その言葉を聞いた瞬間、シビラは椅子から立ち上がった。

急な行動が続き、皆も呆気にとられているが……つかつかと部屋の壁まで歩くと、壁を蹴り始めた！

「〜〜〜ッ！　クソッ！　クソがッ！」

いつになく暴走気味なシビラに驚き、周りが一斉に絶句する。

これはさすがに止めに入る。モノに当たって悪態つくとか、あまりにもらしくないぞ。

「おい、やめろシビラ！」

「このアタシが、こんな確認を怠るなんて……ッ！」

シビラは肩で息をしながら、切羽詰まった顔でヘンリーを振り返る。

恐怖にびくりと震える少年を見て冷静になったのか、ここに敵はいないと意識するように首を振ったシビラは大きく息を吐く。

「ふ――っ………。ごめんなさいね、こんなところで暴れても仕方ないのに」

「マジでらしくねえぞ、ガキ好きがそいつに怖がられてどうすんだよ」

「ホントね、言い返す気も起きないわ」

脱力したように椅子へと深く座り込んだシビラは、頭をガシガシと掻きながらイヴへと何の確認を行ったかの説明を始めた。

「薄紫のポーション。それはね、冒険者向けの特別なポーションなの」

「冒険者向けって、普通ポーションはそうでは？」

「違うわ。あれは毒物系の症状を出さずに魔物を倒すための、特別なポーションなの」

シビラの話した内容が、じわじわと頭を侵食してくる。

言っていることは理解できる。だが、脳が理解を拒んでいる。

そんなことが、あっていいのか。

「聞いたことがある。ポーション錬金術師の生み出した攻撃薬品『マイナスポーション』。毒で回復したり麻痺が効かない魔物の体力を、純粋に奪える投擲武器だ」

ジャネットの言葉を肯定するように、シビラは頷く。

「ここで起こった現象は、かつてのマデーラの反対。一体何故こんなことになっているかは分からないけど、この瞬間明確に分かったことがある」

かつてのマデーラ。『赤い救済の会』が食品の中に病気になる薬物を混ぜ込んでいた。

シビラはあの時と、反対と言った。

女神は残酷な事実を突きつけた。

「ヘンリー。あなたは最初から一度も病気になってなどいないわ」

少年は、自分の体に起こったことが信じられないように、小さく首を振った。

「だって、そんな……。あの、ラセルさんが、治療魔法を失敗した、とかは……」

何とか可能性を探る少年に対し、シビラは黙って俺のタグを握って彼の僅かな希望を完全に潰した。

『セントゴダート』──ラセル【聖者】レベル８。

そこにあるのは、偽装できない個人の情報。

水の女神が作り出した、冒険者の絶対証明。

ヘンリーは、タグに現れた情報と俺の顔を驚愕の表情で見比べる。

「ラセルはマデーラの街全員の病気を一度で治した、正真正銘今代の【聖者】よ。こいつのキュアにかかれば、魔王の呪いだろうと強めの催眠魔法だろうと解けるわ。この程度の体調不良なんて……絶ッッッ対に、治せないはずがない」

ヘンリーは、自分が話した可能性が万に一つもないことを察した。

「それ、じゃあ……姉さん、は……」

そうだ。ディアナはずっと、ヘンリーの体調のために働いていた。

ヘンリーの体調が悪いからこそ、あれだけ過酷な仕事をしていたのだ。

平穏な生活を捨て、平民の地位を捨て、自らの貌すら捨て――。

その理由となる原因が、最初から嘘なら。

「――ヘンリー」

心ここにあらずといった様子の少年に、力強い声でシビラが声をかける。

「今回の件、アタシもなんつーかマジでキレてるわ。こうなったらアタシのプライドにかけて、全力で納得いくアタシにとって最高の結果にしてみせる。お姉さんのためにも……協力、してくれない？」

その提案に、ヘンリーは力強く頷いた。

◇

騒動は、立て続けに起こった。

「ディアナを、処刑？」

あまりにも突拍子もない展開に、目眩がしそうだ。

街の様子は、異様だった。

「ディアナって、あの包帯巻いた剣闘士だろ？」

「私元々嫌いだったのよね、ああいう粗暴なの」

「ハハッ、お前あいつに賭けて稼いだのにな」

冒険者ギルド付近、噂はそれで持ちきりだった。

一体どういうことなのか、初日に寄った店へと足を運ぶ。

ここにはあの帝国銀狼隊とやらも、頻繁に食べに来ていたはずだ。

「……しかし、ディアナがなぁ」

「仕事増えるのは面倒だな、何やらかしたんだか」

早速やってきた男達の所へと、皿を持って向かう。

「俺もその話、聞かせてもらっていいか？」

皿に載ったチキンを男達のそれに載せながら、話に割って入る。

後ろから「あぁ～……」と名残惜しそうに呟くエミーの声が聞こえてきたが、無視。

ただでさえ四人分食べているだろ？　というか来た時より食べる量増えたな？

「おう、いいぜ。おごりならビールと言いたいところだが、金獅子サマが最近はやかましいからな」

金獅子……あの教会絡みの連中か。

他人に討伐を丸投げして威張り散らして討伐隊を名乗るのだ、銀狼隊に対してもどういう対応をしているか察するに余り有る。

「ディアナのことだったな。何でもカジノでやらかしたそうだ」

「ディアナが、ではないだろう？」

「取り逃がした責任だってよ。誰か断罪しないとプライドとかメンツってゆーの？　そういうの保てないんじゃね？」

対応として極端が過ぎるが、そういう動機は十二分に有り得るな……。

あの男のかき集めた調度品を見ると、そういう可能性は高そうだ。

エマも調度品を集めるのが趣味だったが、方向性が違うんだよな。芸術として見ているのがエマだが、あくまで高い買い物の延長線にしかないのがエーベルハルトというか。

「後は、教会の後ろ盾もあるな」

「教会？　何故出てくるんだ」

「分かんねー、伯爵の貢献がどうとか、そういうんじゃね？」

俺はシビラと目を合わせつつ話を聞く。貢献か……やはり後ろ暗い感じがするな。

「そんで、今は教会の牢に収容中。剣闘士としても別のを推してたヤツからは結構怨み買ってたし、特にカジノ趣味の連中の怒りも買ってたからな」

「そうか……参考になった。店員、ビール三つをタグ前払いで頼む」

俺はソーセージを追加で男達の皿に載せると、自分の席へと戻った。

なお涙目で空の皿を見るうちの小動物のために、肉の皿は追加で注文した。

◇

「今回の件すら、教会が絡んでいるというのは本当か？」

「マジっす。つかオーナーの部屋から、ちょいちょい金ピカ腕時計のダブリとかなくなってたっすね。賄賂ってやつなんすか？　いやーなまぐせーカスっすね」

かつて金で苦労したイヴは、そのことに真っ先に悪態をつき、苛立ちを隠せないように吐き捨てた。

「カジノのオーナーを糾弾できないのは、教会側の後ろ盾。教会側も、ヘンリーに関する上客という表面上の体裁でオーナーのことを見ている。だが」

「それでも、一度失敗した程度だろう。いくら何でもカジノを壊した程度で命を奪うほどの罪に問うのは、あまりにも無茶が過ぎるんじゃないのか」

「罪状なんて、いくらでも捏造できるわ」

俺の疑問に答えたのは、ヴィクトリアだった。

「奴隷の名だった頃と扱いが変わらないのだもの。その上であれだけ悪役(ヒール)としての知名度があるんだから、殺人の罪状なんて出しても『やってそう』なんて思われるんでしょう」

その言葉を否定できないほど、元剣闘士の言葉はあまりにも実感が籠もりすぎていた。

過去に近い経験をしたか、身近な存在がそうなったのだろうか。

「ディアナが処刑されたら、今の関係も終わる。その代わりの一括で払って立場を保証させてるってことなのかしらね」

シビラの回答に、大きく溜息(ためいき)を吐(つ)く。

どいつもこいつも身勝手なものだ。第一他者のことを何だと思っているのか。

「公開処刑と聞いたが、処刑道具はどうなってるんだ？」

「教会が、断罪用にギロチン持ち出すみたいっす。首と手を固定して、でけえ刃物を上からドスン！　て感じで」

何だそれは……そんなことを大衆の前でやるというのか？

街の人間も、そんなもの見たくはないだろう。

「ラセルが何を考えてるか分かるけど、それは王国民のまともな思考回路よ」

「国が違うだけで、そんなに違うのか？」

「そもそもこの帝国って、大昔に他の住人を戦争で立ち退かせて今の状態になった国だから。さすがに途中でロットがキレて本気出しちゃったから、それ以上の侵攻はなくなったけど」

人間同士の争いで、ここまで大きい国になったのか。その感覚が、今もなお引き継がれているとは。

あまり同意したくはないが、どうしてもケイティを思い出してしまうな。

この街には、愛がない。その抽象的すぎる表現が、今は一番納得できる。

剣闘士のようなものがあるのも、そのための技術があるのも。

今もまだ、人間同士の争いを望んでいるというのか。

「ギロチン、ギロチンね……。イヴちゃん、その台の構造教えてもらっていい？」

「いっすけど……」

シビラはシビラで、何を考えているのか分からんが……。

この中で、今の話に動揺しているのはもちろん彼だ。

「そんな、姉さんが……！」

その様子にシビラが彼の近くで膝を突き、目を合わせる。

「ヘンリー君にお願いがある。難しいけどいいかしら」

「は、はい！　協力できることなら何でも……！」

「そう。アタシの願いは一つ。――絶対に、見つからないように隠れて。黙っていて、動かずにいて」

「え……」

シビラの要求は、『何もしない』ということであった。

「これは楽をさせているつもりでもないし、何より簡単なことではないわ。誰だって動きたくなってしまうもの」

「……」

「だけど、その状況であなたが見つからないことが、一番ディアナのためになるの。……急に現れて、勝手にお姉さんの友人面しているアタシに言われても、信じるのは難しいかもしれないけど……」

シビラのいつになく気弱な言葉に、ヘンリーはぎゅっと拳を握ると……シビラの手の上に被せた。

「分かりました」

「……本当にいいの？」

少年は、自分の手を重ねた相手に自分の考えを語り始めた。

「元々、姉さんの友人というのも嘘かなって。だって姉さん、あんな人でしょう？　だからきっと、一方的にシビラさんが言ったのかなって」

「……」

「でも、それが嬉しかったんです。あの喧嘩腰な姉を、こんなに気に入ってくれる人がいるって。そのシビラさんが、今味方したところで得にもならない姉さんを助けてくれる。だから」

ヘンリーは、自らも視線を合わせるように膝を突き、シビラに再度お願いをした。

「姉さんを……僕の姉を、助けてください」

シビラは病弱だった弟の決意を見届けると、強く頷いて頭を撫でた。

◇

夜、作戦は決行された。

教会の見張り番は当然いるので、こういう時の反則カードとしてマーデリンを使う。

普段は心優しく争いを好まない彼女も、さすがに今回の事態には思うところがあるようで、全面的に協力してくれることとなった。

「これで問題ありません」

槍のような長いメイスを握っていた神官戦士を、マーデリンが眠らせたと同時にイヴが抱える。

倒れないように眠らせると、俺達は地下へと向かった。

「よう」

見張りを全て眠らせた俺達は、部屋の奥でぐったりしているディアナに声をかける。

驚きながらも、赤黒く滲(にじ)ませた包帯の隙間にはまだ意思がある。

「おいおい、忍び込んできたのかよ。全く、無茶するね」

「単刀直入に言おう。逃げる気はないか？」

ディアナは一瞬瞠目(どうもく)すると、はっ、と鼻で笑い飛ばした。

「どう逃げるんだよ。こんな分かりやすい見た目の女、帝国に行き場なんてねえよ。王国でもマトモに雇う相手いんのかね」

「いるだろ普通に。ああ、それとヘンリーだが、ついでに治しておいた」

その名前を出すと、すぐにディアナは食いついてきた。

「治した、って……治ったのか!?」

「それに関して、話しておきたいことがある」

俺は、ディアナに今まで何があったか、今がどういう状況か、一通り話した。

全てを聞き終わった後、ディアナは拳を握り……力なく下げた。

「何だよ、それ……結局あたいは、全部いいように利用されて、連中の気が済むように処刑されるってわけかい」

あれだけ大暴れしていたディアナも、開示された情報の悲惨さに完全に脱力していた。

無理もない、到底納得いくような内容ではないだろう。

「アタシはね」

そんなディアナに対し、シビラが前に出た。

「アタシは、自分がスッキリしたい為に、やりたいことを全部やりたい。アタシが一番気持ちいい結末を迎えたい。アタシは、アタシが一番なの」

「いやあんたを見てるとそりゃ分かるが……」

急に自分勝手宣言を始めた銀髪の美女に、困惑を隠せない包帯の剣闘士。

だが、次の提案は彼女も息を呑むものだった。

「ヘンリーは協力すると言った。あんたも協力してほしい。あんたが協力しなければ、ヘンリーはアタシがエーベルハルトに突き出して換金するわ」

「おま……ッ！　そんなことしたら、ただじゃ――」

「処刑寸前で檻の中なのに、凄んでもね。もう一度言うけど『ヘンリーは協力すると言った』わ。で、あんたは協力するの、しないの？　こんな状況になっておいて、まだ深く考えることを放棄してこんな所で似合いもしねえ悲劇のヒロインムーブしてんの？」

明らかに今までとは違うシビラの圧に、ディアナは一歩引いた。

「傷が勲章なんだって？」

その一歩を埋めるように、シビラは更に距離を詰めた。

「火属性の魔物、ダンジョンに全然いねーじゃん。剣闘士に【魔道士】はいないし。しかもその傷が……背中、背中ねー。確かに客からはよく見えるわよね」

「な……」

「傷が勲章？　火傷も、背中の跡も、その貌も？　ふーん。ねえ――」

「――お前それマジで言ってんの？」

シビラの研ぎ澄まされた言葉のナイフが、ディアナの胸に刺さる。

その詰められた距離を埋めるように、檻に向かって一歩踏み込む。

「……違う」

「こんなのが勲章であってたまるか――！」

その声は、怒りの咆吼にも、幼子の泣き声にも聞こえた。

「そういうキャラで売れだって？　剣闘士のマンネリ化を解消したいから、高値で怨み役になりそうな色モノを作るだって？」

剣闘士として戦ってきた『ミイラ』と呼ばれた彼女から、その内面が溢れ出す。

「確かに人気は出たさ、格別の悪役としてなあ！　つくファンはいつ裏切ってもおかしくなさそうなヤツばかり！　信用できそうなのが同じ身分ばかりってどういうことだよ!?」

その声を、シビラは至近距離で、一歩も引かずに聞く。

全てを受け止めるように。

「色男を相手にすれば八百長で負けさせられるし、逆に怪我させれば背中を女に刺されそうになる！　卵もビールも投げつけられた！　背中の傷が誇りなわけあるか、こんなの逃げてる時か不意打ちでしかつかねえ傷だろうが！」

包帯の剣士は、それでも、と続ける。

「ヘンリーの為なら……ヘンリーの為なら我慢できたんだ。ヘンリーしかいなかったから。親が金持って逃げたあたいには、もうあの子しか」

悲痛な叫びが収まり、檻に握り拳を叩き付けると……ズルズルと膝を突いた。

「それが……あたいが働いていたことで、ずっと毒を飲まされていたなんて……じゃあ、あたいの人生は、何だったんだ……」

この場の誰よりも体格のいい剣闘士は、今や誰よりも小さく体を丸めて震える。

エミーやマーデリンだけでなく、イヴももらい泣きしていた。

そんな中で。

「言えたじゃない」

全てを受け止め、淡々とシビラは応えた。

ディアナの顔が上がり、目を合わせる。

「で、どうする？　アタシに協力してくれる？　あんたは協力すると言った時点で、ぶっちゃけ何もしなくていいけど」

「……ヘンリーが人質なんだろ？　断れねえよ。それに、あんたはなんつか、信用できそうだ。ヘンリーもあんたのこと気に入ってたしな」

「おっ、いい情報感謝するわ。やっぱりその気がなくても子供に好かれちゃうのが、シビラちゃんなんだな～」

最後に軽く茶化すと――シビラはこの場で、黒い羽を顕現させた。

あまりの展開に、ディアナは目を見開いてその姿を見る。

その姿を目に焼き付けるように、包帯の中の瞳がシビラを凝視する。

「アタシは『宵闇の女神』シビラ。ほらアレ、『太陽の女神』とかの友人ね」

とんでもないネタばらしをし、俺達が驚かない様子に事情を察する。

ここにいるのは全員、女神を連れていることを知っている一団だ。一名は天使だしな。

「人間を愛した『太陽の女神』シャーロットに代わって。あいつが『剣闘奴隷』なんて呼び方を止めさせた頃と大差ねえ今の状況から……あなたと弟の救済を約束するわ」

しばらく呆然としていたが……事態がようやく飲み込めると、傲岸不遜なミイラの剣闘士はその言葉に両膝を突き、恭しく頭を下げた。

「お願いします……協力できることは、何でもします」

「うむ、よろしい！」

「でも、どうやって……」

そう、処刑を避けるにしてもこの状況だ。

カジノの関係者と教会の人間が関わり、ここまで沢山の人間が知っている状況。

引っ繰り返すのは容易ではないだろう。

だが、シビラは肩を揺らして笑い始めた。

「ふ、ふふふ……！　全てを引っ繰り返す準備はできているのよ！」

一体何事かと思っていると、羽を仕舞ったシビラは壁際に下がってトランプを出した。

目の前でカジノのディーラーと同じように、素早くカードを切っていく。

この状況でトランプを始める理由、あまりに唐突である。つーか上手(うま)いなおい、女神がギャンブルの技上手いってどうなんだよ。すげえシビラらしいけど。

カードを交ぜている最中、天井のランプが揺れて大きめの音を鳴らした。

地震か風か……とはいえ落ちてくる様子はなさそうだ。

視線を戻すと、シビラは既にカードを切り終えていた。

シビラは、一番上を指先でめくる。黒いスペードのAを、皆に分かるように見せた。

「群衆の中で処刑されるのはあんたで、相手はカジノのオーナー。それなりに健全だったカジノを、完全イカサマだらけの空間に変えた、最低のクソ野郎」

ちょっと私怨混ざってそうな言葉とともに、見せていたカードを束に伏せる。

「だから」

先ほど一番上に置いたばかりのカードを指で摘まみ、めくりあげると——。

「こちらもイカサマを使うわ」

——そこにあったのは、道化師の嘲りと、その表情そっくりの女神の顔だった。

悪の心臓部は雷鳴の下で

処刑当日。

暗い夜の中、外は雨。

それでも帝都の広場には松明が燃え盛り、中央には木製の台がある。

この騒動を見ようと、暇そうにしていた者達がわらわらと雨の中集まる。

ローブ姿の神官が、ディアナを連れて処刑台へと上った。

囚人は既に枷をつけられた状態で猿轡をしており、話すことができない状態だった。

上等な神官の服を着た男が、何やら仰々しい羊皮紙を取り出して、読み上げる。

「死刑囚、ディアナ。この者、『剣闘士』として戦うも、試合は裏で打ち合わせがあり金を簒奪していた。更に、カジノのバウンサーでありながら犯人を取り逃した上に、自らも施設を破壊し回った。その上、暴行や盗難も日常茶飯事。過去、殺人の疑い強し」

その内容は、あまりに身勝手なものであった。

目撃情報も、証拠もない。

ただ、神官の言葉だけが既に断定したことのように紡がれる。

「支払えるもの、身一つ。奴隷紋持ちしこの者に返済は不可能。主はこれまでの罪を、命を持って償うことで全額とする寛大な措置とした」

「最強剣闘士とか言うけど、客に負けたんだってー!?」

「おいおい、客に負けるとか試合八百長かよ!?」

「でもさすがに急じゃない？　よく分かんないけど」

神官の読み上げを聞き、周りからは心ないヤジが飛ぶ。内情を知らない相手など、住人にとって関心のないことだった。

さんざん稼いでいたのは、オーナーだろうが。それを自らのプライドで処刑して、口封じをした上で本人を寛大扱い。とことんこの教会は腐ってやがる。

だが、ディアナは呻くのみで何も話すことができない。ただでさえあの口元の上、ヤジの量が半端ないのだ。

あんな状態では声を発していることそのものに気付くこともできないぐらいだろう。

首が処刑台にある枷の上に載り、頑丈な木枠が後ろから嵌められ、固定される。周りの住人に頭を垂れるように膝を突いた形となった。

神官の手が上がる。左右の人物が、ギロチンの紐に手をかける。

次の瞬間――派手な落雷が、カジノを直撃した！

「うわっ！　何だ!?」

「キャ――ッ！」

近くに落ちた雷の轟音と、目を焼くほどの稲光に、街の住人はパニックになる。

近くにいた人は逃げ惑い、人がひしめき合っていた広場はパニックとなる。

「――天罰じゃねーの!?」

その中で、誰かが言葉を発する。

周りの人達が、その言葉に一斉に振り返る。

「ハッ、あいつら最初から全部不正できるように、カジノの物を加工してやがったのさ。それを誤魔化すために、教会を担ぎ上げてンだよ！」

「どうしたんだ、あんた」

「えっとねー、ルーレット壊したら、磁石？　とか出たんだって！」

「それ、私も見ました！」

ここで、カジノの不正の話題が突如吹き出す。

その言葉を肯定するように、再びカジノへと雷が落ちた。

「あんなに狙って、落ちるか!?」

「マジで天罰なんじゃ……」

異常事態は、更に続く。

落雷が続いたと思ったら、大地が大きく揺れたのだ。帝国ではほとんど起こらない天変地異に、人々は悲鳴を上げる。

更に、これだけでは終わらない。

突然の突風が広場を襲い、その風がカジノの内部を荒らし回る。トランプが派手に空に舞い飛び、ダイスが広場に落ちてくる。

雨のように落ちてくるダイスに、腕やバッグなどで自分の体を守る住人達。

ダイスが地面に転がると、パキリと音が響き渡る。

「あーっ！　このダイスー、中に金属はいってるー！」

そのうち、割れたダイスを掲げた一人に、周りの人間が注目した。

「おい、マジか！」

「俺も割る。……おいおい、マジだぞ！　六側に偏るようになってんじゃねえか！」

「まさか、大分前に透明のダイスから変更したのって……！」

噂が広まりだしたところで、カジノの天井に追加の稲妻が落ち、皆の注目が集まる。

再度突風が巻き起こると、今度はルーレットの台も破壊されて広場の近くに落ちてきた。

異常事態であるが、恐怖以上に興味が人々を惹きつけていた。

今の話は、本当なのか。知らないままここで引き下がる気はなかった。近くの男が一人、台を引っ繰り返す。

「……マジであるぞ、磁石！」

「何だこれ、ルーレット台そのものが魔道具なのか？　すげえ精密だな」

「ちょっとちょっと、じゃあ当たる場所ってディーラーが選べるってわけ!?」

噂がいよいよ広まった。

カジノの不正を隠蔽するために集められた人によって、カジノの不正が白日の下に晒されていく。それは実に因果応報であり、また滑稽であった。

次の瞬間——雷は、処刑台に落ちた！

「キャアアアア！」

「逃げろ！　燃え移るぞ！」

落雷が直撃し、処刑台は燃え盛る。

ギロチンの紐は衝撃で落ち、周りの神官達は既に離れている。

唯一、羊皮紙を持っていた神官は感電し、悲鳴を上げながら自分に必死に回復魔法を使っていた。

阿鼻叫喚の地獄絵図。

騒動は、更に加速する。

「おいおいおい、どうなってんだよこれ!?」

最後の稲妻は、教会に落ちた。

いきなり教会を破壊するような派手なものではないが、街路樹の一つを縦に裂き、燃え上がらせる。

「神罰だって絶対……」

「教会、なんかやらかしたんじゃねえの？」

「とりあえずカジノはもうダメだわ。……あ～あ！　勝てそうだと思ってたの、ぜーんぶ嘘かよ！　これ恨むの俺だけじゃねえぞ～!?」

人々は、最後にそう呟きながら広場を後にする。

誰もいない広場に残ったのは、徹底的に破壊し尽くされたカジノと、炭化して首が落ちた死刑囚のみ。

やがて、雨が静かに炎を消していった――。

オールイン・ペイアウト

「つーわけで、作戦成功だ」

宿に戻った俺達は、皆が揃ったのを確認して宴会を始めた。

テーブルには山盛りのケバブで、早速エミーが笑顔でかぶりついている。

「いやー、それにしてもエミーさんの棒読みはちょっと笑いそうでしたね！」

「ングッ!? そ、それは……むしろイヴちゃん、あんなに自然に演技できるとは思わなくて、むしろそっちがびっくりしたよぉ」

「私も驚きました……自分、喋らない方が良かったかなってヒヤヒヤしたぐらいで……」

エミーの反省に、マーデリンも乗って困ったように笑う。

三人は、処刑台の広場で囃し立てる役をしていた。もちろんカジノの不正に関しても、またダイスの破壊に関してもだ。

あんなの普通、たまたま踏んだぐらいじゃ破壊できないからな。ただ、演技力は確かにちょっとヒヤッとしたな。

そんな二人に対してフォローを入れたのは、シビラであった。

「何言ってるのよ、ああいう場における『ただ同意するだけの二人目』ってのは、こういう場合に有効なのよ。そこから火がつくんだから」

そんなことを言う当の本人は、一人ワインの瓶をそのままラッパ飲みしながら話す。

「それにしても、思い切ったことをしたよな。ジャネット、どうだった？」

「楽しかった」

実にシンプルな回答。そりゃ良かった。

ジャネットは、シビラとともになんと空を飛んでいた。

王都で俺が闇魔法を認めさせたことが影響してか、シビラの羽がそれなりに強い力を持つようになったのだ。

その結果、シビラはジャネットを抱えて、雨の帝国の上空へと飛び上がったのだ。

後はもう、雨に紛れて雷を落とすのみ。

「調整は難しかったけどね。でも、僕自身も腹に据えかねていたから」

「そうなのか？」

「本心からすると、純粋にカジノを遊んでみたかったのはある。不正さえなければ、あれほど知識も実力も関係ない娯楽もないから」

なんというか、わざわざ『負けるかもしれない戦い』をそこまで楽しみにする辺りがジャネットだよな。

とはいえ、何だかんだあのカジノでダブルアップに挑んでいた時は、確かに高揚感があったように思う。シビラが嵌まったのも分かるというものだ……と言いたいところだが、やはりマジで破産するまでいくのは有り得ないな。反省しろ。

「マーデリンも、最後に随分と働かせてしまったな」

「いいえ。むしろこうして協力の機会をいただけたことそのものが、私にとって何より嬉しいことですので」

生真面目すぎる上級天使は、むしろ働かされたことそのものを喜んでいた。お前はもうちょっとシビラぐらいはっちゃけてもいいぞ。

マーデリンの役目は、【賢者】でも珍しい状態異常魔法。

特にその相手を眠らせる魔法は、人間を相手にする場合において非常に強力だ。相手を怪我させずに、穏便に済ませたいマーデリンならではの魔法だな。

その魔法のお陰で、俺達は悠々と教会の中に潜り込めた。

事前にやったことは、本当に驚いたが。

「あんなことができるなんてな」

シビラがやったのは、処刑台の改造。

なんと、あの床を回転させるように細工をしたのだ。

ちなみに力仕事部分はエミーが行った。

当日雷が落ちた瞬間、皆の注目が外れ、更に雷光によって人は周りのものを視認できなくなった。

その瞬間、台座をぐるりと回転させる。後は、神官の一人になりすました俺が床に潜り込み、ディアナと共に広場から逃げ出せばいい。

最後は元々裏面に仕込んでいた、ダミーの死体が燃え上がって終わり。

特にディアナは元々包帯姿なのだ。ダミーの死体が包帯を巻き込んだだけのスケルトンと魔物の焼肉でも、あの場でいちいち気にする者はいなかった。

細工をした処刑台も、偽物の死体も、度重なる落雷と炎上で灰となり最早原形を留めない。調べる手段がないのだ。

意外なことに、素人の俺がぶっつけ本番で堂々とすり替えても、誰も気にも留めなかったのだ。

「あんたも人を騙すイカサマの才能あるんじゃないの？」

「詐欺師筆頭候補に言われると自信がつくな」

そんな軽口をたたき合うと、今回の成功を仕込んだ相棒と手の甲を軽く合わせた。

活躍の機会、あったじゃねえか。それもとびっきり、お前らしいヤツ。

「人は、案外ちょっと注意を逸らされるだけで、大胆な行動すら気付かなくなっちゃうものなのよ」

シビラはトランプを手に取り、先日と同じように軽く切る。

急に、ガタガタッ！　と、扉が鳴った！　誰かに話を聞かれたか……!?

「あ、今のアタシが風魔法で揺らしただけでーす」

皆が扉の方を向いていたが、シビラの言葉にほっとして視線を戻す。すると、シビラは手の平をすっぽりカードの上に載せていた。

その手の平が、すっとこちらに向けられる。

「……あ、ああーっ!?」

エミーが驚愕に声を上げた。

右手の平の中には、親指付け根の母指球辺りで小指側と挟み込むように、思いっきりジョーカーのカードが挟まっていた。

隠していると表現するにしては大胆で、手の形も不自然だ。

「後はこう」

そのジョーカーを手の平に隠したまま、指先でカードをめくる。

右手を大きく開くと、当然ひらりとジョーカーのカードが落ちる。

……あんな露骨に不自然な隠し方だったのに、先日は誰も気付かなかったのか。

「だから、案外分かんないものよ」

一番上に今落ちてきたばかりのジョーカーを見せつけると、道化師よりも愛嬌のある悪戯顔で「にしし」と笑った。

カードの束を置くと、次は初日に見せた、あのボールを両手に持った。

こちらに手首を向ける形でボールを見せ、ぱっと手を離す。

「あ、あ、あ……あーっ、あーっ！」

再びエミーが、面白いぐらい驚きに声を上げる。

シビラは「いい反応ねー！」と心底嬉しそうに笑った。

手の中にあったボールは、何てことはない、手首から袖の中に入ったのだ。

腕を下に向け、軽く振ると……当然ボールが袖から手の平の中に入る。

「右手と言われたら見せる瞬間に左手に出すし、逆もできる。タネが分かれば簡単な、勝率十割の賭けね」

なんというか、感心すればいいのか、畏怖すればいいのか。

こういうのをさらっと出してくる辺り、この詐欺師女神に詐術で挑もうという気にはとてもならないな……。

全く、味方でいるうちは本当に頼もしい限りだ。

「今度はアタシが質問。エミーちゃん、ルーレットを破壊する判断したわけだけど、結局あの時の決定打は何だったの？」

そういえば、そこをまだ聞いていなかったな。

あれはファインプレイであると同時に、とんでもなく大胆な一手だった。

もしも勘違いなら、大問題。

それこそ弁償だけで済めばいいぐらい、信用問題に関わるからな。

「それなんですけど、ルーレットの玉の動きが変だったんです」

「……変？　どういう風に？」

「一瞬だけど、玉が戻ったんです。黒の32に行きそうだなって思ってたのに、緑に急に戻ったところで玉がぴよんぴよんって揺れたんですよね」

「……あの高速逆回転していたルーレット盤の上で、磁石に吸着した瞬間のブレが見えたってこと？」

「はい。だからヴィクトリアさんも、ルーレット盤見ていて酔っちゃったんじゃないかなあ。不自然なのが感じ取れちゃったというか」

エミーの説明に、シビラは椅子に深く腰掛けて「こりゃ降参」と両手を上げた。

確かにそれは、エミーの動体視力でないと見抜けないな……。同時に、目がいい二人が主に体調を崩していた理由もよく分かった。

一通りの話が済んだところで、皆の視線は一人の方に向く。

「堂々としていれば分からないとはいうが、本当に分からないもんだったな」

「でしょ。アタシの見立て通りだったってわけよ。……ホラ、あんたも黙って縮こまってないで、もっと堂々としなさい。明日からは胸張って、素知らぬ顔で街中を歩いてもらうんだから」

「……お、おぅ……」

シビラは笑い、ディアナの腹を叩いた。

そんな二人の様子を肴に、紫色の剣士は微笑みながらワインの瓶を開けていた。

◇

大荒れに荒れた、処刑の日から一週間。

街は、あんなことがあっても引き摺ることなく、それぞれの日常に戻っていた。

良くも悪くも無関心で、各々が思い思いの日々を送っている。

それこそ変化なんて、ケルベロスが壊した建物の復旧作業ぐらいだろうか。

魔峡谷に現れた魔王も倒したが、正直そっちは誰も知らないし何の影響もないぐらいかもしれない。実に皆マイペースなものだ。

魔峡谷に関しては、むしろ俺達の方が考えるべきことが多い。

魔王の討伐は確かに確認した。下層のフロアボスであるケルベロスの討伐もした。

だが、それだけだ。自分だけで作り出したとは言わなかったし、魔神の名前も出した。

それに、あの魔王は確かに他の魔王が再び魔王の住む世界に戻ることを示唆した。

——記憶を持って、地上での戦いを。その経験を持ち帰る。

思えばアドリアの魔王も、随分と俺達人間の職業（ジョブ）に詳しい存在だった。

今までで一番、人間模様を理解していたのは……ヤツがとりわけ新しい魔王だったからなのだろう。

帰還した他の魔王から情報を集めて、魔王討伐を行った過去の勇者パーティーの弱点を探っていく。それは魔王が絶え間なく変化することを意味する。

その変化を象徴する一つが、この魔峡谷なのだろうか。

「シビラは、どう考える？」

「いやどう考えても、まだ終わった気はしないわね」

魔峡谷は、ひたすらに深い。大地の底が、どこまであるかなど全く見えないほどに。

だが、それでも言えることがある。

それは、俺達（たち）がこの魔峡谷の谷底を、避けては通れないであろうこと。

いずれ必ず、この街一つ二つ分はあるであろう超巨大ダンジョンを歩く日が来るだろう。

魔王は確かに倒した。

だが、その魔王は確かにこう言った。

――この規模、一人で作れるなら皆作っている。

そりゃそうだ。あの巨大な谷が、あんな普通の魔王一人で作り出せるのなら、とっくに全ての街は地割れに呑み込まれて終わっている。

「ジャネットはどうだ、何か考えていることはあるか？」

「ラセルと概ね同じなんじゃないかな。魔王は複数人、もしくは……僕は体験していないけど、『魔神』があの魔峡谷に一体かそれ以上いて、魔王を従えている」

魔王の集団か……あまり考えたくない光景だな……。

今まで地上に現れた魔王は、フロアボスを地上に召喚する。

普通の人間では到底太刀打ちできない巨大な怪物だけでなく、一度野に放たれると人の脚では到底追いつけないような魔物もいる。

だから、俺達が知らない所で地上に魔王が現れるのは、悪夢でしかない。

とりわけ今は、人類を護るはずの【勇者】が頼りにならないからな……。

「凄く責任感あるのは知ってるけど、ラセルは絶対一人で降りないでね」

「エミー、俺があんなに危険な場所に好き好んで降りたりすると思っているのか？」

「降りそうだから心配してるんだけどなあ……」

いやエミーは俺を何だと思っているんだよ。

「少なくともエミーは俺を抜いて降りるほどの自信はない、もし行く際は必ず来てくれ」

「絶対だよ！　全方位からの攻撃、全部防いじゃうんだから」

どうやってだよ。エミーの身体能力ならマジでできそうなのが恐ろしくも頼もしいが。

しかし……魔峡谷に降り立つ、か。そうなるとさすがに、エマ達とも相談だな。

考えることは多いが、少なくとも今回の一件で魔峡谷の問題が解決できたとは思わない。

まだまだこの地上に開いた魔界の入口とは、付き合う羽目になるだろうな……。

◇

そんな俺達の気も知らず、討伐隊の面々は今日も日常を謳歌する。

相も変わらず帝国銀狼隊は昼から酒を飲むし、闘技会には罵詈雑言が飛び交う。

剣闘士は怪我の治療を受けずとも、試合に自らの意思で出向く。

かつて最強と謳われた剣士のことを思い出しつつも、次の注目株や新人に指名が入る。

忘れたわけではないが、さっさと忘れるに限る。

今この時の快楽を、娯楽を求めて全力を捧げるのみ。

それもまた、この国らしさなのだろう。

——ただし、その当事者を除いて。

「おい……あれ」

「見るな見るな。もう関わらない方がいいぜ」

道行く男達が、ひそひそと噂をしている。その視線の先にいたのは、灰色の汚れたぼろ布を被せられた男。隣には、その手を鎖で繋いだ神官の男。

男はほんの数日前まで、栄華を極めていた。後ろ盾も得て、裏に手も回した。

奸計は秘密裏に巡らせ、情報の遮断も完璧。全て、上手くいっていたはずであった。

――処刑日の翌日、教会側に裏切られるまでは。

『は、話が違います！　この秘密は、必ずお守りいただけると』

だが、返ってきた言葉はあまりに冷たいものだった。

『秘密裏に進めば、でしょう？　何故我々が、ここまで無様に馬脚を現したあなたを支援できると？　逆の立場で、あなたはご自身に擁護できる要素がありますか？』

それは、あまりにも冷徹であり――あまりにも正しかった。

互いの利になるから、互いの腹の内を隠して支援する。そのために権威を保証し合ってきたし、金銭のやり取りをした。

だが、今のカジノは完全に崩壊した。

物理的に、ではない。カジノ最大のポイントであった、賭け事のランダム性において大きな失敗を犯してしまった。

その上で、あの雷だ。いつの間にか広場では、あの雷を『天罰』か、あるいは『神罰』と呼ぶようになっていた。

――神の怒り。

その言葉は、教会の者にとって何よりも避けなければならないものである。

カジノ本体は、あまりにも無残に破壊し尽くされた。

更に神の雷鳴は、教会に一発、教会の所有する処刑台に一発。カジノより遥かに被害が少ないが、それ故にあれを『警告』と捉える者も少なくなかった。

司祭の一人は、表情を変えることなく呟く。

「残念だよ、エーベルハルト」

その表情は、全く残念そうではなかった。

平民として、罪人として街を歩くことは屈辱であった。

私室の調度品も、全て押収された。まるで最初から教会の手の平の上だったような――

いや、そんなことはあるはずがない。

あの日カジノで暴れた者は、よりにもよって一度雇った者だった。

子飼いのミイラと敵対していた、謎の剣士。あいつは何処に行った？

視線を上げると、その先にいたのは――――！

「おい、お前……ッ!?」

◇

一騒動終わって、今日は賭けた剣闘士が負けて愚痴をこぼすシビラを横目に、エミーにナッツの小袋を渡す。ピーナッツをリスのように頬張る姿を微笑ましく思いながら賭博爆死女神を意識の外にブン投げていると。

「おい、お前……ッ!?」

正面から、聞き覚えのある声がした。

「エーベルハルト伯爵……いや、元伯爵か」

周りの神官戦士が止めるのを振り払うように、男は俺を怒鳴りつける。

「お前達だろう、カジノを破壊したのは！」

「それを肯定したとして、完全に不正の証拠を見つけられてしまったお前がよくもそんな攻撃的な態度を取れたな？　擁護してくれるヤツはだれかいるか？」

俺の言葉に一瞬声を詰まらせたところで、カジノ大好き女が腕を組んで怒鳴りつける。

「そもそも！　不正工作してなけりゃ、ふっつーに十分優雅な生活だったでしょ!?　ただでさえ施設自体が自分で一から作り上げたわけじゃないのに、改悪した挙げ句に破滅とかバーッカじゃないの!? バーカバーカ！」

語彙力皆無か。いや語彙力もいらねえか。

孤児院で育ち、フレデリカの節約しつつも美味しいレシピを楽しみにし、物はなくとも木剣一つで毎日遊んだ俺達。

そんな環境で育った身としては、自分の姿をした金の像を造るために犯罪に手を出すなど、価値観が違いすぎて理解できそうにない。

ぐうの音も出ないエーベルハルトは、次に今回の事態を引き起こした最後の者に対して敵意を向けた。

「……ッ！ お前、ディアナと戦った女……お前さえ、いなければ」

「あら」

ヴィクトリアが微笑みながら、ずいっと前に出る。

いつになく積極的で……それでいて、肌で感じるほどの威圧感がある。ヴィクトリア、やっぱ内心すげえ怒っていたんだな。

しかしそれにしても……殺気というか何というか、『本気度』が半端ないとは思うが。

エーベルハルトはその敵意を直で受け、小さく悲鳴を上げて一歩後ずさった。

「私さえいなければ。確かにそうでしょう。ええ、ようやく全てを果たすことが……いえ、自分一人で果たすより良い結果を得ることができました」

「な、何を」

「ところで、カジノの元オーナーなら知らない？　十年以上前に副支配人だったヒラリーが、今どこにいるのか」

「────!!!」

ヴィクトリアは、何の話をしているんだ？　エーベルハルトの反応から、相当ヤバい話であることは分かるが。

なおも責めるように、ヴィクトリアは距離を詰める。

「当時でもまだ四十歳ぐらいだったもの、今も現役じゃないとおかしいのよねえ」

「……ハーッ、ハーッ」

「後は、そう。仕送りの件、一度も来てないのだけど」

「ハーッ……は……？」

エーベルハルトは息切れしながらも、突如現れた『仕送り』という単語に目の前の顔を凝視し、何かに気付き驚愕(きょうがく)に目を見開く。

「お、大紫……！　闘技会勝率一位の、マリウスの懐刀……!?」

「当時とは雰囲気が違うとはいえ、ようやく思い出してくれたみたいね～」

なるほどな。エーベルハルトは、ヴィクトリアの剣闘士時代を元々知っていたってことか。つーかあの猛者が集まる中で勝率一位だったのかよ、そりゃ素人の俺が勝てるわけねえわ。

しかし……それを考慮しても、エーベルハルトは緊張しすぎに思うが。

「今はね、あの人との娘と一緒に暮らしているのよ。収入はとぉ～っても低いけど、娘がいるだけで幸せなの」

「はっ、はっ、はっ……ッ……」

「ブレンダに感謝することね、だってあの子がいなかったら——」

ヴィクトリアは、それまでの柔和な雰囲気の全てを反転させるように細い目を開いて、静かにエーベルハルトを睨み付けた。

「——あなたの首は十年前に下水の中だった」

「…………………は…………」

エーベルハルトはその圧に、地面へと座り込んだ。

……そうか、ようやく事態が飲み込めた。

この男は、ヴィクトリアの夫の復讐相手。そう理解すると、今までの態度や、カジノ奥の部屋の調度品に対する反応も分かる。

話から察するに、後任の副支配人だった女性を殺したのもエーベルハルトなのだろう。明確な証拠はないが、今の瞬間初めてヴィクトリアは確信したはずだ。

ヴィクトリアは、十年前の時点で復讐に生きる修羅となる選択肢もあったのだ。

それでも。

それでも、あんたは、ブレンダのお陰で踏みとどまれたんだな。

「こうやって考えると、俺もヴィクトリアもお互い心を悪鬼に呑まれる前に、ブレンダに助けられているようなものだな」

「ふふっ、ブレンダは私の天使であり、救世主なの。そう言ってくれると、嬉しいわ」

「感謝しているのはこっちだ」

そんな会話をすれば、いつも通りの朗らかな笑顔の母親が戻ってくる。

俺達は、道行く人から煙たがられつつ避けられる元伯爵を無視して先に進んだ。

ただエーベルハルトは懲りていないようで、更に声を上げてきた。

「――ディアナ！」

その声に、俺達と共に歩いていた女性が振り返る。

じっと視線を交わすも、すぐにエーベルハルトは唖然とした表情で首を傾げた。

「ディア、ナ……？」

女性は切れ長の両目と白い頬を晒し、赤い長髪をかき上げながらサラサラと風に靡かせる。

二度呼ばれた女性は、静かに答えた。

「人違いですが……そのディアナという人は、そんなに自分に似ているのですか？」

「……」

エーベルハルトは、赤髪の女性と目を合わせる。

タンクトップを着た女性の腹部に目を向けると、鍛え上げられた筋肉の鎧がある。

肌は綺麗で、怪我など何らかの跡は一切見受けられない。

「……いえ、全く似ていません。人違いのようです」

「そうですか。それでは、これにて失礼させていただきます」

エーベルハルトはその言葉に返事せず、項垂れながら立ち上がった。

もう彼が振り返ることはなかった。

エーベルハルトが、十字路を曲がり見えなくなる。

一件落着したところで、今の会話を仕込んだ女神が振り向き、両指を向けて実に愉しげに笑った。

「やっぱあんた敬語似合わなすぎ」

「うっせ」

そう応えるディアナも、鏡に写したような表情で笑っていた。

晴れた帝都の空に、爽やかな風が抜けて二人の髪を揺らした。

20 自分を知る旅が始まる

エーベルハルトから、姉弟の二人を救った。

俺の回復魔法（ヒール）が、ヴィクトリアの焼き印を完全に治したこと。それが『整形』と呼ばれるほどのものすら遡る能力であることに気付いた。

まず、ディアナの焼き印を消すことができるのは既に分かっていた。

その上で、シビラが賭けたのはこの『包帯の重戦士』と呼ばれた彼女の容姿が、どこまで回復魔法（ヒール）で戻るかということだ。

結果はもう、言うまでもないだろう。

火傷（やけど）は全て消え去り、拷問のような跡も何一つなくなった。

妙に縮れていた髪の毛も綺麗に伸び、顔は一般的な女性よりもやや精悍（せいかん）で鋭い目……という程度で、特段攻撃的な印象を受けるほどでもない。

俺と同じ身の丈で、赤い長髪を風に靡かせた女性。最早（もはや）別人と言って差し支えない。

以前と同じなのはせいぜい声質ぐらいで、それも以前より幾分か滑らかだ。エーベルハルトもこの姿を見て『ミイラ』とは呼べなかっただろう。

ディアナ自身も、それは実感しているようで。

「あたいも『聖女伝説』の話ぐらいは知ってたけど、【聖者】の魔法ってのが此程までに凄いもんだったとはね……これは誰も見破れねえわ、前例ねーし」

未だ自分の体が見慣れないディアナは、しきりに自分の腕を見たり触ったりしている。

ヴィクトリアと同様に思うところがあるのか、やはり腹部に指を這わせて感触を確かめる行動が多い。

「本当に凄いです、ラセルさん……。再び姉の無事な姿が見られるなんて、感謝してもしきれません……！」

「おい、やめろよヘンリー……あたいも影響されるだろ……」

姉想いの弟からの涙声に影響されそうになってか、ディアナは困ったように、フードの上からヘンリーの頭を乱暴に撫でた。ぐりぐり撫でられた方はふらふらだ。

「にしても、ヴィクトリアの剣技は納得だわ。そりゃ印ねーんじゃ元同業だなんて誰も気付かねえって、あたいも完全に騙されちまった」

「ふふっ」

あれからヴィクトリアも自分の素性を明かし、同じ方法で印を消したことを話した。

それ以来ディアナにとってヴィクトリアは、見知らぬ強敵から先輩へと変わっていた。

「なんつーか、マジで何もかも上手くいきすぎて……これマジで寝ぼけてていつか夢から覚めちまうんじゃねえかなって不安になるな」

そんな独り言を呟きながら、ディアナは赤い長髪の隙間からローブ姿の人物を見る。

マーデリンのローブを目深く被ったヘンリーが、隙間から顔を見せて笑った。

今となってはその体調に何の問題もなく、横になっていた時間が長かったためやや筋力不足であることを除けば何一つ問題はない。

俺達は正午の日光を浴びながら、帝国中央通りを堂々と歩く。

誰にも引け目を感じることなく。

「今思えば」

ふと、ヴィクトリアが青空を眺めながら呟く。

「エーベルハルトだけが悪いわけじゃなかったから、少し悪い気もするわね」

全てが上手く収まったと思っていた中、突然の宣言に皆が注目する。

「急にどうした？　今このタイミングで悪く言う必要なんてないだろうに」

「一つ、解明できていないことがあるの。気付いたかしら」

気付く……気付くか。そう言うからには、提示されている情報だけで理解できることだ。

俺は隣を歩くシビラを見る。こいつもそんな話を急に振られたところで——。

「そりゃ、とっくに気付いてるわよ。ヴィクトリアから言及するとは思わなかったから驚いてるけど」

なんとシビラは思い当たるらしい。

同時に、シビラは言うまでもなく『俺が気付いていない』ことに気付いてしまった。

ニヤニヤと、いつも見慣れた意地の悪い顔が出てくる。

「あらあら～、ラセルは気付かなかったのね～。最近勘が鈍ってるんじゃないの～？」

「はったおすぞ」

ここぞとばかりに煽り始めるこいつに溜息を吐きつつ、話を促すことにする。

「エーベルハルトの何が悪かったかっていうと、マリウスとヒラリーの殺人疑惑に、ヘンリーに関してのことを除けば、主にカジノの内容に集中するわよね」

「そうだな」

そこまで話すと、シビラは話を止めた。ということは、ヴィクトリアと関係しているカジノのことだろうな。

エーベルハルトは店の改造を行った。勝率を操作できるようにし、勝つ相手すら自らの手で選んでいた。

確率はジャネットが見破り、仕組みはエミーが見破り――。

「そうか、そういうことか」

ここまで話して、一つ不自然なポイントがある。

ルーレットの仕組みを見破ったのは、確かにエミーだ。その切っ掛けは、ヴィクトリアがルーレットの動きを見て気分が悪くなると言っていたから。

だが、その発祥点は十年前に遡るのだ。

「あのルーレットの仕掛けは、オーナーがマリウスだった頃からあるものなんだな」

俺の答えにシビラは口角を上げ、視線をヴィクトリアに向けて話を繋(つな)げさせた。

「ええ、そういうことなの。気分が悪くなるといっても数度だったし、マリウスもあまり見ないように言っていたから。でも今思えば、あの人はきっと私がルーレットの秘密を見破ることを恐れていたのかもしれないわね」

出発前と同じように、そんなことをまるで何も気にしていないように話すヴィクトリア。

一同に少しの沈黙が流れ、感情の読みづらい剣闘士は「ごめんなさいね、今更」と一言、曖昧に笑うことで誤魔化した。

――そろそろ、こういう言葉を聞き流すのも飽き飽きだな。

「違うんじゃないか」

「……えっ、ラセル君?」

戸惑うヴィクトリアに対し、俺は遠慮なく言葉をぶつけさせてもらう。

「カジノの後ろ暗い側面に、関わってほしくないから隠していたんじゃないのか?」

「それは……」

「だってそうだろう。あんた、腹に印がある上に生活資金を握られた元バウンサーなんだろ？　だったらルーレットの仕組みを先に話すぐらい普通するだろ」

後から難癖付けてこられそうになった時に、動揺するよりは始めから知って対応している方が断然楽だろう。当時の名はまだ剣闘奴隷、主人の命令は絶対のはずだ。

体調不良になるというのなら、そのことも教えて仕事をさせた方が効率がいい。

だが、マリウスはそうはしなかった。

理由は言うまでもなく、ヴィクトリアの為だろう。

——自分、というものを振り返る。

俺はパーティーを追い出されて、全てに絶望して……それから自分の内面は、あの頃から大きく離れて戻ってこなくなってしまった。

かつての自分がどんなものだったたか、俺自身も思い出せないぐらいだ。

つい先ほどエーベルハルトにヴィクトリアが言っていたが、当時の彼女は全く違う雰囲気だったのだろう。

親に捨てられた奴隷。その境遇がどのような相貌を形作っていたかなど、察するに余り有る。

その彼女を、今の状態にした相手。

それは間違いなく、マリウスだ。

「あんたはただの用心棒として雇われたんじゃない。それこそ仕事などしなくても、マリウスはきっと傍に置いていたと思うぞ」

「……そう、なのかしら」

「俺から見たらな。言いたいことはそれだけだ」

そう言葉を句切ると同時に、背中をバシバシと叩かれた。

隣を見ると、シビラが嬉しそうに笑って……いやいきなり首に腕を回すな！　今日は妙に距離が近いなおい、暑いんだよ！

後ろを見ると、エミーはうんうん頷いているし、ジャネットは口角を上げて肩を竦める。

イヴやマーデリンもシビラと同じ表情だ。

「……ふふっ」

ヴィクトリアは小さく笑うと、薄い目を開けて俺をはっきりと見た。

笑顔でありつつも、真剣な顔だ。

「やっぱり感謝は三回分、ラセル君に全部載せちゃうわね」

「いや勘弁してくれ……あんたの感謝はなんか重いんだよ、三回分も持てねえよ」

間髪を入れずに返すと、糸目の剣士は普段より幾分か朗らかに笑った。

——楽しく会話していられたのは、そこまでだった。

「え……？」

ここまで静かだったマーデリンが何か呟いたと同時に、前へと走り始めた。

何事かと走った先へと視線を向けると――！

「セカンド！」

マーデリンが名前を呼んだ先には、フードとマスクをした女性。

一目見て印象的な容姿。マーデリンがそう読んだ名前。

行方不明になっていた、エマの斥候……！

何故急に姿を現したのか。

その理由は、次の言葉で判明した。

「キャスリーン様が、帝国城でお待ちです」

近くに来たマーデリンを無視するように、セカンドは俺を見据えてそう伝えた。

やはりケイティの手に落ちていたか。

「それでは、これにて」

「待て！」

（《シャドウステップ》！）

周りに人がいるが、今は気にしている余裕はない。

摑(つか)んでキュアをかけてしまえば、俺の勝ちだ。

みすみす逃すまいと俺はセカンドのいる場所に瞬間移動して手を伸ばしたが、セカンドは目の前から煙のように……と表現するのすら躊躇(ためら)うほど、忽然(こつぜん)と消えてしまった。

「誰か、追えるか？」

俺は後ろを振り返るが、皆首を横に振った。

「ごめんラセル、私全く見えなかった。高速移動とかじゃないと思う」

「うーん、マジで隠密(おんみつ)でもなさそうっすね」

「僕から見ても隠密の可能性は低いと思う。索敵魔法(サーチフロア)にかかっていないのは何故……？」

他の意見を求めてヴィクトリアやディアナの方を向くも、二人とも首を振っている。

……くそっ、追うのは難しそうだな。

「メリッサ……」

マーデリンは人のいない道を見つめながら、友人のかつての名を呼ぶ。

その問いに答えてくれるものは、誰もいなかった。

「悩んでいても仕方ないわ」

皆が意気消沈する中、特に何の感慨もないように鞄(かばん)をごそごそと触りながらシビラは言ってのける。

「相手がどこにいるか分かる。それだけでも大きな進展よ。……あっ、ディアナとヘンリーはどうする？　ちょっとヤバい用事だから来ても迷惑かけるかもしれないけど」

「今更だろ、つうかあたいらも関わらせろ」

「はい、僕もご一緒できれば」

二人は顔を見合わせて、シビラに頷いた。

「よろしい、それじゃ」

シビラは皆の顔を見て頷き、巨大な黒鉄(くろがね)の城へと視線を向けた。

「今度は謎に包まれたお城の観光としゃれ込みますか！」

そんなお気楽な言葉とともに、帝国城行きが決まった。

◇

近くで見ると、帝国の門と同じかそれ以上に、帝国城は威圧感を覚えるものだった。

サイズは小さく、馬車二台分程度。正面には鉄柵が下りている。

セントゴダートが観光者向けに豪奢(ごうしゃ)にしているのなら、バート帝国は敵対者の排除に徹底しているといったところか。

門番に近づくと険しい表情をされたが、名前と用事を言うとすぐに内部の者へと俺達(たち)の名前を伝えた。なお、ディアナ達の名前も確認された。

それから鉄柵がゆっくり動き出し、槍の歯でできた上顎のような入口が開いていく。

開閉権が内部にしかない上に、ここまで攻撃的な形状か。本当に厳重な軍事要塞だな。

内部に入ると、鉄でできた広い城も幾分か余裕が感じられる。

人通りが少ないが故に、妙に寂しく感じるぐらいだ。

それにしても、呼ばれたはいいもののここからどうするのか。

帝国を観光する趣味はないとシビラの方を見ると……シビラは鞄をごそごそまさぐりながら、じっと正面を見ている。

その表情からは、感情らしいものは読み取れない。

門を入ってすぐのエントランスホールは、大きく開けている。

シビラの視線の先には誰もいない。

いないはずだが──。

「ふふ、来たわね」

突如として、そこに聞き慣れたくない妙な甘さを感じさせる声が響いた。

瞬きをする。

その瞬間、ホールの中心に、ケイティが現れていた。

カジノの騒動を片付けた俺から見ても、その出現は何の仮説も立てられないほど異様であった。

何だあれは、どういうトリックだよ……！

「視線が熱いわ……芯から火照ってきちゃう」

「はいはい、あんたの独り言はいいから」

「あら、つれないわね」

ケイティの異様な反応に辟易したシビラが、さっさと言葉を促す。

「そうだな、こいつの独り言に付き合うと、また愛だの愛だの更に愛だの延々言い続けて話が終わらんのは目に見えてる」

「まあ、私のことをそんなに深く考えてくれてるのね。それもまた愛だわ」

「ほらな」

ケイティの言葉には反応せず、後ろにいる連中に確認の声をかけた。

ヴィクトリアはじっと観察し、ヘンリーは……まあ美女だし見てしまうのは仕方ない。ただ事前に気をつけるようには言っている。

なお、ディアナからは「なんかすげー腹立つ」というコメントをもらった。実に結構。

「ふふふ……もっと愛し合いたいけど、そうもいかないわね。サロンに招くわ」

王国民からは未踏の地もいいところの帝国城を、さも自分の庭であるかのように紹介するケイティ。

既に皆、操り人形ってか？

急に魔法を使うと問題が起こるかもしれないが、それでもいざとなったらさっさとキュア・リンクでいいかもしれんな。

そんなことを考えながら、俺はケイティの隙だらけの後ろ姿を追った。

……ここで手を出すほど愚かではない。罠(わな)にしか見えないからな。

迂闊(うかつ)に動けば、俺が捕まって終わりだろう。

帝国城は、一定の場所から先は随分と綺麗(きれい)に作られており、むしろ王国よりも派手かと思うほどだ。

案内された部屋の中は、外からの印象とは違って随分と豪華(ごうか)絢爛(けんらん)といった様子である。

飾り付けが金中心で、少し目に痛いほどだ。

この飾り付け方はエーベルハルトの部屋を思い出すので、あまりいい印象は受けないな……。

「本当に——愛のない部屋だこと」

一方ケイティは、この部屋に妙に不満げだった。

「緊急時に換金できることを念頭に置いているから、方向性が感じられない。建物はまあまあだけど、飾りはまるで商品棚ね」

珍しい、意見が一致したな。口に出すつもりはないが。

一方シビラはそんな話はどうでもいいとばかりに、大理石のテーブルへどかっと脚を組んで乗せた。こちらの女神、大変お行儀が悪い。

「で、結局わざわざ呼びつけるだなんて、一体何なのよ。こっちはあんたを連れ帰るために動いてるんだけど、自分は大丈夫っていう余裕でも見せてるわけ？　珍しく生存性バイアスかかりまくりじゃない」

「そうね、確かに大丈夫よ？　余裕だもの。でもシビラちゃんも分かってるんじゃない？　今暴れたら、聞きたいことも聞けないって」

「へえ、秘密もべらべら話す気があるって感じね」

「もちろんよぉ。その方がきっと今後の展開が楽しくなるもの」

美人の女神が互いに笑顔で会話をしているだけだが、発言の節々に棘が見える。

この手の感受性が強そうなイヴなんて真っ青だし、ジャネットは緊張からかテーブルの下で握り拳を作っている。

逆にエミーは『仲良さそう？』とでも言わんばかりに首を傾げている。この状況でその顔ができるの、ある意味豪胆すぎて逆に凄いぞ。

「そういえば、セカンドはどうした？　ただの呼び出し係か？」

「メリッサよ」

「あいつは自分でセカンドと呼んでほしいと主張したらしいが、あんたの愛は随分と浅瀬をチャプチャプしてるんだな」

「まあ！　私より深い愛を自認しているなら、もう『愛の女神』の教徒でもいいわね！」

良くねえよ、と返すのもめんどくせえな。

代わりにシビラが「あんたには無理よ」と返すも、薄く微笑まれるのみ。

「で、結局何の用なんだよ」

いつまで経っても進まないので、早々に話を促す。

どのみちセカンドだろうとアリアだろうと、出してくるつもりは最初からないのだろう。

シビラは真面目に話を聞く気がないのか、ずっと鞄をゴソゴソ漁っているしな。

「ええ。まずは愛を与えてくれたことに感謝を。やっぱり【聖者】であるあなたの愛は本物だわ」

「何だよそれ、真贋の差も分かんねえよ」

「それだけあなたが、いつも真なる愛を基準に生きているということ」

相も変わらず曖昧な回答なので、早々に聞き流すことにする。

俺は俺の思うように生きているだけだからな。

「ふふっ」

値踏みするように、金の瞳が俺を、次にエミーを、最後にジャネットを見る。

……何だよ、俺達に用があるのか？

「取って食べようというわけじゃないわよぉ、そんなに警戒しないで」

「警戒されたくないのなら、せめてヴィンスを返してからにしろ」

当然のことである俺の主張に対し――ケイティは自らの両頬を包み込むような姿であの異様に粘度の高い恍惚（こうこつ）とした笑みを浮かべた。

美人のはずなのに、違和感しか覚えない貌（かお）だ。

こちらの全員が、その異様な雰囲気に一歩引いている。

「……ああ、いけないわ、抑えないと……。そう、あの可愛（かわい）く縮こまっている子犬のヴィンス君よね」

どういう表現だよ、俺の知っているヴィンスと違いすぎるぞ。

少なくとも、行きたいと思える場所ではなさそうだな……。

「そうよね。四人はいつも一緒だったものね。何があっても。心はまた戻って来る。愛、愛、愛だわ……」

「その愛とやらを引き裂いている本人が、俺達に何の用だ」

そんな返しも、当然のように余裕の表情で受け止める。

ケイティはようやくまともに座り直して、俺の目をその金の双眸（そうぼう）に収めた。

何の話を始める……？

「ところで貴方（あなた）達は、真剣に考え直したことがあるかしら？」

「何をだよ」

「ふふっ、それはね――」

ただ、俺達はまだ覚悟できていなかった。
ケイティが何故、俺達を呼んだかを。
どんな揺さぶりをかけて来るか、考えが足りていなかった。

だが、誰が予想できただろうか。
予想できたとして、動揺せずにいられただろうか。
ケイティが、俺達の心の一番柔らかい部分を遠慮なく踏み抜いた。

「自分達の年齢なら、生みの親は生きている。一体誰なのか、どこで何をしているのか、そして——何故自分達を愛さなかったのかって」

あとがき

六巻をお読みいただき、ありがとうございます。作者のまさみティーです。

元々文章を書いていなかった私が小説家になったのは未(いま)だに不思議なのですが……実は出版後、父が昔文芸同人誌を発行し、将来は物書きになりたかったという話を聞きました。

そんな父に、ふと「小説の感想をくれるのが嬉(うれ)しかった」とどれぐらい伝えられていたかな……と思いまして。後悔先に立たず、なかなか「もっと言っておけば良かった」と生前は思わないものですね。

感謝を伝えていない方は、思い立った時に是非。というわけで、こうして六巻を出せるまで応援いただいている読者の皆様に、改めて感謝を伝えたいと思った次第です。

それでは謝辞を。六巻から新たに担当いただいた編集のH様、作品全体の詳細な分析をしていただき、推敲(すいこう)の際にも丁寧に案をいただきました。ありがとうございました。

イラストレーターのイコモチ先生も、活躍目覚ましく多忙な中、本当に素晴らしいイラストをありがとうございました。毎度このイラストに活力をいただいております。画集に『黒鳶(くろとび)の聖者』のイラストも多数掲載していただき、光栄かつ眼福な限りです。

いよいよラセル達(たち)の秘密に踏み込み、物語はまた大きく動きます。これから彼等(ら)がどんな局面を迎えるのか、是非追っていただければと思います。

黒鳶の聖者 6
~追放された回復術士は、有り余る魔力で闇魔法を極める~

発　　行　2023 年 8 月 25 日　初版第一刷発行

著　　者　まさみティー
発 行 者　永田勝治
発 行 所　株式会社オーバーラップ
〒141-0031　東京都品川区西五反田 8-1-5
校正・DTP　株式会社鷗来堂
印刷・製本　大日本印刷株式会社

Printed in Japan　ISBN 978-4-8240-0582-3 C0193

作品のご感想、ファンレターをお待ちしています

あて先：〒141-0031　東京都品川区西五反田 8-1-5 五反田光和ビル４階　ライトノベル編集部
「まさみティー」先生係／「イコモチ」先生係

PC、スマホからWEBアンケートに答えてゲット!

★この書籍で使用しているイラストの『無料壁紙』
★さらに図書カード（1000円分）を毎月10名に抽選でプレゼント!

▶https://over-lap.co.jp/824005823
二次元バーコードまたはURLより本書へのアンケートにご協力ください。
オーバーラップ文庫公式HPのトップページからもアクセスいただけます。
※スマートフォンと PC からのアクセスにのみ対応しております。
※サイトへのアクセスや登録時に発生する通信費等はご負担ください。
※中学生以下の方は保護者の方の了承を得てから回答してください。

オーバーラップ文庫公式 HP ▶ https://over-lap.co.jp/lnv/